QUMRAN

ELIETTE ABÉCASSIS
LE TRÉSOR DU TEMPLE

エリエット・アベカシス　鈴木敏弘 訳

クムラン

蘇る神殿

角川書店

クムラン　蘇る神殿

Translated by Toshihiro Suzuki
Published in Japan by Kadokawa Shoten Publishing Co., Ltd.

目次

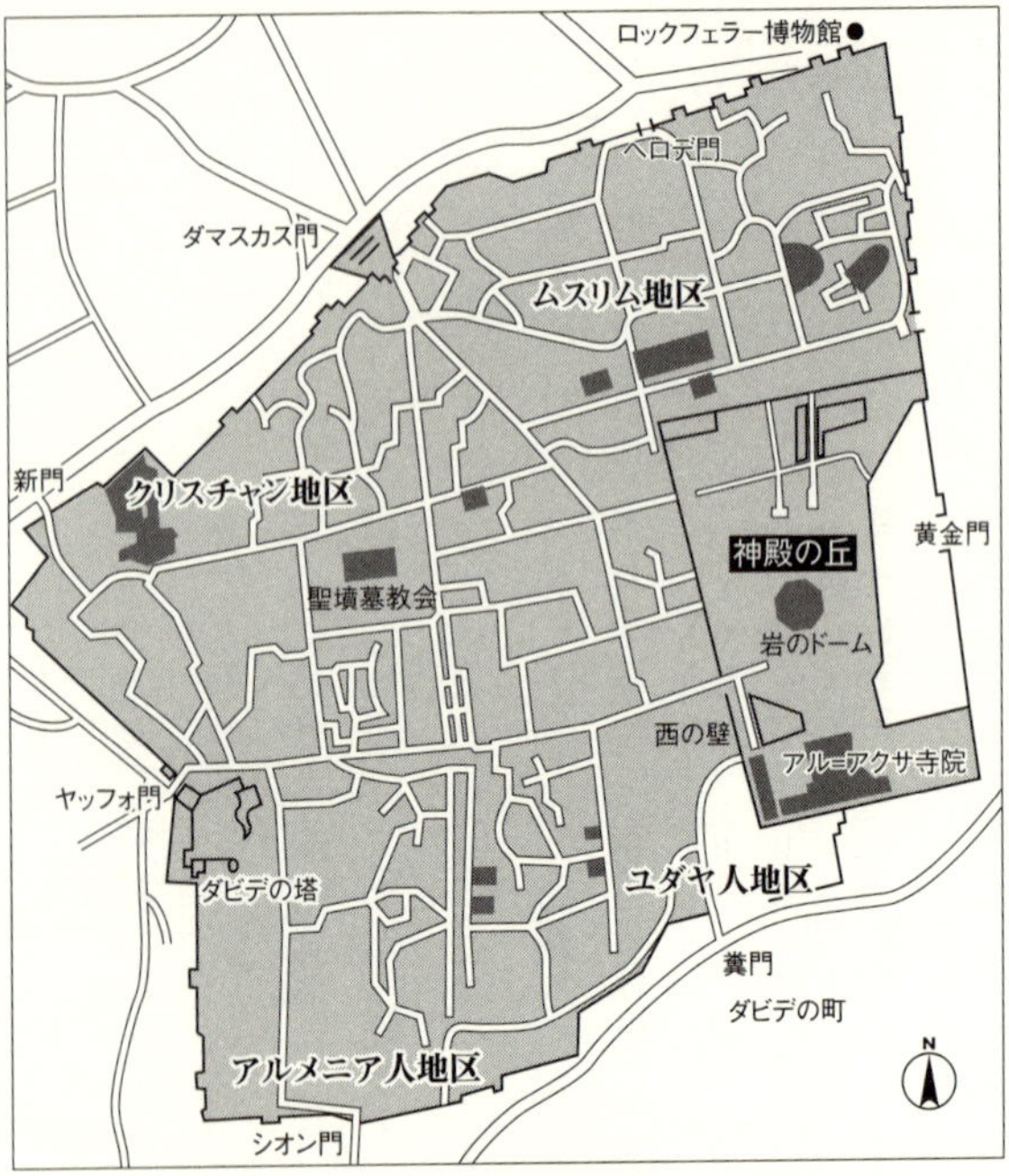
ロックフェラー博物館
ヘロデ門
ダマスカス門
ムスリム地区
新門
クリスチャン地区
神殿の丘
黄金門
聖墳墓教会
岩のドーム
西の壁
アル=アクサ寺院
ヤッフォ門
ダビデの塔
ユダヤ人地区
糞門
ダビデの町
アルメニア人地区
シオン門
N

エルサレム旧市街

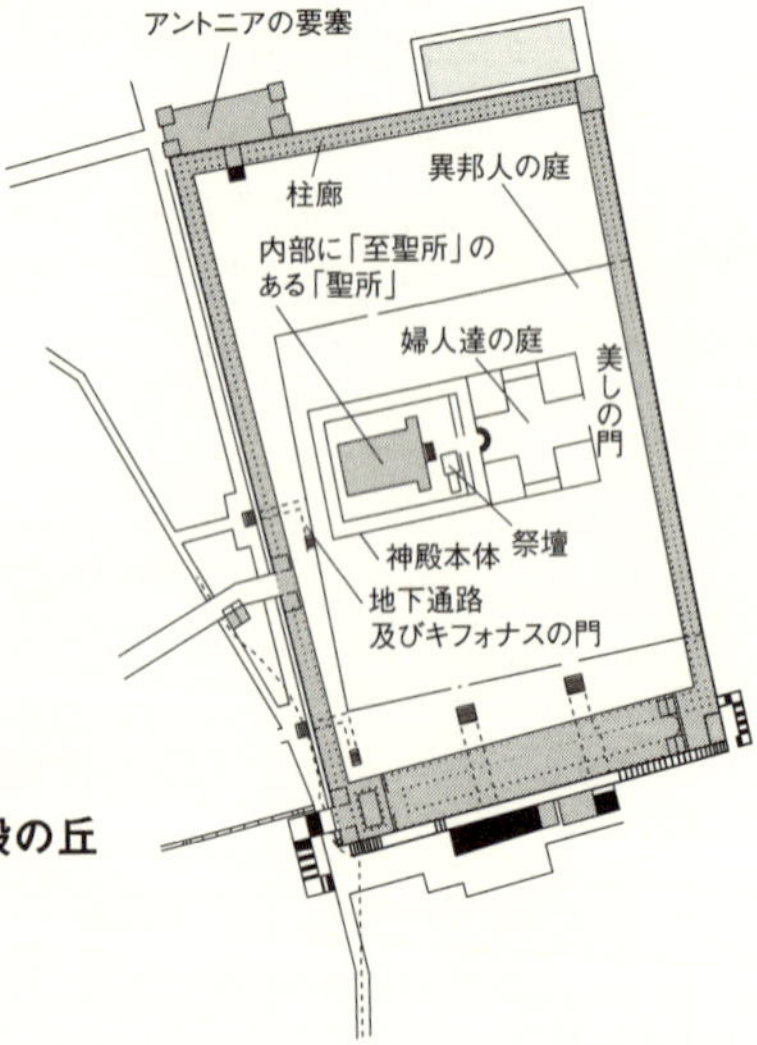
アントニアの要塞
柱廊
異邦人の庭
内部に「至聖所」のある「聖所」
婦人達の庭
美しの門
神殿本体
祭壇
地下通路
及びキフォナスの門

神殿の丘

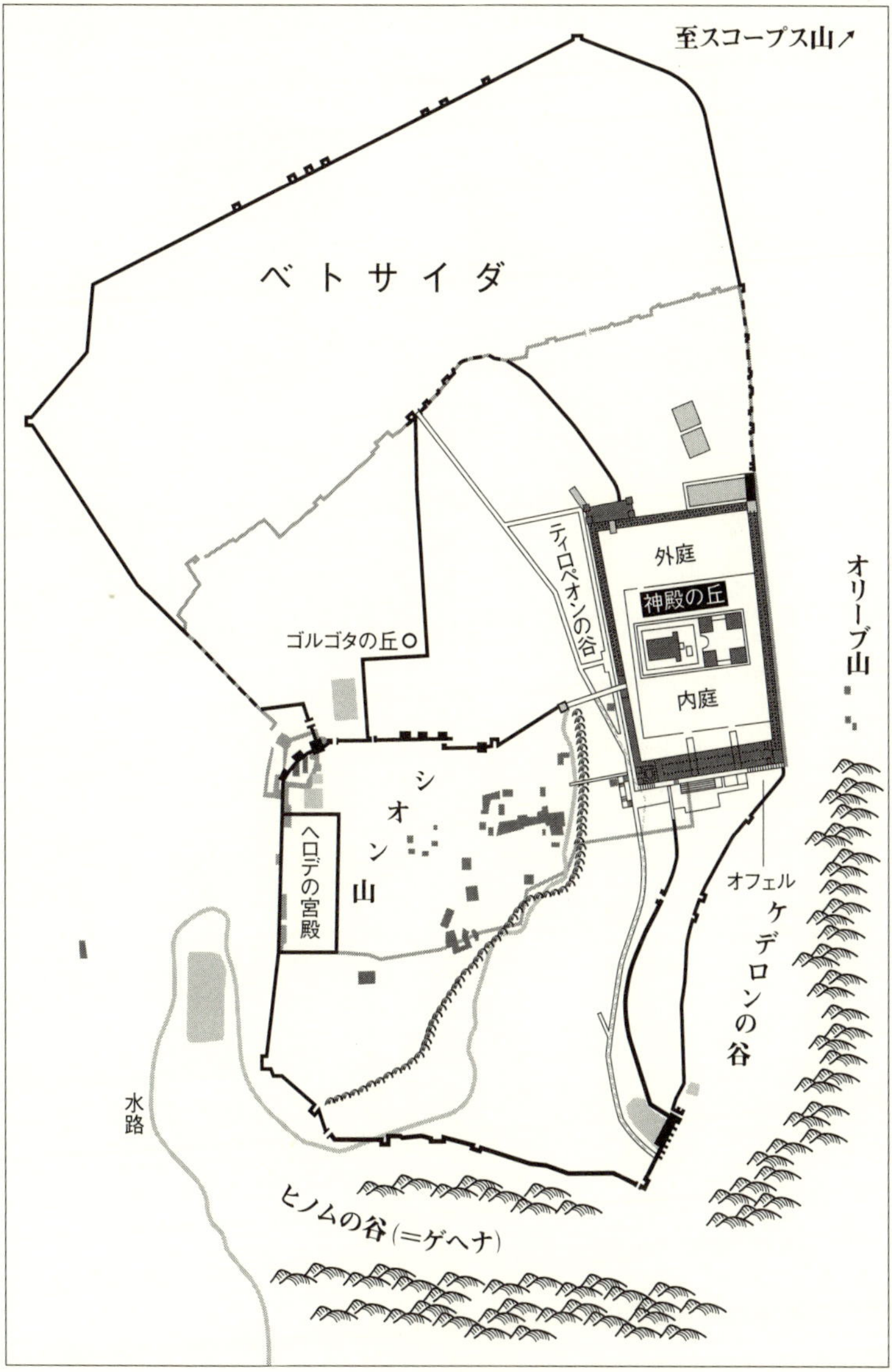
至スコープス山↗
ベトサイダ
ティロペオンの谷
外庭
神殿の丘
内庭
オリーブ山
ゴルゴタの丘
シオン山
ヘロデの宮殿
オフェル
ケデロンの谷
水路
ヒノムの谷(=ゲヘナ)

第二神殿跡

母に捧ぐ
この本は彼女のおかげで生まれた

集いなさい、
後の日に、お前たちの身に起こる事を語って聞かせよう。

創世記　49章　1

主な登場人物

アリー・コーヘン……………ユダヤ教敬虔派の写学生、エッセネ人のメシアとなる
ダビッド・コーヘン…………古文書学者、アリーの父
シモン・デラム………………シン・ベト（イスラエル国家秘密情報機関）の長官、ダビッドの旧友
ピーター・エリクソン………考古学者、『銅の巻物』に記された宝物の発掘隊リーダー
ジェーン・ロジャース………発掘隊のメンバー、アリーのかつての恋人
ヨセフ・コズッカ……………考古学者、発掘隊のメンバー
ルツ・ロスベルク……………エリクソン教授の娘
アロン・ロスベルク…………ルツ・ロスベルクの夫

『銀の巻物』
フィレモン・ド・サン＝ジル……シトー派の修道士、写学生、異端審問会の一員
アデマール・ダキテーヌ………神殿騎士修道士、異端審問裁判にかけられている
レジ・ド・モンセギュル………異端審問官
ナセル＝エッダン……………アデマールの逃亡を助ける、イスラム教徒
山岳の長老……………………暗殺者教団の長

プロローグ

それは、私が三十三歳をむかえたユダヤ暦五七六一年ニサンの月十六日、西暦になおせば二〇〇〇年四月二十一日のことだった。

エルサレムに近い、ユダヤ砂漠のイスラエル領土で極めて異様な殺され方をした男の死体が見つかった。

石の祭壇の上に仰向《あおむ》けに寝かされ、手足を縛られ、喉《のど》を切り裂かれた上、丸焼きにされていたのである。半ば炭化した肉の間から骨がのぞいていた。

死体にへばりついていた白い麻のチュニックとターバンの燃えかすは血にまみれていた。石の祭壇にも、犯人がつけたと思われる七つの血痕《けっこん》が残されていた。古代に、動物を生け贄《にえ》として神に捧《ささ》げた、その同じ手順で人間が生け贄にされたのだ。その上、十字架の横木のように腕を広げられ、喉をぱっくりと切り裂かれた無残な焼死体を、まるで晒《さら》しものにするかのように、殺人者は置き去りにしたのである。

かつてイスラエル軍の指揮官であり、現在は国家秘密情報機関＝シン・ベトの長官の職にあるシモン・デラムが、事件捜査の助けを求めて私の父、ダビッド・コーヘンのもとにやってきた。父は古代の巻物の古書体学を専門とする古文書《こもんじょ》学者であり、その上、考古学、歴史学にも精通している。父と私、アリー・コーヘンはすでに二年前、シモンの手助けをした経験があった。そして失われた巻物と連続十字架刑殺人事件の謎を解き明かしたのである。

「ダビッド」事件のあらましを語るとシモンは言った。「君に再び手助けを頼む理由は……」

「……捜査に戸惑っているからだろ」父が言い当てた。「君の配下で生け贄の儀式とユダヤ砂漠の両方に精通している者などおらんからな」

「人間の生け贄となれば尚《なお》のことだ……。真相を突き止めるには、極めて古い時代に遡《さかのぼ》らねばならない、そう君は読んでいるのだろ」

「そうだ。ところで何を私に頼みたいのだ」

シモンはその問いには即答せず、小振りの黒いビニール袋を取り出し、父に手渡した。父は中をのぞいた。

「拳銃《けんじゅう》か。カリバー7・65だな」

「本件の捜査では不測の事態が起こりうる。実は、ユダヤ砂漠及びこの地域の歴史に限定して考えればすむ、という事件ではない。国家全体の安全を脅かす深刻な事態が想定される」

「詳しいところを話せるのかい？」

「国境付近の緊張が異常な高まりを見せている。シリア南部で軍の動きがあるとの情報が入ってきた。戦争が準備されているのだよ。だがそれがどこで起こるのか、また何を目的としたものかがわからない。本件はこの危険な状況に関係があると思われる。多分、最初の徴《しるし》だ」

「最初の徴か」父が言った。「君が徴などを信じているとは知らなかった」

「徴などは信じていない。CIAだってそんなものは信じない。しかしながら、徴と考えねばならない点で我々は意見の一致をみたのだ。死体のそばで凶器の短剣が見つかった。捜査員によれば、わざと人目につく残し方だったそうだ。そして短剣は十二世紀にシリアで造られたものらしい」

「十二世紀に……か」父がシモンの言葉を繰り返した。

「犠牲者はイスラエル国内で発掘を行なっていた考古学者だった。神殿の宝物を探していたとのことだ。その在処《ありか》が詳しく記されている、死海文書の中の一巻を手掛かりに……」

「銅の巻物かい？」

「その通りだ」

父は思わず苦笑いした。シモンの口から「その通りだ」という言葉が出ると、決まって状況は深刻であり、その度に父は否応《いやおう》なくそこに巻き込まれてきたからである。

「彼は『第三の神殿』の建設を密《ひそ》かに目的としていたことがわかった。複数の敵がいることも……。知っての通り、私はこれまで軍事だけに携わってきた一介の長官だ。この犯罪の奥深い動機を探るとなると、それは私の能力を超えている」

「いいから、用件を言えよ」父は言った。

「普通のミッションとは違う。聖書と考古学に精通している人物が必要なのだ。そして必要とあれば闘いも恐れない人物が。いわば学者にして兵士を必要としている」

そう言うとシモンは黙って父を見つめた。それから、口にしていた爪楊枝《つまようじ》をゆっくりと噛《か》みながら、こう締め括《くく》った。

「君の息子のアリー……獅子《ライオン》が必要なのだ」

第一の巻物　犯罪の巻物

おお勇敢なる兵士たちよ、強くあれ、断固たる態度でのぞめ。
恐れるな!
後を振り返るな!
なぜなら、そなた等の背後には犯罪共同体がいる。
闇の中で彼等は罪を犯す。
闇こそが彼等犯罪者の情熱である。
虚栄こそが彼等の避難所である。
だから彼等の力は煙のように消えることになる。
今はおびただしい数であるが、そのうち一人もいなくなる。
そのように彼等犯罪者の世界は急速に衰えるのである。
断固たる態度で戦いにのぞめ。
邪悪な犯罪者どもに対し、いよいよ神が御業《みわざ》を見せることになるからである。

クムランの巻物
《戦争の規則》

私は写字生アリー。ダビッド・コーヘンの息子アリー・コーヘンである。

数年前まで、私はごく普通の生活を送っている若者だった。友人達と同様、遠い国に旅行もした。テル・アビブの陽気な夜に繰り出しもした。そして兵役にも行った。

だがある日、私は俗世を後にしてユダヤの荒野《あれの》に赴くことになった。エルサレムからそれ程遠くはない、だが世界から切り離されたクムランと呼ばれる場所の奥深く、断崖《だんがい》に穿《うが》たれた洞窟《どうくつ》に隠遁《いんとん》した。

荒野の静けさの中で、肉体ではなく精神を養う禁欲生活に入った。私は写字生になった。先祖達と同様、葦《あし》で編んだ箱を取り付けたベルトを腰に締めている。箱の中にはペンと筆、そして皮紙の表面を掻《か》くナイフが入っている。写字のためには、まず皮紙をきれいにする。ナイフの刃で掻いて、染みや凹凸を除く。すると皮紙は上質のざら紙のようになる。インクがはじかれることも、滲《にじ》むこともない。そうして準備した皮紙に、私はガチョウの羽根で作ったペンを用いて書く。ペン先が葦ペンより鋭い。ペンも自分で作る。クムランから遠くないキブツ〔農業生活共同体〕の家禽《かきん》場に行き、風切り羽根を丹念に選ぶ。私は左の翼の羽根を好む。羽根を手に入れるとそれを数時間水に浸《つ》け、一度柔らかくする。そして今度は熱い砂に埋める。乾くと、より一層硬くなる。先端をナイフで削ってペン先を作る。

筆記用具を取り出す。水が入った容器とインクが入った容器がある。小さな壺《つぼ》に水とインクを入れ、混ぜる。羽根ペンにつけて書き始める。《私の命は、むしり取られ、遠くへ持ち去られる。羊飼いの天幕のように》

皮紙に文字を書き込んでゆく。皮紙の色は、何年にも亘《わた》り、何世紀にも亘り、幾千年にも亘り、手に取られ、見られ、読まれ、触られた古文書の黄ばんだページの色に似ている。一日中、私は書く。夜も。

私が今、書こうとしているのは、（聖書の一字一句ではない）私の話である。恐ろしい話だ。私はそこで翻弄《ほんろう》された。私がそこで冒す危険の根源に聖書があったのは偶然ではない。何故ならそこには聖書同様、神の痕跡《こんせき》と愛があったから。そして暴力もあったから。そう、私はそこで《在る》という言《ことば》を見たのだ。

《子供達よ、聞け。私はそなた達の目からベールを取り除いてやる。そなた達は見ることになる。そして数々の、主《しゅ》の徳を耳にすることになる》

　五七六一年ニサンの月、十六日の夕刻、父がクムランの洞窟にやってきた。私はいつものように、写字室で写字に勤《いそ》しんでいた。写字室は他所に比べてやや広い。様々なサイズの大量の皮紙、何巻もの聖なる巻物、おびただしい数の巨大な瓶、そして一見、洞窟の岩の欠片《かけら》と見紛《みまが》う無数の土器片や、粉々になった蓋《ふた》が何世紀も整理されずに放置されている。この古物の山積みの安息を妨げることがためらわれ、私も手をつけたことがない。

　父に会うのは一年ぶりであった。父の眼が潤んでいた。相変わらず豊かな、暗色の髪の毛が歳を感じさせないが、皮紙に潜む膨大な文字を読むのと同様、広い額の皺《しわ》には長い、知の年月が読んでとれる。その皺に新たにל《ラメッド》が加わっているのに私は気付いた。「教える」を象徴する文字が。ラメッドはアレフベート〔ヘブライ語のアルファベット〕の中で最も背が高く、上へ伸びる字画部が他の文字を抜きんでる。天使が人間に教えたり、伝えたりするために昇り降りをするヤコブの梯子《はしご》に似ている。

　劇的状況にあって、半ば止むなくであったとは言え、私が選んだ道に父が異を唱えることは一度もなかった。だが私は彼の一人息子である。父が内心苦しんでいることがわかっていた。私は父のもとを離れて、突然クムランに隠遁したのではない。ここへ来る以前には、エルサレムのメア・シェリーム〔敬《けい》虔《けん》派ユダヤ教徒地区〕にいた。当時は会おうと思えば、いつでも会えたので、苦しみも今ほどではなかったであろう。また、仮に距離的に離れていても、テル・アビブあたりで一般人の生活か、あるいはキブツで共同生活を送っていれば、どの親も子が巣立っていった後で抱く、ありきたりの寂しさで済んでいたのであろう。しかし我々親子はそれぞれ別の世界に住まねばならなくなった。たとえ父であっても、私の住む世界に容易に足を踏み入れることはできない。滅多に訪れぬ貴重な再会に、私は思わず涙した。「なあ」父は言った。「会えて嬉《うれ》しいよ。母さんがよろしくと言っていた」

「母さんは元気ですか？」

「元気さ。お前も知っての通り、強い女《ひと》だから」

母には変わらない愛情を感じている。だが私がユダヤ教徒になって以来、二人の間には一種の壁ができてしまった。母はロシア人で、無神論者である。彼女にしてみれば宗教に走る者は、すべて狂信者なのである。二年前、独自の儀式を行なう秘密の宗団に私は加わった。だから正真正銘の狂信者ということになる。

件《くだん》の宗団とは、約二千年の昔に消滅したとされているエッセネ派の宗団のことである。イエス誕生の二世紀前、ユダヤの荒野に隠遁した人々がいた。現在、キルベット・クムラン〔クムランの遺跡〕と呼ばれている、崖《がけ》の上の場所に彼等は本拠を建設した。そこで、ひたすら学び、祈り、沐浴《もくよく》をして、彼等は待った。諸時代の終末を。だが終末は訪れなかった。その間、イエスが生まれて死んだ。そしてユダヤ人の反乱があった。その後歴史は彼等の足跡を見失った。彼等の本拠地は焼き払われた。そして誰もいなくなった。エッセネ人はローマ人に皆殺しにされた、あるいは追放された、と信じられた。だが実は、そうではなかった。

彼等はクムランの奥深く、入口はおろか接近ルートを知ることも困難な洞窟に隠れ潜んだのである。そして現在に至るまで約二千年もの間、人知れず生き長らえてきた。しかし彼等の生活規範は以前といささかも変わることがなかった。祈りと聖なるテキストの研究及びその写字に勤しみ、ことには、来たるべき世界を待望して準備に余念がなかった。

「外の便りを聞かせてもらえますか」私は父にせがんだ。

「まさにそのことで来た。『知らせ』がある」父が言った。「ユダヤ砂漠で、すなわちこの荒野で殺人があった。ここから数キロのところで。人間が生け贄《にえ》にされたのだ。シモン・デラムがやってきてお前に伝えてくれ、と頼まれた。アリー、お前への捜査協力の依頼だ。戦士にして聖なる書に精通しているとあれば、お前をおいて他にはいない、と言っていた」

「しかし、私のミッションはこのクムランの洞窟にあります。父さんは知っておいででしょう」

「何のミッションだ？」

「エッセネ人が昨日、私をメシアに選んだのです」

「彼等がお前を選んだ……」父は私の言葉を繰り返しながら、妙な顔で私を見つめた。まるでそんなことは当然だ、といわんばかりに。

「私のことを、待ち望んでいたメシアだと彼等は考えているのです。聖なるテキストにこう記されていますね。メシアは五七六〇年に明らかにされる。彼は獅子《ライオン》と呼ばれる。私の名前です。父さん、獅子の意味でアリーと名付けたのでしょう？」

「ならば、写字はやめていつでも洞窟を出られるのだろ？」

「いや、私は今もって写字生であり、探偵ではありません」

「エッセネ人によりメシアに指名されたのだろ、ならばお前のミッションは書くことにではなく、戦うことにある。悪に対して行なう善の戦いに」

父はかく語った。学者の論法の背後に、改めて父の正体を認識させられた。大祭司の血統であるコーヘンを。父がエッセネ人であることを知ったのは、やはり二年前であった。イスラエル建国の折、国民として暮らすことを選び、一部のメンバーが洞窟を出た。父もその一人であった。以前から感じていたカリスマ性、古代イスラエル十二支族の族長の一人を彷彿《ほうふつ》とさせる風格に納得がいった。卓越した知性のみならず、勇気と誠実さが、ある力、あるスケールを父に与えていた。それは彼の肉体にも表われていた。豊かな茶色の髪、筋肉質の体、魔法の微笑が浮かぶと炎のように輝く眼。父の微笑は、かつて彼を培った霊的生命と古文書の研究に従事する学者の理性との両方を表明していた。父には年齢というものがないともいえる。父はあらゆる時代を経ていた。諸時代の記憶を体現していた。

「なあ」父は言った。「お前は若い。戦うことができる。今回の事件の謎を解くに十分な知識と必要な力がある。もっとも、預言者ヨナスのようにミッションを前にして逃げ出すつもりがなければの話だが」

「彼等、外の人間が解決せねばならない事件ではないですか」

「彼等の事件ではない。お前達の、否《いな》、我々の事件だ。犠牲者は、この荒野で、このお前達の領土で生け贄にされたのだ。しかもお前達の儀式用の衣を着せられて。もし、お前が立ち上がらないなら、捜査はお前達に及ぶぞ。そして、お前達の存在が明らかになる。そればかりか告発される可能性もある。この洞窟から追い出され、鎖に繋《つな》がれることになるかもしれぬ、今度という今度はな。戦いどころか身を守らねばならない状況にあるということを知れ」

「しかし、悪しき者達の道からは遠ざからねばならない、と聖なるテキストには記されています」

　すると父は私が写していた巻物に近付いた。古文書の古書体学が専門である父の関心は個々の文字の形にあった。それが写本の時期を決定するからである。古文書学はある意味で、厳密な科学ではない。例えば数学の公式のような、絶対的参照の対象となる古文書などは一つとして存在しないからである。しかし父は、文字の進化における相対的な差異により、書かれた時代、時期を見極める方法を確立していた。その上ひとたび解読したものは、すべて記憶していた。どんな小さな断片からも、使われている言語、単語、扱われている主題、写字生のスタイル、インク、皮紙の種類に至るまで文書の特質のすべてを割り出す能力を持ち合わせていた。特に父の言語能力は驚異的で、ギリシャ語系言語でもセム語系言語でも、またくさび形文字でも、鏃《やじり》様のカナン文字でも解読できた。すなわち史料がフェニキア語、ポエニ語、エドム語、アラム語、ナバテア語、パルミラ語〔パルミラ＝シリアの古代都市〕、サマリア語、あるいはキリスト＝パレスチナ語のいずれの言語で書かれていても理解できたのである。

父は件の巻物の一カ所を指さした。こう書かれていた。《主の手が私の上に置かれた。主の霊が私を道からはずした。そして谷の真中に私を降ろされた。谷は骨に満ちていた》

「このことは終末に起こる、と二世紀より記されてきた」

私は洞窟の入口まで父を送った。夜がふけていた。男達が待っていた。月光をあびた険しい崖が見えた。世界とここを隔てている崖。遠く、暗い地平線に、石灰岩の連なりに縁取られた死海が月を映し出していた。洞窟の入口から出ている岩盤に、最高会議の十名のメンバーがそろって立っているのがわかった。イサカルとペレツとヨブの大祭司達。アシュベルとエヒとムピムの祭司達。ゲラとナアマンとアルド、イスラエルの息子。そして私の教師役を務めているレビ。灰色の絹のようになめらかな髪。日焼けした、皮紙のような肌。薄い唇。誰はばかることのない歩き方をするレビが父に近付いて言った。

「秘密を守ることを忘れるでないぞ、ダビッド・コーヘン」

父はうなずくと、無言で洞窟を後にした。危険な岩の割れ目が連続する、下界に通ずる険しい下りを開始した。

翌朝、私は《光の衣》を脱ぎ、かつてメア・シェリームで着ていた服に、二年振りに袖《そで》を通した。白いシャツに黒いパンツというハシディムの出《い》で立ちで出発した。
私は一人荒野——ユダヤ砂漠を進んだ。凄《すさ》まじい暑さで顔は火のようにほてり、強烈な光に目が眩《くら》んだ。岩とワディ〔時期によって水が涸《か》れる川〕を幾つも越え、峡谷に沿って下った。エッセネ人だけが知る秘密の危険なルートである。前方に海抜マイナス四百メートルの塩の湖が水面をきらめかせて横たわっていた。あまりの暑さで、絶え間なく水が蒸発し、水は海水よりも辛い。この湖を死海と呼ぶのはその水が生命にまったく適さないからである。塩分が濃すぎて魚も棲《す》めず、水草も生えない。だから漁の舟も浮かんでいない。海水浴も短時間に限られる。

南岸にはソドムがある。かつてこの町を罰した天災地変を証言して、今でも、破壊されたソドムがある。ソドムのみならず死海沿岸全体が破壊を表現している。硫黄《いおう》の臭いが漂い、浸食された砂浜や岩が恐ろしげな形状を呈し、（創造ならぬ）破壊の存在を世に示している。終末の始まりを示している。だからこそ、二千年前にエッセネ人達は死海のほとりの荒野――ユダヤ砂漠にやってきて住みついた。荒野は、東はエルサレム近郊から西は死海とヨルダン川のあるゴール大凹陥地まで広がっている。そこは静寂と沈黙が支配していた。終末が信じられる場所であった。我々の荒野の南には別の荒野がある。モーセが『律法の石板』を授かった荒野が。どちらの荒野にも大昔から羊飼い達が住み着いている。そして俗世を後にしてきた人間達が。彼等は荒野に受け入れられた人間、と言える。

私が殺人現場に着いたのは正午であった。マルタ堆積《たいせき》層のテラス上は息苦しい程の暑さだった。

幾つかの洞窟の前を通った。我々の宗団の手による幾千もの写本の内の生き残ったものを世に送った洞窟の前を。写本の中には、紀元前三世紀に遡《さかのぼ》るものもあった。最初の壺が発見されたのは一九四七年であった。そして死海文書の異様な歴史が始まったのである。それは、考古学上、最も驚異的な発見であった。なにしろ、荒野の学術的調査が始められて以来、〃ユダヤ砂漠には何も新たなる発見はない〃と長い間信じられていたのだ。そればかりか、イエスの時代に遡る写本が奇蹟的な保存状態で眠っている無数の壺が並ぶ洞窟のすぐ傍を、二千年もの間数えきれない数の人間が、誰一人気付かずに往来していたのである。エルサレムからたった三十キロの、死海のほとりのクムランの洞窟の傍を。

一九九九年、クムランの巻物を白日のもとに暴いた者達の一人、シリア正教の大祭司ホセアがエルサレムにある正教の教会で惨殺された。十字架に磔《はりつけ》にされて。そして、私の人生が死海文書の歴史に出会った。ホセアが関わった巻物の内の一巻が消えてなくなり、シモン・デラムが巻物捜しの依頼で父を訪れた。そこに私も加わることになったのである。

やがて、洞窟の中で私は会うことになった。幾世代に亘って、人知れず住み続けてきた者達と。彼等は二千年の間、彼等の聖なるテキストである皮紙の巻物を守り、写し続けていた。


三十分程歩くと、眼下に死海が広がるテラスの崖っぷちに出た。そこがクムランの遺跡があるキルベット・クムランである。警察によってロープが張り巡らされた場所が見えた。太陽が真上にさしかかっているこの時刻、人影はなかった。私はロープをくぐって殺人現場の方へ向かった。現場は遺跡付属の墓地の中央だった。墓地にさしかかった。すると……。

なんということだ！　何故、私は危険を承知で涙の谷〔天国に対して悲惨に満ちた現世〕に下りてきたのか。たとえ父の頼みであれ、やはり断わるべきであったのだ。来たくなかった所へ来て、見たくなかったものを見てしまった。千百基の墓が暴かれ、仰《あお》向《む》けに寝かされた遺骨が頭を南に向け、白日のもとに並んでいたのである。聖なるテキストに記されている「骨の谷」なのか？　何故「骨の谷」があるのか、その時はわからなかった。

無風状態だったにもかかわらず、私は風の音を、いや、囁《ささや》き声を耳にしたように思えた。まるで墓から出て私の方へ上って来るような死者達の声だった。聖なるものと真の善行に絶えず魂を引きつけられて生きた先祖達の声だ。彼等が渇望の地にとりついているのだ。人々がモーセの律法に熱心に気を配って生きたこの地に。墓の彼方から荒野に霊気を吹き込もうとして、骨となってまさに衣一枚持たぬエッセネ人がいる。かつてこの地を領土としていたユダとベンヤミンの子孫を無限に増やし、彼等エッセネ人の果たした役目を引き継がせようとしている。彼等のメッセージを広め、彼等の歴史を永遠に伝えようとしている。

地を見つめて視線を移動させていると小さな十字架が眼に入った。傍に岩の欠片が積まれていた。私は顔を上げた。石の祭壇があった。犠牲者が生け贄にされた祭壇が。暴かれた、無数の墓の真々中に。祭壇の周囲には赤いテープが張り巡らされていた。祭壇の上に白いチョークで人形がなぞられていた。生け贄の子羊のように、縛られ、喉《のど》を掻《か》き切られ、焼かれ、名誉ある臭いとなって主の方へ立ち上らせられたのだ——人間が。犠牲者は、十字架にかけられる罪人のかたちに体をよじられ、身動きできぬようにしっかり縛られ、喉を摑《つか》まれ、鋭利な刃をもつ短剣で切り裂かれ、血をほとばしらせ、肉を焼かれ、立ち上る煙と化したのである。祭壇の下方に火の跡があった。祭壇の足元は灰に埋もれていた。祭壇の表面には七つの血痕があった。私は後退《あとずさ》りした。恐怖で体が冷たくなっていた。大祭司が、大贖罪《だいしょくざい》の日に神に会うため、至聖所に入る前に司《しかさど》る生け贄の儀式が行なわれたことを、七つの血痕が証明していた。だが生け贄にするのは牛である。何故人間を？　どういう意味なのか？

　墓地から数メートル離れて、クムランの遺跡が大きな四方形を描いて広がっていた。私は修道院の設備の跡に近付いた。何よりも水を引くのが困難かつ重要であったこの砂漠で、私の先祖は労苦に励んだ。ずっとついて離れなかった件の声が、少しずつ肉となり体となり、太い給水管の周りで忙しそうに立ち働いているのを見た気がした。その給水管によって、雨水や貯水が院内にいつでも給水される。給水管のもとには送水路や貯水槽がある。そこから飲料用や沐浴用の水を必要に応じ給水管に汲《く》み入れる。きれいな水を満たした沐浴槽に体を沈め、魂と身体の禊《みそぎ》をしている姿が見える。禊を終えた彼等が集会所に向かってゆく。白い衣が厳かに揺れている。集会所は食堂でもある。食卓の席順は厳格に決められている。まず祭司。次にレビ。そして「大勢」と。厨房《ちゅうぼう》から料理の準備の物音が伝わってくるのさえ聞こえる気がした。陶工所では、製陶係が壺を釜《かま》に入れて焼いている。写字室では写字生が巻物の写字に打ち込んでいる。ブロンズや粘土製のインク壺等を慣れた手つきで扱う。写字生は何百という写本を何度も何度も書き写す。昼も夜も。夕刻になると共同体のメンバーは一日の労苦を終え、各部屋に戻る。洞窟に隠れ住む我々も先祖達とまったく変わらない生活を送っている。未来世界の到来に向けて、密《ひそ》かに準備を進めながら。

　天頂にかかった太陽が目も眩む光を地上に向けて放っていた。空気は微動だにせず、完全な無風状態だった。溶鉱炉の扉を開いたような熱気に襲われて息もつけなかった。突然、私の体に震えが走った。背後に眼差《まなざ》しを感じたからだ。……私は振り向いた。胸が激しく高鳴った。足の力が抜けてゆく。一瞬、蜃気楼《しんきろう》を見ているのだと思った。再び会うことなどないと思っていた。『誘惑』はとうに遠くへ去ってしまったと思っていた。忘れたものとばかり思っていた。だがそうではなかった。ジェーン・ロジャースがそこにいた。短剣の刃のように反り返った小さなおさげ。形のよい薄い唇。こめかみの筋肉が描く愛の文字。小さめの丸いサングラス……だが肌の色は、かつて見慣れたジェーンのそれではなかった。夏のクムランの気も狂わんばかりに暑い太陽にこがされた、なめし革のような肌であった。


ジェーン。洞窟にこもって以来、彼女の夢を見なかった夜があっただろうか。そして、その夢は必ず自責の念と後悔に彩られたものであった。彼女の他には何も存在しない。彼女こそが私の欲するすべて。熱望の究極対象。何度そう思ったことか。

　私は亡霊でも見るかのようにカーキ色のショートパンツに白のTシャツ姿のほっそりした体を見つめた。そして視線をその眼に移した。ジェーンがサングラスをはずした。

「アリー」

　その顔に、י《ヨッド》の文字が読めた。アレフベートの十番目の文字。王国と調和の象徴。来たるべき世界のしるし。יはアレフベートの中で最も小さく控え目であるが同時にすべての根本をなす。10＝1＋0であるヨッドは第一原因、つまり原因の原因であるから……〈ジェーン〉。

「本当に、久し振りね」ジェーンが言った。

　彼女は握手をしようと手を出しかけたが、すぐに引っ込めた。我々の宗規が握手を禁じていたからである。私はどう挨拶《あいさつ》すればよいものかわからずに、ただ黙っていた。そしてジェーンも黙ってしまった。もう永遠に会えないと信じていた長い別離の後の突然の再会。驚きと嬉しさと当惑に満ちた沈黙だった。そしてまるで永遠が成就されたかのように、私が沈黙を破ってこう呟《つぶや》いた。

「二年振りだ」

　再び私はジェーンの眼を見つめた。その眼にぎくっとさせられた。以前のジェーンとは違う。肉体的にではない。相変わらず美しい。だがその内側に変化が窺《うかが》えた。微笑を浮かべているにもかかわらず、表情にかたさがあった。疑念を忘れて、思わず私は微笑みを返していた。

「殺人事件のことを教えられたの？」彼女が言った。

「そうだよ」私が答えた。「犠牲者を知っているのかい？」

　ジェーンは眼を伏せた。数歩、後退りして、手で顔の汗を拭《ぬぐ》うような仕草をした。それから、ゆっくりと私に近付いてきた。瞳が曇っている。そしてこう呟いた。

「ピーター・エリクソン。発掘隊のリーダーよ。犯行は一昨日《おととい》の夜だわ。翌日、遺体を見つけたのは私。発掘現場に仕事に来て……」

「君の他に誰か遺体を見た者がいた？」

「チームの複数のメンバーが見たわ。警察に連絡するため、ただちにキャンプへ走った。私は残った。何がなんだかわからなかった……血が振りまかれていた。血痕が全部で七つあったわ。七つの徴《しるし》みたいだった。奇妙な、白麻の衣を着せられていた」

　二人の間に再び沈黙が訪れた。

「ここを離れろ、ジェーン」私が沈黙を破って言った。

「やはりそのためなの？」語気を荒げて彼女が言った。「私達を恐怖に陥れ、ここから遠ざけるために犯された殺人？」

「しかし、君達はこの地で何を探していたのだ？」私が呟くように言った。

「『銅の巻物』に記されているリストに従って発掘を行なっていたのよ」

「『銅の巻物』だって？」

　私は驚いた。死海文書の内でも『銅の巻物』はある意味で最も不可解な巻物といえる。その名の通り、唯一、金属の薄板に文字が記されている。その上、解読がまことに困難である。内容は、リスト形式で、かの有名な宝物の埋蔵場所が並べて記されている。

「知っているわよ」私の驚きの理由を見透かしたかのようにジェーンが言った。「あのカタログはローマ時代のユダヤ人の民話に属する想像上の宝物にすぎない、と複数の学者が考えていることは。でも私達は……いえ、エリクソン教授は想像上の産物と考えるには記され方があまりに現実的だ、と確信していたの」

「ところで、君自身はどうしてまたそこに加わることになったのだい……その宝探しに？」

「二年前、あなたが洞窟へ立ち去った後、ここで発掘を行なっていたエリクソン教授のチームを知り、参加する決心をしたのよ」

「そのエリクソン教授はいかなる方法で『銅の巻物』の解読に成功したんだ？」

「いろいろな読み方があるようね。エリクソンはリストの完全な文章化を試み、それに成功したのよ」

「本当か……。それで新たな興味ある結果が得られたのかい？」

「この殺人事件は、そこに関係があるということ？」

「可能性はある」私は答えた。

私はジェーンを見つめた。彼女はまるで何かを用心しているかのように、私から少し離れて立っていた。

「後援者はいるのかい？」

「複数いるわ。一般のユダヤ教、敬虔派、リベラル派、それぞれ異なった団体よ。国際的な民間援助資金も受けているわ。でもチームのメンバーにサラリーは出ない。全員がボランティアよ。三食と寝る所が保証されているだけ」

「これまでに何か見つかったか？」

「なかなか大変よ、アリー……五カ月でサイロが一つ。神殿で使用されていた香があったわ。成果が少なすぎるようね」

ジェーンはポケットから紙片を出すと、私に差し出した。

「これを見て」彼女が言った。「『銅の巻物』の一部をコピーしたものよ。文字が格子状に記されているわね。これを斜めに読んでみて」

私はコピーを手に取り、顔を近付け、ジェーンの言った通りに読んでみた。

「ベクベル　シェ　バナハル　ハ＝キッパ……ドームの川にある墓」

ジェーンが一段下の行を指で示す。

「エリコからサクハラ……東西南北の軸を引く」

「宝物はその交点にあるであろう……」

「我々チームは実際、そこで小さな油壺を見つけたわ。エルサレムの神殿の至聖所で用いられた香油が入っていた壺、とエリクソンは考えていた」

「しかし、宝物そのものは？」

ジェーンは残念を微笑みで表明した。

「何も見つかってないわ」

そう言って近くにあった岩に腰をおろした。

「アリー、もうわけがわからないわ……。昨日からというもの……。

昨日の話をするわ。太陽がたたきつけるように照りつけていた。焦熱地獄にいるみたいだったわ。それでも生温《なまぬる》い水の入った水筒をさげ、チームはキャンプを出たの。疲れをものともせず、この遺跡へと向かったわ。イスラエルの民の族長が手にしていたような杖《つえ》をつきながら。そう、チームはまさに族長のグループだった。暑さにも、蛇にも、サソリにも、いかなる障害にも屈せず、強い信念のもとに発掘を続けていたんだもの。

エリクソンの姿が見当たらなかった。でも後で来るものだとばかり思って気にもしなかった。遺跡の近くまで来ると、休憩して軽食をとったの。私は皆より離れてこのあたりまで来ていた……そして彼の死体を発見したの」


考古学者達のキャンプに案内して欲しい、と私はジェーンに頼んだ。理由も聞かずジェーンは私をジープに乗せ、岩だらけの荒野を数キロ走らせた。

キャンプはクムランのそばのキブツに近い場所にあった。使い古された無人のテントが岩場に幾つか立っていた。恐ろしい脅威の接近があって捨て去られた、戦地の仮設キャンプさながらであった。

　一人だけ人間がいた。肌が日焼けで赤くなっており、直毛の灰色の髪を横分けにした五十代の男であった。こめかみに汗をしたたらせ、ぐったりとした様子でテントの前の椅子に座っていた。暑さのさ中、身動きもしない。寝入っているらしい。

　ジェーンと私はエリクソンのテントへ向かった。とその時、テントから、警官二名を連れたシモン・デラムが出てきた。シモンは私を目にとめると、急ぎ足でやってきた。シモンと私は軍隊流に黙って見つめ合った。相手の秘めた考えをはかるのである。

　シモンは変わっていなかった。茶色の髪。整った顔の線。眼は小さくはないが東洋的。小柄で太り気味。口には煙草代わりにトレードマークの爪楊枝《つまようじ》。額にはנ《ヌン》の文字が読み取れた。ヌンは忠実、謙虚を象徴する。また下の、短かい水平部分が心のまっすぐな人に約束された報酬を喚起する。トータルとしてヌンは正義の象徴である。

「アリー」シモンは言った。「会えて嬉しいよ」

　そしてジェーンの方を向くと、「ジェーン、元気かい」と挨拶した。

「元気よ」ジェーンは答えた。するとシモンは内緒話をするかのように彼女に近付き、こう呟いた。

「シリアにいると思っていたよ」

「いいえ」ジェーンが言った。「ここに残ることにしたの」

　シモンは再び私の方を振り向いた。満足そうな笑みを浮かべている。

「アリー、引き受けてくれて嬉しいよ」

「私はまだ何も……」私は抗議した。

「我々が是非とも君を必要としていることはわかっているだろ」シモンは私の言葉をさえぎって言った。「前回だって困難な仕事をやり遂げてくれたじゃないか」

「シモン、私はあなたお抱えのエージェントではありませんよ」

「この事件を解決できる者は君以外にはいない。わかるだろ。未来永劫《えいごう》誰もいないさ。我々にとってみれば、別の時代の歴史に直面させられているみたいなものだ。考古学者だけが、写字生だけが、そして……戦士でもあるエッセネ人だけが理解できる歴史に」

「まだ私は承諾していないんです、シモン」

「まさしく」シモンはゆっくりと楊枝を嚙《か》みながら言った。「そこでこれから君を口説こうというわけさ」

「聴こうではありませんか」

「話はこうだ」

シモンは立ち去ろうとするジェーンを振り返った。

「いや、ジェーン、一緒にいて構わないよ」

シモンは話の間をおいて、爪楊枝を口からはずした。地面に捨て、煙草の吸殻のように踏みつけた。

「率直に話そう。男が一人殺された。クムラン文書の内の一巻を頼りに宝探しをしていた考古学者だ。そしてその宝物はエッセネ人のものらしい。そうなのだろ……?」

「シモン、あなたは間違ってますよ」私は述べた。

「エッセネ人は何も所有しません。彼等は『貧しき者達』と自らを呼んでいます」

「まさにそこだ」シモンが皮肉っぽい笑いを浮かべて言った。「貧しき者達にお宝は有り難いのではないかな?」

「そのことが」私が肩をすくめながら言った。「事件とどう関係があるのですか」

「関係? 関係は大有りだ。何故なら、エッセネ人がこの殺人事件に関わっている、と我々は考えているのだから」

「シモン」私は声を荒げた。「今『我々』と言いましたね。誰です?」

「シン・ベトだ」

「シン・ベトはエッセネ人の存在を知っているのですか?」

「当然だ」

「シモン」私は歯をくいしばってつぶやいた。「何故、我々の存在を明かしたのですか。たとえシン・ベトにでも……」

「馬鹿を言え、アリー。我々は秘密情報機関だ。一度シン・ベトに入った者は……」

「決して抜け出すことはない」私が言った。「だからといって、あなたも知っている、ジェーンも知っている、その上シン・ベトだ……。我々にとっては危険すぎる」

「二年前、君が危険な状態にあった時、助けに駆けつけたのはこの私だ。そのことを忘れてはいまい。守らねばならぬ秘密はどんなことがあっても守る。君がレビを殺した時、警察にも告げず君を洞窟へ逃がしたのもこの私だ」

「……なぜ我々を疑っているのですか？」

「アリー、考えてもみろ。この地方で儀式的殺人を犯す者がエッセネ人の他におるか？　この生け贄の儀式は、確か、君達の聖なるテキストによれば『審判の日』に成就されるのだろう？」

私は答えに窮した。

シモンは顔を輝かした。

「さっそく」シモンが言った。「その点に関して調査が必要だろうな。わかってくれたらの話だが」

「わかってきましたよ」

「それからエリクソン教授の娘からも何か聞き出せるかもしれない」

「エリクソン教授自身はユダヤ人ではないのよ」あたかも私の考えを読んだかのようにジェーンが言った。「でも娘はユダヤ教に改宗したの……。今朝、私に会いに来たわ」

「それでは」シモンが言った。「私は行くよ。では……またな、アリー」

彼は少し行くと、振り返った。そして不吉なことでも考えている様子でこう付け加えた。

「すぐまた会うことになるかもしれないな」

その時、例のテントの前で寝ていた男が我々の所へやってきた。我々の話を聞いていたのであろうか？　先刻、彼の前を通り過ぎた時、実は、寝た振りをしていたのではなかろうか？　一瞬、私はそう思った。

「アリー」ジェーンが言った。「考古学者のヨセフ・コズッカを紹介するわ」

「恐ろしいことです」コズッカがr《アール》を巻き舌のポーランド訛《なま》りで発音しながら言った。「恐ろしい、まったく恐ろしいことだ。我々皆が……いや、とにかく私はピーターの身に起きたことで気が動転している。彼は我々だけの友達ではなかった。国際的に有名な大変な研究者だった。そうでしょう、ジェーン？」

　ジェーンは近くの岩に腰をおろした。

「そうよ」彼女は言った。「恐ろしいことだわ」

「敵がいたのかい？」私が聞いた。

「おそらく」コズッカがゆっくりと答えた。「最近、脅迫を受けていた。ある夜、待ち伏せまでくらった。恐怖を与えて、発掘を中止させることが目的だったのですな。襲撃者はベドウィンのようにターバンを巻いた男達だったそうだ」

「その連中の正体について思い当たることがありますか？」

「私は知らない」コズッカが答えた。「しかし、エリクソンはナブルスのサマリア人祭司達と親交がありました。彼等が朗唱している聖書の部分の幾つかを研究していたのです。彼等に尋ねれば何かわかるかもしれない」

　ジェーンが気の毒そうに首を横に振りながら語り始めた。

「一昨日、彼が私のテントに来たの。〝キルベット・クムランの穴倉の土をペインティングナイフと筆で丹念に取り払っていたところ、土器の山が出土した。死海文書をおさめた壺と同形のものが無傷のままその山から姿を現わした。そしてその中には写本の断片が何枚もあった〟。そう彼は語った。すごく感動していた。まるで二千年の間、地中で眠り続けていた人間を覚醒《かくせい》させることに成功し、これから話を聞き出そうとしているみたいな興奮振りだったわ……」ジェーンはやりきれないといった微笑を浮かべ、続けた。「ここの発掘は本当にきついの。これほどだとは思いもしなかった。生活環境は不安定。水はない。暑い。そしてほとんどの場合、その劣悪な環境にあっての努力は無駄に終わる。長い時間かけても大したものは出てこないから。これは、と思うようなものが出てきても、今度は別の苦労があるわ。すでに出土した様々な断片との突き合わせや組み合わせ。推理。ジグソーパズルや謎解きをするのと同じ……」

「エリクソンが、断片をおさめた壺を発見した、という話の続きは？」ジェーンの話を耳にしていて突然、何かに思い当たったようにコズッカが言った。

「そうだったわ。ごめんなさいね……」ジェーンは話を続ける前に間をおいた。私は彼女の顔を見つめた。疲れと感情の高ぶりが表われていた。ヨセフ・コズッカは帽子をとると、ハンカチで額を軽く叩《たた》いて汗を吸い取った。汗が皺にそって細い流れの筋をつくっていた。私はその筋を数えた。一本、二本、三本、ת《タヴ》の文字になっていた。アレフベートの最後の文字である。真実の文字であると同時に死の文字でもある。そしてタヴは行為の達成、未来の現在化を象徴する。

「奇妙だわ……」ジェーンが言った。「件の断片が『終末』の登場人物、メルキゼデクのことを語っていたそうなの。以前からピーターはことのほかメルキゼデクに興味を示していた。こんなことにならなければ、私もこだわりはしないのだけど……それにこのクムランの地で遠い昔に起こったことを考えに入れると……」

「イエスの時代のことを言っているのですか？」コズッカが尋ねた。

「そうよ。それに例の『イエスだ、否、義の教師だ』の馬鹿馬鹿しい論争……」

「だが、我々の発掘はそれとは何の関係もない。我々が探しているのはエッセネ人のメシアではなく『銅の巻物』に記されている宝物ですよ」

「私達の計算では」ジェーンがコズッカの言葉に付け加えるように言った。「巻物に記されている金銀を合計すると六千タラント以上にもなるのよ……莫《ばく》大《だい》な金額よ。今日のドルに換算すれば、数百万ドル」

「それだけの宝が蒸発する訳がない、と考えられているわけだ」私が言った。そして、少し長い間をおき、こう付け加えた。

「エリクソン教授のテントを見たいんだが」

「案内するわ」

テントは食堂代わりの大テントの傍にあった。キャンプ用のベッドと折り畳み式のテーブル。ベッドの上には荷物が散乱していた。テント中に、衣類、本、様々な物が散らかっている。すでに警察がすべて調べたに違いなかった。私の傍にいたジェーンがためらいがちにテーブルに近付いた。テーブルの上にアラム語の皮紙の断片のコピーが置かれているのに、私は気付いた。

「きっと教授が見つけた件の断片だわ」ジェーンが言った。「何が記されているのかしら？」

「クムラン文書の断片だよ。なるほど、メルキゼデクに関するものだ……歴史の終末、光の子達の解放の時にあって、メルキゼデクは正しき者達の守護者であり、終末の支配者。光の君主であり、神への贖罪の儀式を司る大祭司」

「そうね」ジェーンが言った。「エリクソンがことさらこの人物に興味を抱いていたのはそのためかしら？」

「さあ、それはわからない」

テーブルの傍にまた別の物があり、それが私の興味を引いた。銀メッキした金属でできた古代の短剣だった。黒の柄《つか》の先端に人の顔のような装飾がついていた……。顔を近付けて見ると、ドクロであることに気付いた。また、柄の端には各先端部分が広がった十字架があった。

「これは何？」私が尋ねた。

「儀式用の短剣よ」ジェーンが言った。「エリクソンはフリーメーソンのメンバーだったの」

「本当かい？」

「もちろんよ、アリー。秘儀的規則や秘教の伝統を何十世紀も守り抜いているのは、エッセネ人だけではないわ」

「金持ちになる目的だけでエリクソンが『神殿の宝物』を手に入れようとしていた可能性は？」

「ないわ。物欲とは程遠い人だもの。そうだ、これ」ジェーンはそう言って私に一枚の写真を差し出した。「持っていっていいわ」

ジェーンは足早にテントを出ると、うつむいて去っていった。

陽も徐々に傾き、夜の最初の影があちらこちらで生まれ始めた。荒野を長いこと歩き、私は洞窟へ帰ってきた。早速、ジェーンに渡されたエリクソン教授の写真を見つめた。銀色に輝く灰色の髪。暗色の瞳《ひとみ》。髭《ひげ》をはやしていないため、太陽が彫り刻んだとも思える皺が目立ち、ある種の貫禄《かんろく》をかもし出している。ルーペを使って細部を見る。額の皺にכ《カフ》が読めた。自然の力を制御する努力の成就を象徴する文字である。この文字の描く曲線は謙虚、試練の享受、そして勇気のしるしである。カフの賜《たまもの》は精神的にも肉体的にも大変な努力の成果を示すのである。

　エリクソン教授の横にヨセフ・コズッカが写っていた。この宝探しで、二人はパートナーだったようだ。極めて劣悪な条件での発掘に、二人は人生を捧《ささ》げていたのであろう。二人の手の荒れは写真でもわかる。ツルハシやパレットナイフを使い、強い陽射しの下で不休の発掘をした手であった。突然、私の注意がそこに引きつけられた。教授は、上体を軽くかしげ、パイプを手にしていた。そしてもう一方の手に『銅の巻物』に似た巻物を持っていたのである。だが巻物の色は銀であった。書き付けられている文字もヘブライ語ではない。ゴチック体だ。ルーペの焦点を合わせると「アデマール」という単語が読めた。何を意味しているのであろうか？

　私は岩を穿って作った浴槽のある大きな部屋へ赴いた。そこで我々は沐浴をする。昼間、墓地と殺人現場で死と接したので身を清めねばならない。部屋の天井は曲面天井になっている。浴槽はかなり深い。律法に従い全身を沈めるためである。

　眼鏡をとる。白い麻のチュニックを脱ぐ。澄みきった水に入る。エッセネ人の洞窟へ来て以来、痩《や》せる一方であった。あまり食べないからだ。冬の裸の樹のこぶさながら、筋肉が脂肪のない皮膚の下で盛り上がっている。三度水に身を沈めた。そして水面に顔を映して見つめた。エッセネ人の洞窟に鏡はない。水面に映ったほの暗い像を見るだけだ。まばらに生えた髭。微妙にカールした暗色の髪。透明に近い白い顔。ブルーの眼と薄い唇。額にק《コフ》の文字が生物のように見えた。カドゥーシュ＝聖なる者の最初の文字である。垂直にひかれたバーは、聖性を求めて不浄なるものに赴くこともある、ということを示している。

　浴槽からあがると、体を乾かし、白い麻のチュニックを再び着た。手をつけた仕事を続けようと思い、写字室に赴いた。

大きな木のテーブルの上には黒ずんだ皮の断片や、すでに書き込んだ皮紙が広げられている。この部屋は狭い通路で別の岩窟と繋がっている。そこは布切れや皮や瓶などの置き場所になっており、瓶はいずれも低い天井に届く程の高さがある。

私の仕事場になっている長いテーブルにつき、まず精神を静める。そしてナイフを手に取り、皮紙の表面を掻き始めた。スムーズに掻けない。すでに綺《き》麗《れい》に洗われ、つるつるに見えても、実はざらざらなのだ。

掻き終えて、罫《けい》を引いた。皮紙の上部下部、そしてページとページの間（巻物なので）に余白をとる。そして書き始めた。罫にそって書いてゆく。皮紙の目は完全に均等でなければならない。私は細かい目の、それでいて丈夫な皮紙を好む。書き進んでゆくと、手の熱やインクや絵の具で皮紙が柔らかくなってゆくが、その感触が好きだ。皮紙は生きた肌である。火にも腐敗にも耐える生命を宿している。だからこそ、とてつもなく長い年月に亘って文字を保存する。それが銅板であれば、酸化して解読不能の事態を招く。また皮紙はパリンプセスト＝二重写本が可能だ。皮紙を乳清に漬けて、書き付けた文字を掻き消し、再び新しい文字を書くのである。居住地が長年の間にしだいに高まってできた西アジア地域の独丘に歴史が練り込まれているのと同様、パリンプセストには歴史の層が潜んでいる。

ペンが引っ掛かって滑らない。皮紙のせいか？　それとも心の擾《じょう》乱《らん》のせいか？　書き付けねばならぬ文字とは関係のない、幾つのも言葉、思考が私の頭の中で争い合っていた。テキストに集中できない。私は突然、写字が不毛な行為に思えた……ここから遠くはない、ユダヤ砂漠で惨劇が始まったのだ。そして、その直中《ただなか》に一人の女性がいる。頭の中に彼女の名前が響き渡って消えない。私は皮紙にナイフを走らせ、強く掻いた。そして改めてペンを動かした。しかし皮紙は私のペンを締め付けるかのようにして書かせない。私の右が変化を被っている。手の力が抜けてゆく。

この上なく異様な生け贄の犠牲者、エリクソン教授のイメージを私は頭の中から追い払うことができなかった。我々の聖なるテキストに記されていることを私は考えた。永遠の墓穴に破壊の天使達が食らわすおびただしい打撃。復讐《ふくしゅう》をはたそうとする神の恐ろしい怒り。果てしない強い不安と恥じ入る心。汚辱。火によるエクスタミネーション。あらゆる時代に亘り、時代から時代、世代から世代へと闇がもたらす災禍がある限り、繰り返される事象。

私は犯人について考えた。奴なのか？　ベリアルの手先、悪しき人なのか。奴なら鳥の捕獲網のように立ち上る。人間を捕えるために。仮にそうであるなら、時が近付いている。『終末』が。

《大勢のベリアルに、肉という肉に、神の怒りを！　イスラエルの神は驚くべき力を込めた手を瀆神《とくしん》の心に振り上げる。神々の勇士全員が戦闘準備をしている。聖者の部隊が「神の日」のために結集する》

私は自分の内側を空にして、レビに教わった、精神統一のための方法を実行することにした。それはアレフベートの一文字を書き、言葉の殻が砕けるまで静観し、文字に吹き込まれている原初の息吹に達する、というものである。

写本に身をかがめ、文字を選び、私は書いた。アレフベートの最初の文字א《アレフ》を。アレフは牛の頭に似ている。この子音を発音するには浅く息を吐くか、声門破裂音を出す。後者の場合は母音を伴わなければ可聴音にはならない。アレフは非物質の文字。息吹と不在の文字。神の文字である。ある言葉においては、アレフがないことが精神性の欠如、そして物質性の支配の表明となる。だからアダムは罪を犯した後、アレフを失った。そしてアダムはダム＝生身の人間となった。

第二の巻物　シオンの巻物

おおシオンよ、そなたを思い起こすたびに、
私はそなたを讃《たた》える。
そなたを愛するがゆえに、全身全霊でそなたを讃える。
おおシオンよ、そなたは私の希望。
幾世代下るとも、人間達はそなたの胸にいだかれよう、
そなたの胸から乳を飲むであろう、
そなたの輝きを避難所とするであろう、
そなたの預言者達を記憶するであろう、
もはや、そなたの中に悪は存在しない。
不信の輩《やから》と悪の僕《しもべ》達は立ち去る、
そして、そなたの子達がそなたを讃える。
そなたの花婿達はそなたに恋焦がれる、
彼等は「解放」の時を待つ、
そなたの壁の中で彼等が涙を流す。
おおシオンよ、彼等は希望する。
「解放」の時を待つ。

クムランの巻物
《ダビデの詩篇》

この物語の中で、これから一体どんな役を私は演じるのであろうか？　私が運命的に関わることになったこの物語の始まりは、実を言うと、今回の事件のずっと以前に遡《さかのぼ》る。クムランの洞窟《どうくつ》で文書が発見された一九四七年に。塵《ちり》と化した布に包まれた三巻の皮紙が円筒形の壺《つぼ》に納められていた。

　関係者が巻物の重要性に気付くのに時間はかからなかった。巻物は合衆国のある銀行に保管された。数年が経ち、それ等が二千年前の聖書のテキストであることをアメリカの研究者達が公式に確認した。それまで人類が知る最も古い、聖書の写本であった。アメリカ、イスラエル、ヨーロッパ各国の考古学者のチームがクムランの発掘準備にとりかかった。こうして四十余りの壺が世に現われた。今日、読まれているものと同じ内容の五書、イザヤ書、エレミア書、トビト書、詩篇があった。すべての旧約聖書の断片や外典もあった。外典の中にエッセネ人共同体独自のものが含まれていた。「共同体規則」、「光の子達と闇の子達の戦争」、そして「神殿の巻物」が。

　その発見のとてつもない重要性が意識され始めた。今日、我々が読む聖書は、写本の写本。または、その写本の翻訳の翻訳であるのに対し、死海文書は正真正銘、原本の聖書のテキストであった。しかしながら、その内容は二千年経た今日の聖書と一致していた。つまり、我々ユダヤ教徒が継承してきた「聖伝」は、そっくりそのまま祖先が継承していた聖伝だった、ということが証明されたのである。

　死海文書の発見がやがて生まれてくる私の運命を決定した。件の聖伝が父の、つまりエッセネ人の聖伝であったからだ。紀元前二世紀、大衆と袂《たもと》を分かち、厳格な宗規に従って生き始めた彼等は独自の生活を送る。一日中、聖なる書の研究と、終末を待つことに身を捧《ささ》げるのである。来る日も来る日も。自分達こそが真の神の民であり、したがって自分達よりメシアが出る、と彼等は考えていた。法悦を語り、神と新たなる契約を交わしたがっていた。過越祭《すぎこしのまつり》の日にメシアの食事をする。パンと葡萄酒《ぶどうしゅ》を祝福し、待ち望んでいるメシアを指名する。救世主を。彼等が崇《あが》める「義の教師」を。

　そして二千年後、エッセネ人は私に聖油を注いだ。メシアは私だった。全知の中の中に達し、魂の支えを見いださんと洞窟で写字に励んでいた私がメシアだった。だがメシアになった途端、洞窟を離れねばならない状況に陥った。何故だ？　荒野《あれの》の静けさ、私の精神を養った禁欲生活、私を選んだエッセネ人と離れて俗世に下らねばならない。

　エッセネ人の共同体ではメンバー全員が各自役割を持つ。私の役割はトーラー＝律法の写字であった。トーラーの巻物はエッセネ人にとって神殿のイメージそのものでもある。巻物に記されている文字には母音も母音符号もない。すべての意味はテキストの内奥に封印されているのである。第一神殿と同様に。何故なら、神殿の内奥の聖なる一室が、ある神秘を封印していたから。誰も、接近する権利は持てない神秘を。私は写字を通して、記号＝徴《しるし》＝文字が封印している神秘を見通そうとした。私は熱中した。心底、焦がれていた。私の魂はその神秘の存在を渇望していた。

　私は一体何をしようとしているのか？　神秘の存在は私をどこまで行かせようとしているのか？

　彼等が私を待っていた。「大勢」のすべてが集会所に集まっていた。洞窟内であるから薄暗い。照明は松明《たいまつ》とランプである。集会所は他所《よそ》よりも広く、大きな円筒形をしている。

　揺れ動く炎の光に照らされ、百名の「大勢」が終末を待っていた。すぐにでも戦いに臨める百名のエッセネ人がいた。女性はいない。女性達は一九四八年の建国の折、国民生活を選び、その中で子をつくることを願い洞窟を出ていったからである。

　真実を知ろうと意志を固くして彼等はその夜、そこにいた。全員が同じ白い麻の衣をまとっている。我々の共同体では如何《いか》なるメンバーも、家もテントも家畜も衣類も個人的所有を許されない。個人は全員であり、全員は個人であるからだ。「永遠なる方」の前で我々こそが「貧しき者達」だと明言できるのであった。

集会所に、私は最後に入った。半円形をつくって石のベンチに百名が座っている。座順は階級に従って決まっている。歳は様々で、百歳を超えた老人達から熟年の男達、若者達までがいる。もっとも若者といっても、五十には達している（旧約聖書の登場人物同様、エッセネ人は寿命が長く、頑健なのだ）。彼等は天使達のように静かに、私が話し出すのを待っていた。最前列に祭司達がいる。しかし、彼等の中でも若者より老人が前である。そしてレビ達よりコーヘン達が前である。あとのイスラエルの部族のメンバー達はやはり歳の順、格の順に席が決められていた。

私の教師役のレビに先導され、私は大勢の前に立った。

「兄弟達よ、不浄を見てきた男の言葉をこれから聞かせる」私は言った。「ユダヤの荒野、しかもこのすぐ近くで不浄が犯された。殺人があった。人が生け贄《にえ》にされた。そしてキルベット・クムランの我々の祖先の墓が暴かれていたのだ！」

会衆の間にざわめきが起こった。祈りを唱える者もいれば、嫌悪感を交えた恐怖感を周囲に表明している者もいる。

「……私は、暴かれた墓の間を巡った。骨を見た。乾ききった骨を！　だが、預言者は言っている。主が骨に息吹を吹き込まれる日が来る、と。骨に肉が付く。皮膚がそれを覆う。骨は息を吹きかえす。私は見た。私はそれを幻視した。確かに骨に肉が付き、皮がそれを覆った。骨が息を吹きかえした。我々の祖先達エッセネ人が今のあなた方同様、この私同様、集まって立っていた。すぐにでも戦える軍団となって！」

ざわめきとひそひそ話が再び起こった。

立ち上がり、「主の名」の加護を祈る者もいれば、私の言葉を耳にして涙を流している者もいた。

「アリー、今度は殺人のことを聞かせてはくれぬか」レビが言った。

会衆が沈黙した。一同の視線が再び私に集中した。

「昔、大祭司コーヘン達が司った生け贄の儀式をまねたものだった。私は祭壇の上に見た。エッセネ人と知識人のみが知るはずのことを。『浄化』の前に行なわれる最後の儀式が行なわれたのだ。七つの血痕《こん》があった。聖なるテキストにこう書かれている。――そして彼、大祭司は「永遠なる方」の御前に置かれた祭壇から熱した炭を取り、香炉に入れるであろう。そこに一撮《ひとつま》みの香の粉を振りかけるであろう。彼は幕の内側に姿を見せるであろう。彼は「永遠なる方」の御前で、炎の上に香をかける。香の蒸気が贖罪所《しょくざいしょ》にたちこめるであろう。贖罪所の下には聖なる櫃《ひつ》がある。(神の声を耳にしても)彼は死ぬことはないであろう。彼は雄牛の血を手にするであろう。指先ではじいて贖罪所の東に振りかける。そして贖罪所の正面には七回振りかけるであろう――我々の儀式と法を知る誰かでなくては、あの様な殺人を犯すことはできない!」

再び恐怖のざわめきが会衆の間に走った。まるで私の言葉が木霊《こだま》しているようだった。やがて、それが報復を求める声に変わった。憎悪と恐怖が混じりあった叫びがわきあがった。犯罪者に与える罰は全員が知っていた。《犯罪者は異教の法に則《のっと》って処刑される》

私の教師役のレビが私の方を向いた。するとまたざわめきがあがった。私の話を〈確かに聞いた〉、と「大勢」は互いに視線でうなずき合っていた。眉《まゆ》をひそめている者もいれば、顎鬚《あごひげ》を引っ張っている者もいる。恐怖に怯《おび》えてそわそわしている者もいる。周囲の一人一人を見回している者、天に向かって腕を上げている者、拳《こぶし》を振りかざしている者、復讐《ふくしゅう》を叫んでいる者……各人各様だった。

最前列では、老コーヘン達が呪いを口にしている。まだ誰ともわからない犯人に対し、早くもレビ達が破門を宣告していた。「大勢」の内でも最長老のハノクが立ち上がった。他の者同様、白い麻の衣。禿《は》げ上がった頭。深い皺《しわ》が刻まれた顔。暗色の眼。その眼から稲妻のような眼光を放ちながら、天に向かって手にした杖《つえ》を振り上げるとこう叫んだ。

「神に栄えあれ!『闇を歩いていた民が大いなる光を見るであろう』ついに、その日が訪れた! ついにアリー、そなたが我々を救ってくれる。この長き待望の時が、二千年にも亘《わた》った待望の時がいよいよ終わりを告げる。そして我々は天の国に近付ける！ 神はそなたを御自分の選民の旗となさった。《神秘の知》の解釈者となさった。立て、兄弟達よ！ メシアを讃えよ！」

長い沈黙があった。ロウソクが何本か消えた。ざわめきと溜《た》め息に反応するかのように残りの炎が揺れた。突然、一人の人間が立ち上がるかのように「大勢」全員が同時に立ち上がった。そして詩篇を唱えた。「ハレルヤ」と讃えた。百人全員が私の方を向いていた。光と希望に輝く顔を向けて私を見つめていた。私は一人一人の顔を視線で捜査した。私がそこに見たのは、専ら主の霊、知恵と理解の霊、神意と力の霊、知ることと憐《あわ》れむことの霊であった。神に対する畏怖《いふ》の念に満ちていない顔は一つとしてなかった。

翌日、私は早朝に起床し、朝の祈りを済ませると、生まれたばかりのほのかな光を讃えながら、考古学者のキャンプへと赴いた。

キャンプは人気がなかった。考古学者達は全員立ち退いたようだ。警備の警官が二人いるだけであった。マルタ堆積層のテラスの断崖の下では、曙光《しょこう》に輝く死海に、モアブの山並みが柔らかい影となって映っていた。

ジェーンはいるはずだ。そう思い待っていると、程なくテントから出てくる彼女が見えた。憔悴《しょうすい》感が顔に表われていた。しかし黒く深い瞳《ひとみ》は目覚めた太陽をむかえ、強く輝いている。そばかすが飛んでいる日焼けした赤い顔が、砂漠の朝の偽りの優しさを裏切りやがて射すであろう強烈な光線を想像させた。我々は見つめ合った。たとえ、惨劇的状況にあっての再会ではあっても、二人は幸福感に包まれていた。〈だが、以前はどこで？ いつから？ 昨日？ 二年前？ それとも遠い昔からの結びつきだった？〉互いが自問しているかのように見つめ合っていた。

「おはよう、アリー」

昨日同様、私は気軽な言葉で返すことができず、沈黙が二人を包んだ。

「新しい事実がわかったかい？」昨日と同様、沈黙を破って私は尋ねた。

「警察がこの区域の捜査を開始したわ。ベドウィンやキブツのメンバー達に聞き回っているのよ。昨夜は、チームのメンバーも一人一人呼び出されて質問されたわ。かなり長い時間。さらに、全員集められてもう一度。証言の信憑《しんぴょう》性を確認するためよ。ところでメンバーは全員、今朝早くここを立ち去ったわ」

「それで警察は何かわかったのかい？」

「何の発表もないわ」

私は昨日もらったエリクソン教授の写真を取りだした。

「見てごらん」件の巻物を指さして私は言った。

「金属の薄板ではあるけれど、銅の巻物ではない」

「違うわね」ジェーンは答えた。

「何の巻物かな？」

「わからない」

「この写真はいつ撮られたものだい？」

「三週間ほど前……撮ったのは私よ」そして、ためらいがちにジェーンはこう言った。「コーヒーでも飲まない？」

「いいね」私は答えた。

我々は食堂代わりのメインテントに入った。ジェーンが古めかしい魔法瓶から二つのカップにコーヒーをついだ。私は彼女の傍に腰をおろした。

「話して」突然、ジェーンが切り出した。「あなた自身のことを」

「何を？」

「エッセネ人のところでの生活。幸せ？」

「幸せだ」答えたが歯切れは良くなかった。「しかし、幸福を語る時ではなさそうだ」

「何故？　幸せであってはいけないの？　人生は短く、そして先はまったく見えない……」

「君の手助けなら何でもするよ」

「宣誓をしたの？」ジェーンが私の言葉を無視してぶっきらぼうに言った。「通過儀礼は済んだの？」

「『契約』を終えた。メンバーの前で共同体の規則を受け入れた。宗規に則り行動することを約した」

「ではもう洞窟を離れることはできないのね？」

「いかなる恐怖を覚えても、強い不安に苛《さいな》まれても、いかなる誘惑があろうが、ベリアルがどんなに巧みに近付いてこようが……」

私は言葉を止めた。ジェーンは無言だった。彼女は悲しそうに、そして親しみを込めて私を見つめていた。〈ほらね、あなた変わっていないわ。なのになぜ私を助けるためにならなんでもする、などと言うの〉そう言っているようだった。

「あなたをここへ来させたのはエッセネ人？」

「いや、シモンだ。シモン・デラムだよ」

「だと思ったわ」ジェーンが言った。

「あなたは透明人間みたいな存在ですものね。誰もあなたを知らない。だから疑われることもない。シモンにしてみれば大きな、秘密の力だわ。強力なエージェントよ」

「僕はエージェントではない。エッセネ人だ」

「妙なことがあるの」彼女が言った。「エリクソンは生前〝準備している〟と言っていた。そしてあなた達を捜していたみたいなの……『エッセネ人は今もって存在する。彼等のメシアが地上のどこかにいるとすれば、それはここであるはずだ。ここクムランだ』そう言っていた」

ジェーンは目を伏せた。あたかもコーヒーカップに全神経を集中するかのように、その目を上げなかった。頬が赤くなった。眼が光った。口を開いたが言葉は出なかった。彼女の心の混乱が銅鑼《どら》の音のように私の心に響き渡った。プロテスタントの考古学者、牧師の娘ジェーン・ロジャースはショックに打ちひしがれていた。どうすれば彼女を助けてやれるのか、私にはわからなかった。無力さに心が火傷《やけど》を負ったように痛んだ。

「アリー」ジェーンが呟《つぶや》いた。「大丈夫？」

「大丈夫だよ」私は答えた。「大丈夫だ。ところで君はあれから……」

二人は見つめ合った。

「二年前、あなたのことはすべて忘れようと思った……でも、そうできない自分に気付いたわ……私が教授のチームに入ったのも、考古学のためだけではないのよ、アリー……」

「君は僕のことを忘れたとばかり思っていた」

ジェーンは悲しそうに微笑んだ。

「そうではないのよ。あなたには使命があることを受け入れただけ」

「ジェーン、君に言わねばならないことがある」

「話して」

「一昨日《おととい》……」

「犯行の日ね」

「過越祭の夜が来て、入団からちょうど二年目になった。祭司がゆっくりと、私にパンと葡萄酒を差し出した。過越祭の儀式の宗定に従ってパンと葡萄酒を聖別させるために。私は従って聖別した。儀式を成就し、こう言った『これは私の血、これは私の肉』」

「それはイエスの言葉……」

「実は、メシア指名の儀式で、メシアに選ばれた者が唱えるエッセネ人の言葉なんだ」

再び長い沈黙が訪れた。

「彼等があなたを選んだの?」

「今、私は彼等のメシアだ」

ジェーンは信じられない、という表情で私を見つめた。同時に、強い不安感がそこに読み取れた。

「彼等があなたを選んだ」内心を吐露するかのように、彼女は私の言葉を繰り返した。「彼等があなたを選んだ。エリクソンが殺された夜に……。これが偶然だと思う?」

そこで話が中断された。コズッカがテントに入ってきたからだ。ベージュのコットンパンツに合わせた白い綿シャツがやつれた顔の色を一段と青ざめてみせていた。一生を発掘に捧げている考古学者の例にもれず、体は痩《や》せ細っているが、握手した手から並外れた体力が伝わってきた。

「写字生アリー!」彼は言った。「御機嫌いかがかな?」

「ええ」私はコズッカの顔を観察しながら答えた。目の輝きが好奇心を表明していた。

「あら」ジェーンが言った。「まだいらしたのですか?」

「いや、もうすぐ発《た》つのだが……」

「一つ、お尋ねしたいことがあるのです」コズッカに例の写真を見せながら、私が言った。「この巻物が何の巻物かわかりますか？」

「教えてくれますかな」写真に落としていた視線を私に移して、コズッカが答えるかわりに尋ねた。その横目使いに非難が読み取れた。「あなたは本当に写字生なのか？　それとも事件の調査員なのか？」

「私よ」ジェーンが言った。「私がアリーを呼んだの。ユダヤ砂漠と死海文書に精通しているから」

「そりゃ道理だ。助けが必要でしょうからな。全員立ち去ってしまったとあれば尚のことだ」独り言のようにコズッカは言った。「ところで、ジェーン、洞察力の鋭いあなたが……」写真を顔に近付けてじっと見つめながら彼は続けた。「何も知らぬとは！　生前、エリクソン教授がサマリア人から預かった銀の巻物ですよ」

「そうなの」ジェーンは言った。「知らなかったわ。銅の巻物と同時代のですの？」

　コズッカは知らないと答えるかわりに眉をつり上げた。

「教授はなぜ、チームのメンバーにこの巻物のことを話さなかったのですか？」私が尋ねた。

「情報が記されていたからでは……」コズッカは突然、言葉を続けるのをためらったようだった。

「何に関する情報？」

「秘密結社ですよ。おわかりでしょう」コズッカは深刻そうな口調で言った。「エリクソン教授はフリーメーソンのメンバーだった」

「ジェーンに聞きました」

「ヨーロッパにおいても、アメリカにおいても、強力な団体だ。アメリカ独立の原因を探ると彼等フリーメーソンがいるのですよ。フランス革命も同様です。ジョージ・ワシントンをはじめ、建国の父の大多数がフリーメーソンですよ。チャーチルをはじめ、多くの政治家がそうであると同様にね。フリーメーソンは彼等の祖先の知を礎に設立されている……」

「何の知ですか？」私は食い下がるように尋ねた。

「『神殿』です。フリーメーソンは、ソロモンの神殿建設の折、石材を手配したチュロス王ヒラムの仕事を継承しようとしている。エリクソンがこの聖なる大地で研究をしていたのも、そのためでした。知に導かれ、そして正義と道理に従うすべての宗教的力を結集させねばならない、と彼は考えていました。宇宙を創った『大建築家』すなわち神を信じておったのです……彼は『神殿』の再建を実現したかったのです。そう、『ソロモンの神殿』、言い換えれば、神の魂がのる石を。その神殿の中心には至聖所があり、神御自身が住まわれていた！」

「フリーメーソンにまつわる今のお話は本当ですか？」私は尋ねた。

「神については、知らないけれど」ジェーンが呟いた。「この世が知った進歩の多くについてフリーメーソンの影響が考えられる、ということは本当よ。つまり間接的には『神殿』の影響が」

「それは今、どこにあるのですか？」私が言った。

「何がですかな？」

「『銀の巻物』です」

「昨日、彼の荷物の中を捜したが」とコズッカが答えた。「見当たらなかった」

ジェーンと私はコズッカにいろいろと質問をしてみたが、それ以上のことは聞き出せなかった。私は彼を見つめながら自問していた。この男自身は何に打ち込んでいるのか？　彼の語ったことは信頼に値する情報だろうか？　そしてエリクソンと彼の本当の関係については、どう考えてよいのやらまったくわからなかった。


数時間後、私はジェーンの運転するジープでサマリア人のところへ向かってキャンプを後にした。少数民族のサマリア人は、今日でもイエスの時代同様、ゲリジム山の麓《ふもと》のナブルスに住んでいる。古くはシケムの名で知られていたナブルスはクムランから四十キロ程のところにある。

「何のために行動しているの？」キャンプから下ってゆくうねった道の前方を見つめたまま、運転席のジェーンが私に尋ねた。

「彼等のためだ」私が言った。「エッセネ人のためだ。そして君のために」

「エリクソンはあなたを知らなかった」弱々しい微笑を浮かべながら彼女は言った。「でも、あなたの存在を信じていたわ……エッセネ人のメシアの存在をね……。それがアリー、あなただったなんて、今もって信じられない」

ジェーンは国境の検問を通り過ぎると、アクセルを踏み込み、イスラエルとパレスチナの間にあるノーマンズランドに入った。

「すこし先に今度はパレスチナ側の検問があるけれど、今の時期、あなたのパスポートを見てあっさり通すかしら……。どこもかしこも緊張が高まっているから……」

「パスポートは持ってこなかった」私が言った。

「ナブルスまで行くつもりがあったのに、なぜ持ってこなかったの？」

「ここにパレスチナ人の地区があるなんて知らなかったから」

「そうね。忘れていたわ……二年間、洞窟にいたのですものね」

ジェーンはパレスチナの旗がはためいている検問所の前でブレーキを踏んだ。イスラエル軍の軍服に似た、カーキ色の軍服を着た警備兵が近寄ってきた。

ジェーンはサイド・ウィンドーを下げると笑みをつくった。私はおよそ害のない人間を装った。ジェーンがアラブ語で話しかけた。

警備兵は陽に焼けた肌の若者であった。彼は私同様、ジェーンのアラブ語に驚いた様子だった。彼女と彼は二言三言、言葉を交わし合った。警備兵はためらっているようだった。そして私の方を指さしながら何か質問した。ジェーンが、男慣れした女がみせる妖《あや》しい笑顔をつくってみせる。それが功を奏し、警備兵が〝行っていい〟のサインを出した。ジェーンはアクセルペダルを踏んだ。

「ジェーン」検問で中断された先刻の話に戻った。「エリクソンに僕のことを話したのだろう？」

彼女は前方を見たまま微笑んだ。

「何も明かしはしなかったわ。あなたがどこで暮らしているとか、誰なのかとかは……ただ、あなたのことを話したかっただけ。そんな気持ち、わかるでしょう？」

顔には見せなかったが、心の内で私は微笑んでいた。わかるどころではなかった……私だってこの二年間、ジェーンのことを考えるたびに、誰にでもいいから話したくて仕方がなくなることが幾度あったことか。《僕は彼女を愛した。そして今も》と。あまりに強い感情は語らねばならない。「言《ことば》」が身を焦がす時は焼き尽くされる前に語らねばならない。〝わかるでしょう?〟無論だ。

エリコ方面に向かった。古代ローマ時代以来の街道を模倣した現代の街道をフルスピードで。わずかな羊飼いとベドウィンだけが住む荒野を蛇行して街道は伸びていた。かつて、エルサレムへ向かう巡礼者が強盗にあったり殺されたりしたのは、主にこの街道であった。やがて死海を後にして、クレバスと洞窟地帯に突っ込む。そこを出ると、モアブの山並みがつくる穏やかな風景が広がった。前方に椰子《やし》園が見える。乾季の時も緑が消えることはない。自然の湧水《ゆうすい》が大地を潤している。塩分を含むその水は最終的に死海に注ぐ。新約時代の民、サマリア人が住む土地に着いたのである。サマリア人固有の「五書」には、こう記されている。《アダムはこの山〔ゲリジム山〕の塵から創られたのであろう。そして後に、この山にはアベルが最初の祭壇を立ち上げたであろう》。サマリア人によれば、神は次なる第十一番目の戒めを告げるためにゲリジム山を選ばれた。《山頂に石の祭壇を建立せねばならない。そしてその祭壇にこそ「戒め」が記される》。現在、サマリア人の数はおよそ六百名。失われた十支族の子孫。件《くだん》の戒はこれまでと変わらず、未来永劫《えいごう》、厳守される。

サマリア人の居住地の数メートル手前でジープを止めた。そしてキャンプ地まで歩いた。サウンドカラーのテントが三十基程立っている。傍で子供達が遊んでいた。

キャンプの近くで煙が立ち上っていた。肺に、さらに全身にまでくまなく侵入してくるような臭いに息苦しさを感じた。この強い臭いは何だろう? 食欲をそそる美味い料理の匂いや、緑の香草が放つ健康を増進させる香りや、刺激的で深い香料の香りや、うっとりする甘い香水の香りとはまったく違う。鼻をつく硫黄《いおう》の悪臭とも違った。《ある神秘》と名付けてよいその臭いが、気付いた途端、私の中に侵入していた。鳥肌が立ち、存在することに目眩《めまい》を覚えた。

「どうしたのアリー？」ジェーンが尋ねた。

「……行こう」私は言った。何が我々を待ち受けているのか？

　我々は中央にあるテントを訪れた。黒っぽい服を着た、歯のない老婆が出てきた。何の用か、と我々に尋ねた。

「族長にお会いしたいのですが」私が言った。

「だが、あんたは誰だね？」老婆が尋ねた。

「アリー・コーヘンです。ダビッド・コーヘンの息子です」

　老婆はテントの中に消えた。随分と待たされた。その間、私は口がきけずにいた。件の奇妙な臭いにとりつかれていたからだ。私はその場から逃げ去りたくなった。もう少し待たされたらそうしていただろう。囁《ささや》き声が聞こえた。老婆が再び現われて、入れと合図した。

　テントの内部は天井から垂れ幕が掛かっていて暗かった。照明は松明が一本あるだけだ。藁《わら》布《ぶ》団《とん》が見えた。そしてどっしりとした木の椅子が。宝石が幾つもはめ込まれていた。そこに威厳をたたえて、一人の老人が座っていた。白い衣、腰に豪華なベルト。十二個の宝石で飾られている。驚く程白い髪と髭。対照的に陽に焼けたなめし革のような肌。まさに族長の風格があった。文字を読もうとしたが、深い皺が多すぎて無理だった。どうしても読むとなれば、難解な皮紙のテキストを解読すると同様の仕事を強いられるであろう。先刻、我々を迎えた老婆が傍らにいた。（何故か）涙で眼を曇らせて、私を見つめていた。「そなたか」老人は重々しい声で言った。

　ジェーンが驚いた様子で私を見た。私は答えなかった。重苦しい沈黙があった。沈黙を破って私が口を開いた。

「ある男についての情報を探しています。ピーター・エリクソンという名の考古学者です」

　老人は無言で私を見つめた。

「彼について未知の事実を知りたい」私は言い加えた。「実は、エリクソン教授が亡くなったのです」

　再び沈黙が訪れた。

「あなた方に会いに、彼はここへよく来ていたのではないですか？」

　老人は答えなかった。話が聞こえているのであろうか、と私はいぶかり始めた。私はジェーンに視線をやった。眼差《まなざ》しに不安が読めた。

「その女は誰だ？」サマリア人の族長がやっと言葉を発し、尋ねた。

「私をここへ案内してくれた友人です」

　またまた会話は続かなかった。沈黙は数分間も続いた。その間、おびただしい皺が刻まれた族長の顔を、私はじっと見つめた。恐ろしく歳をとっている。我々と同じ時代には生きてはいない。私は理解した。人は歳をとると、別の時間を生き始める。若者にとっては大切な《速さ》というものが取るに足らないものに変わるのだ。

「殺人者は」族長はゆっくりと話し始めた。「『敵の祭司』じゃ。が、やがて神によって、其奴《そやつ》の敵達に引き渡される。そして死ぬまで、辱《はずかし》めを受け、虐待を味わうことになる。公平をないがしろにして行動したその冒瀆《ぼうとく》者は卑劣漢として扱われ、魂と肉の苦痛が死ぬまで襲い続ける！　其奴は『神の戒め』に背いた。だからこそ神により、其奴の敵達に引き渡される。其奴の上には多くの苦痛が降り注ぎ、肉の体に復讐がなされることになる！」

「具体的には、何者について話しておられるのですか？」私は尋ねた。

　族長は立ち上がった。杖に体重を預け、うっすらと口を開き、眼を細めて私をじっと見つめた。そして震える手で私の方を指さし、こう言った。

「ある時は『嘘を言いふらす者』、ある時は、自らの栄光の為に虚栄の都市を血の海に築こうとして、多くの人々を迷わす『不信の祭司』と呼ばれる者のことを話しておるのだ！　反祭司、犯罪者、大地を揺する者、怒りの戦士、『破壊者』、罪の民、犯罪を請け負う民、主を見捨てた者、『聖なるイスラエル』を蔑《さげす》む者、頭のおかしい者、『不幸』の子、迷える精神、千里眼の暴君、嘲《あざけ》り笑う者、罠《わな》を仕掛ける者、無実の者を深淵《しんえん》に引き摺《ず》り込む者、己の復讐心を満たすために善を利用して裏で操る者のことを話しておるのだ。そしてまた、奴の偽りの行為に酔《な》いしれる奴の弟子達のことを。奴等は永遠に悪を為す。死を振りまく！　他人を殺すために生まれし者のことを話しておる。暗殺者どものことを！」

　サマリア人の族長は再び椅子に腰をおろした。そして老人特有の弱い声を更に弱め、続けた。

「よく聞くがよい。さすれば、目が開き、神の要望が何であるか理解できるであろう。そして神の気に召す者を選び、神の道を歩ませよ。生まれながらの悪癖と過剰な淫欲《いんよく》に溺《おぼ》れさせぬために。天の哨兵《しょうへい》達、巨人達、ノアの子孫達は神の戒めを侵害した。彼等は神の怒りを招いた！　しかし、そなたは違う。律法は法であると同時に啓示であり約束である。そなたは律法を守り、律法を生きている。そなたは『神の愛の子』、『神の使い』である。私はそなたのことを知っている！　数々の罪を犯した『戒め』の侵害者が報復される日がやってこよう。奴等は激しい恐怖に打たれ、痙攣《けいれん》と苦痛に苛まれよう。産褥《さんじょく》の苦しみに身をよじる女のように」

　私はジェーンに視線を投げかけた。別の時代を生きている老人を目の前にして、体が硬直してしまったかのように、ジェーンは立ちすくんでいた。

「それで」私が言った。「エリクソン教授はここに来たわけですね」

「そなたもまた」老人が言った。「知りたいのか…………」

「ええ、知りたいのです。私を知っていると言われるのであれば、すべてを話していただきたい」

　老人は無表情に私を見つめ、微《かす》かな声でこう言った。

「その男なら、我々を訪ねてきて、我々の中でしばらく暮らした。我々の聖なるテキストを研究するためじゃった。我々は写字室への出入りを彼に許してやった。聖なる戸棚も開いてやった。そうして彼は発見したのじゃ。『銀の巻物』を。次に訪ねてきた折、巻物を預けてくれないか、と頼まれた」

「その『銀の巻物』の内容は？」私が尋ねた。

「長らく我々だけが知っておる、ある場所に保管されていた、あるテキストじゃ。メシアが到来するまで、それを読むことは禁じられておった。だが、エリクソン教授が知らせを告げにきた！」

　老人は一瞬、沈黙した。そしてこう続けた。

「我々サマリア人には次の四つの原則がある。神は唯一イスラエルの神のみ。預言者はただ一人モーセのみ。信ずべきものは唯一律法のみ。聖なる場所は唯一ゲリジム山のみ。だが、その四つに、これからもう一つが加わらねばならない。『復讐』と『報い』の日が。終末のことじゃ。終末には預言者ヨセフの子タエブが現われる。そのタエブがついに到来したと、エリクソン教授は我々に教えた！」

「巻物は何を語っているのです？」私は尋ねた。

「我々には読めぬ。我々の知らぬ言語で書かれていたのでな。だが、教授はその言語を知っておった。解読を終えたら、我々に巻物の秘密を教えることになっていた。だが、その前に殺されてしまった…………」

そう言い終えると老人は、ずっと傍にいた老婆に合図した。老婆が彼の手を取り、テントの外へ連れていった。その時、初めて、老人は眼が不自由であることを私達は理解した。

ジェーンと私はテントを後にした。我々の存在を気にとめる者は誰もいなかった。帰路につく前に、キャンプを一回りしていると、小さな祭壇が祭られている場所に出た。その上で動物の死骸《しがい》が焦げていた。二人の祭司が儀式を司っていた。三十名程の参列者がいた。すべて男だった。サマリア人が生け贄の儀式を行なっていたのだ。黒煙に近い暗色の煙が天の方へ昇り、強い芳香を伴った臭いを発散させていた。焼けた肉の臭い。先刻、私を震撼《しんかん》させた臭いだった。私は祭壇に近付いた。ジェーンは参列者の後で待った。そして私は見た。前足と後足をまとめて縛られ、喉《のど》を切り裂かれ、目を剝《む》き出し、肉は半ば炭化し、黒ずんだ骨を覗《のぞ》かせている生け贄の動物の何体もの死骸を。そして胸の悪くなる恐ろしい臭いをかいだ。きつくもあり、まろやかでもある。甘くもあり、塩辛くもある。熱くもあり、冷たくもある。血の臭いだった。地面にも、祭壇にも、真赤な血が流れていた。石が血を流しているようだった。祭壇の前には十二人の祭司がいた。白の長いチュニック。王のような顔。足は裸足《はだし》であった。彼等の正面に生け贄の儀式の導師がいた。麻のチュニック、同素材の輪袈裟《わげさ》とターバンを着用している。導師は祭壇に向き直った（また新たな生け贄が供されるのである）。祭司の一人が一匹の雄羊を押さえ込んだ。導師が雄羊の頭に手を置く。ほふる者が短剣をかざす。そして雄羊の喉を掻《か》き切った。

二人の祭司がほとばしる血を鉢に受けた。他の祭司達がすでに皮を剝《は》ぎ始めている。皮を剝がれた雄羊と血がほふる者に渡された。ほふる者は少量の血を祭壇に注いだ。そして臓物を取り除く。脂肪を燃やす。祭壇の火の上に肉だけになった雄羊をのせる。肉が焼けてゆく。

少し離れた場所で、雄牛が縛られ、死の出番を待っていた。

「神殿時代」においては、「贖罪の日《ヨム・キプール》」に雄牛が生け贄にされた。しかし、今日はその日でもない。なのに何故？　サマリア人は何の準備として生け贄の儀式を行なっているのであろうか？　どんな出来事があるのか？　いかなる審判が下るのか？

私は式場から足早に遠ざかり、ジープへ向かった。ジェーンが運転席で待っていた。彼女がジープを急発進させ、猛スピードで走り始めた時、パトカーがやってくるのが見えた。サマリア人の居住地に向かっているようだった。

「あれは一体何を意味しているの？」

まるで逃げるように悪路を飛ばしながら、取り乱した様子でジェーンが言った。

「サマリア人達もまた準備をしているのだ。エリクソンが知らせを告げたから」

「老人が言っていた件の知らせね。でも、しっかりした裏付けがない限り、サマリア人は信じなかったはずよ」

「それがあったようだよ、ジェーン。他ならぬ……この私だ！」

「どういう意味？」

「老人は私のことを知っていた。もっと正確に言えば、私が誰であるか知っていた」

「言い当てたというわけ？」

「いや違う。エリクソンから聞いたに違いない。エッセネ人にメシアが到来した、とエリクソンがサマリア人に教えたのだ。『銀の巻物』を手に入れるために」

「でも」ジェーンは啞然《あぜん》とした顔で言った。「メシア到来をエリクソンはどのようにして知ったの？」

「きっとエッセネ人の誰か、あるいは複数と関係をもっていたに違いない……」

「本当にそう思うの？」

「ほかに説明のしようがない」

「こうなると、『銀の巻物』を手に入れなければならないわね」ジェーンが言った。「そのためにはエリクソンの娘のルツ・ロスベルクに会わねばならないわ。一昨日キャンプにやってきて、一晩過ごしていったの。翌朝、立ち去る時に、遺品となった父親の荷物を引き取っていった。きっとその中に巻物もあったのだわ」

洞窟地帯に向かって、蛇行して伸びている街道を走った。洞窟地帯に達すると下りが始まった。道は地上で最も低く地獄のように熱い場所へ続いてゆく。ジープが白い荒野に入った。きらめく、死海の水面に砂丘が映って揺らいでいた。盆地の底に達すると、街道は海岸に接近した。そこから右方向へ曲がる。岩だらけの崖《がけ》を通ってテラスへと通じる道を知らせるカーブだ。

死海が輝きを落とし、どんどん黒くなってゆく。クムランの崖に日が隠れようとしている。日没寸前の最後の光線が崖の斜面を刻々と闇に塗り込め、鋭い傾斜を際立たせる。ジープは泥灰岩の海浜の奥深くへと進んでいった。海へ向かってゆるい傾斜をなす浜を逆に登れば第一テラスに達する。そこにクムランの遺跡がある。泥灰岩を浸食しながらテラスから落ちる水が深い水流をつくっていた。私はジープを止めるようにジェーンに合図した。私の住む洞窟の位置を知られたくはなかったからだ。

ジープを降りる時、一瞬私はためらった。

「今度はいつ会える？」私は言った。

ジェーンは答えなかった。

「会えるのだろう？」

「間違いなく会えるわ。私は調査を続行するつもりだから。聖書考古学雑誌に記事を売り込もうと思っているの」

「センセーショナルな記事を得意とする出版社だって、この記事なら飛びつくだろう……」

「ねえ、真面目な話だけれど、アリー。あなたとチームを組みたいの。さっそく明日にでもエルサレムで会わない？」ジェーンはエンジンを止めると、こう付け加えた。「あそこは、洞窟は、本当に安全なの？」

「うん」私は答えた。「大丈夫さ」

「私は不安だわ」

「キャンプに泊まらない方がいいよ」

「エルサレムにホテルをとるわ」

「どこのホテル？」

「キング・ダビッドの傍のル・ラロム……」

「では明日」

「アリー？」

「なんだい？」

「さっき、〝不安〟と言ったけれど……それは……私のことではなく、あなたのことよ」

　荒野を一人、遠ざかってゆく私をジェーンは見つめていた。私は時々振り返った。そしてまだ彼女がいることに安堵《あんど》した。またすぐに会えることにも。ぼんやりとした虚像のような風景の中に遠ざかってゆき、二度と見つけることのできない後ろ姿を二年前とは異なり、今度は見送らずにおれることに安堵した。


　洞窟に戻ると、自室には戻らず直接、写字室に行った。神殿の宝物の在処《ありか》が記されている「銅の巻物」のコピーを調べようと思ったからである。

　我々が図書室と呼んでいる、写字室に接した小部屋に私は入った。

「銅の巻物」を写した皮紙を見つける。コピーの方も巻物になっている。かなり細いが、開けば細かい文字がびっしりと並んでいる。私はさっそく解読にとりかかった。金や銀の延べ棒から成る、かの有名な宝物の在処が記されている。在処は一カ所ではなく無数にあり、隠し方も多様である……。ジェーンが現代のドルに換算すれば数百万ドルになると言っていたことに間違いはなかった。在処の全体は、まるで複雑なワディ様システムと言ってよく、エルサレムから死海へ至るユダヤの荒野にくまなく広がっている。しかし、記されている在処のすべてが地図で確認でき、その上、知られている街道や通り道からの接近が可能であった。
　私が思い込んでいたのとは反対に、エリクソン教授の発掘調査は狂気の沙汰《さた》どころか、およそ現実的であり、何にもまして手近な資金調達となる可能性が大なのであった。

　翌日、エルサレムに行くことにした。ルツ・ロスベルクに会うためである。三十キロの道程はバスを利用した。バスは荒野を都市へと上っていった。街道は少しずつ上ってゆき、最後に一気にエルサレムの南に入る。まずヌビ・スムールのモスクとそこを囲んだ真新しい住居群が、「十字架の谷」の上方、「大学都市」の斜面に見える。そこから、古き血管とも言える大通りが何本も何本も走る新市街に向かう。交通量が増す。その混雑ぶりは大変なもので、まるで東洋の巨大都市の不思議な形態の中に紛れ込んでしまったかと思う。エルサレムを訪れる時、上りの道行きは不可欠である。それによって目が慣れるからだ。エルサレムの美をいきなり目前にして、茫然《ぼうぜん》自失に陥ることはなく、花嫁を迎える花婿のような喜びを味わえる。エルサレム、それはユダヤ砂漠の中のオアシス。石ころだらけの不毛の荒野から、岩だらけの丘陵地帯から、そして沈黙から帰還した者にとってはことさらだった。

　友よ、どのように語ろうか、どのように描こうか、私のこの感情を。さらに、いかにすればわかってもらえるであろうか？
　中央バス・ステーションに到着した。若者や兵士の活気溢《あふ》れるざわめきと人の波。まだ空いている席を埋めようと客を呼ぶ乗合タクシー。出発時間を待つ何台ものバスや二階バス。この混沌《こんとん》とした雰囲気を、私は再び見いだしていた。私を包むこの熱気は子供の頃とまったく変わっていない。これこそが私の居所。突然そう思えた。と同時にとてつもなく抽象的に感じた。やはり、今や荒野に私は生きているのだ。私はエルサレムの近くまでやってきたことがあった。それも何度となく。私の感情を共有してもらえるものなら、しばし立ち止まって、私達のそれぞれの内に存在するエルサレムの小さな一角を見てほしい。するとエルサレムが開く。子宮狭部のように。手のように。赤や紫のバラの花束のように。栄光に覆われ、溢れんばかりに美しい「イザヤのエルサレム」。金、真珠、香り――魂の香りに満ち満ちて。エルサレム、我が都、我が曙光、勝ち誇る太陽が石の壁に当たり反射する朝。その同じ石の壁が夜露を吸い始める夕刻。エルサレムが手を広げて私を迎えていた。そして私は再び見いだした。エルサレムのすべての夜明けを。夕映え時のように輝くエルサレムのすべての夜を。急ぎ足で人々が行き交うエルサレムを。外は荒野。何もない。エルサレムよ、我が愛する者よ、そなただけしかいない。そなたの中に今、私は住んでいる。金、真珠の中に私は今、住んでいる。鷲《わし》の巣の暖かい窪《くぼ》みに、寂しい岩山の真中の奇蹟的な場所に。険しい谷、深い渓谷、荒野のオアシスに。エルサレム、我が思考の核。我が魂が欲望せしもの。エルサレム、この上なく美しい頂、地上の喜び、我がシオン。北の谷には王の都がある。天のイスラエルが腕を広げて私を迎えてくれていた。私は彼女の一部。

ヤッフォ通りに入った。旧市街の北西の角まで来ると「トルコ人の城壁地帯」に沿って進む。ヤッフォ門を通り過ぎシオン山の麓まで行った。ここからベツレヘムやもっと南の地方に向かう街道が始まる。私はシオン＝神殿の丘に沿って歩いた。心を神殿の壁に結びつけて。太陽が当たり金色に輝くシオンが私と一緒に進んだ。シオンは門を現わす度に私を止めた。また平和の表情を壁に表わし、私を止めた。私はついに歩を止めようとしていた。私は入ることになる。「神の恵み」により入ることになる。私は入ることになる。友よ、私の不幸がわかりますか。しかし、やがて、栄光に輝き、入ることになる。この栄光の都に。そこには偽りも、忌まわしい行為もない。私の知らせをうれしく感じて、私は入ることになる。そしてシオンの町の門達を私は讃えることになる。一番高い山の上に運ばれて。私は入ることになる。シオンの町を肩に背負って。幾世代の歴史を引き受けて。装いにかなった信心深い人間として、私は「永遠」なる神のために入ることになる。

友よ、私はそのように上がった。エルサレムを上りながら、モリヤの丘の頂上に上りながら、この登坂が成就されたはずであった。まことに美しい斜面が黄土色と銀の谷間へと下る丘の上で。モリヤの丘にはソロモンの神殿がそびえていた。私の目の前、モリヤの丘の南には物憂い表情のオフェルの丘があった。モリヤの北にはベトサイタの丘がそびえていた。さらに、左にはガレブ。その下にはシオン山、その回りにはケデロンの急流がとぐろを巻き、ゲヘナの谷の方へと伸びていた。私の後方遠く、モリヤの丘の北東にはスコープスの山。東にはオリーブの山。

モリヤの丘の頂には「神殿の広場」があった。東はケデロンの谷によって、南はゲヘナによって、西はティロペオンによって、北はベトサイタの丘により「広場」は囲まれていた。神殿の屋根では、安息日の到来を告げる時、祭司が角笛を吹いた。「広場」の高みから谷を見下ろしていて、私は目眩を覚えた。イエスが悪魔により（飛んでみろと）誘惑されたのは、その屋根である。アブラハムが息子を生け贄にしようとした岩のドームの下、南東に岩窟がある。そこには赤い牛の灰がかつて保存されていた。洗礼の清めの水に代わる聖なる灰である。

ソロモンの時代には、エルサレムの第二神殿の「西の壁」に沿って、四つの門が開いていた。大門をくぐるとティロペオン通りに入ることができ、さらに行くと、「チーズ職人通り」をたどれた。二十五メートルのアーチの列によって支えられるL字型の大階段からは、「大バジリカ〔柱廊〕」に面した門に抜けられた。「大バジリカ」は「広場」の全長にわたって広がっていた。残りの二つの巨大な門は「広場」に面していた。

私は「神殿」を見た。「中庭」に囲まれている。〔正面玄関に二本の巨大な円柱が立っている〕「レバノンの森」と呼ばれる宮殿と三つの部屋のある神殿本体で神殿全体は形成されている。「神殿本体」の間口は幅二十アンマ、奥行十アンマ。その奥の「聖所《ヘーカール》」は幅二十アンマ、奥行四十アンマ。「至聖所《コデッシュハコダーシーム》」「ヘーカール」の内部に設けられた内陣、つまり「至聖所《コデッシュハコダーシーム》」は二十×二十×二十アンマの完全立方体であった。

神殿本体の壁の周囲には脇間があって、三階建てになっており、レバノン杉の太い梁《はり》で支えられていた。すべてに貴石、金箔《きんぱく》、青銅、大理石、金が使われた。そして友よ、神殿は夜中になっても輝きが衰えることはなかった。白亜質の石は月の光に磨かれ、太陽の光により輝きを与えられた。青銅の巨大な門は曙光を受け寂としてそびえている。荒野でヘブライ人を導いた大雲のごとく、闇の中で「いと高き所」に向かって巨大な円柱が地から湧き出すように立っていた。円柱の前に「生け贄の祭壇」があった。上には大台座と小台座が置かれていた。そこに（生け贄を焼く）炉があった。円柱の後ろ、西の方には神殿の広間がある。どの広間もレバノン杉が張られ、金で覆われている。その真中に至聖所があり、大きな黄金の翼を広げたケルビムが、「律法の石板」、「アロンの杖」、「荒野のマナ」を納めた「契約の櫃《ひつ》」を守っている。

神殿の美しさは他に類をみないものであった。その荘厳さ、その崇高美は東から西、西から東にわたり、堂々たる円柱、支柱、階段、オリーブ材の扉、深い神秘を隠した厚い壁等、すべての細部に至り、この神殿に近付く者の眼を眩《くら》ませた。それは、ソロモンの建設した第一神殿は言うに及ばず、後にヨアシュにより修復され、ネブカドネザルにより破壊された時はヨシヤによって修復された（いわゆる第二）神殿、そして、ヘロデ王の治世に再建され、より規模が大きくなり、美しくなった（いわゆるヘロデの）神殿に至るまで変わることがなかった。イエスが「中庭」から商人達を追い出した時も、まだ。だが西暦七〇年、第一次ユダヤ人反乱の折、ついに神殿はローマ人によって焼かれ、略奪された。メシア到来の際に再建される第三神殿は未《いま》だ実現していない。そう、友よ、神殿の美しさといったら、それは比類のないものであった。そして私は見た。私の前に、神殿の敷地に建つアル＝アクサ寺院を。〈ま

さしく、そこだ〉私は思っていた。〈大ドームの南だ。かつて神殿が建っていたのは〉

　私は「広場」を出て、狭い道を何本か通り、シオン門に近付いた。人の群れができているのに気付いた。キリスト教徒のグループがシスターの話を聴いているところであった。シスターは背の低い六十がらみの女性で、眼差《まなざ》しに激しさを宿していた。黒いスカーフ。黒いローブ。木の十字架をさげている。シスターが語りかけている人々は巡礼であった。あなた方の暦（＝西暦）の前半よりこのかた、数え切れない数の信者が自らの信仰の発源となっている場所を訪れようとして、また、瞑想《めいそう》と聖書の正しい解釈を発願して、長旅を敢行した。その先達者達に倣い、彼等は聖地にやってきたのである。

「この壁に平和が訪れますように。私達の兄弟、私達の友のために。そしてこう言わせてください。神殿への愛のためにも平和がこの壁にありますように。天の国におけるこの都の幸せを祈ろうではありませんか。なぜならもうじき、地上のエルサレムは天のエルサレムになるのですから！」

　私はシスターの言葉に耳を傾けていた。感情の高まりでその声が震えていた。突然、背中に冷たい切っ先が当てられたのを感じた。振り向こうとした時、耳元で声がこう囁いた。

「動くな」

「……しかし、天の国に近付くために、私達は悔いねばなりません。このままでは天の国に値していないということを、意識せねばなりません」シスターは続けた。名をロザリーというらしい。巡礼達がそう呼んでいた。「私は第三帝国の下で育った世代の人間です。私達の民族が犯した罪により、神の審判がドイツに下りました。マリア会修道女共同体が生まれたのは、今から五十年前、第二次大戦後の焼け跡からでした。我々の共同体は、それゆえ初まりより『悔いる』ことに身を捧げているのです。我々は何をしたでしょうか？　我々はユダヤ人に対して何をしたでしょうか？　イスラエルの子達に対して。『契約の民』〔神と契約を交わした民〕に対して何をしたでしょうか？」

「何の用件だ？」私は振り向かずに呟いた。

「合図したら、まっすぐ歩け。少しでも妙な素振りを見せれば命はない」

「私達の心は、未だ、重荷を背負っています。犯した罪を告白せねばなりません。皆さん、今こそ、『アポカリプス』を前にして、今こそ悔いなければなりません。我々の無関心と愛の欠如を」

　シスターが私を見ていた。明るいブルーグリーンの眼、バラ色の高い頬、丸い顔、人形めいた小さく薄い唇。私は眉をつり上げ、眼でシスターに、襲撃者の存在を合図した。だが、しかめっ面をつくったにすぎなかったようだ。私の無言の叫びに答えるかわりに、合図を送れば送る程、眼差しをきつくして私を見つめるのであった。そして私に向かって言うがごとく、こう話を続けた。

「沈黙。沈黙が必要なのです。沈黙して瞑想に入り、私達の過ちをお認めになるのです」

　信者達の間に呟き声が起こった。シスターの言葉に驚いている者もいれば、憤慨している者もいる。その場を立ち去った者も何人かいた。だが、誰一人、私が危険に陥っていることに気付く者はいなかった。

「さて今度は」男は言った。私は首を回した。襲撃者はスモーク・ウィンドーの車を「門」の前で待機させていたようだ。連れ込まれたら最後だ。すぐさま、私は向き直り、疾走に移った。「受難の道」に入った。何かにつまずいた。転んだ。一人の老婦人が私を助けて抱き起こしてくれた。再び駆け始めた。襲撃者が追ってくる。複数であることが足音でわかった。再度転んだ。そして三度。

　息を切らして、白人居住区に入った。筋肉が痛む。足ががくがくする。ずきずきとする痛みがあまりに強く、一種の陶酔感さえ覚えるようになってきた。太陽のように金に輝く眼をした許嫁《いいなずけ》のごときエルサレムが、私を視線で追い、魂を突き通した。甘美な声で私の心を震撼させた。彼女の鮮紅色の口はザクロの味がし、身体からアロエとシナモンの香りを発していた。とりつかれたように私は走った。頭の中がグルグル回転していた。ますます息が荒くなった。私はすべての香りを見ていた。太陽に暖められた壁が流す汗の臭いと、そこから立ち上るきつく、熱く、辛い、蒸気の臭い。私はかいだ、エルサレムのすべての色を。彼女の肌の黄色、褐色、琥珀《こはく》色、赤、紫……。光と闇の間で、失心の淵《ふち》を私は進んでいた。薄暗い。何千もの星が煌《きら》めいている。最も高き頂からさしてくる光も見えた。命が危険にさらされている恐怖と、荒々しい息遣いが私の前進を助けてくれていた。そして夕陽とその熱い息吹が私の顔に当たり、生き続けることの謎を一層深いものとして示していた。

〈立ち止まらねば、息をつかねば……〉「聖墳墓教会」が目の前にあった。巡礼の群れに紛れ込んだ。ラテン教会、ギリシャ正教、アルメニア、コプト、エチオピア。様式の錯綜に逃げ込んだ。〈まいたか?〉駄目だった。襲撃者は諦《あきら》めていなかった。一隅に身を隠すと、ほんの一瞬立ち止まり、様子を窺《うかが》った。布を巻き付け、顔を隠した二人の男が通りを通り、人の群れをかき分けてやってくるのが見えた。すぐさま、私は走り始めた。喘ぎながら巨大なクーポール「アナタシス」の前を通り、「バジリカ」に沿って進んだ。「カルバリの岩」がそこにある。「カルバリのチャペル」の方へ向かった。祭壇の傍に岩があった。イエスの十字架が立てられた所だ。後は振り向かなかった。襲撃者が迫って来ているのはわかっていた。赤いクーフィーヤ〔アラブ系遊牧民が頭にかぶる大きな布〕で顔を隠した黒衣の男二人が。大理石のプレートがあった。イエスの体を置いた場所だ。円柱の一本の陰に、滑りそうになりながら回りこんだ。恐怖に囚《とら》われながら入口に目を釘付《くぎづ》けにした……。二つのシルエットが逆光で描かれた。襲撃者か否か確かめることなく、「神殿の広場」に向かって私は再び走り始めた。「広場」に入るには八つの階段がある。それぞれが四つのアーチのあるポルチコを頂く。「広場」の南に「アル＝アクサ寺院」がある。玄関には七つの小アーケードがある。だが、アル＝アクサ寺院に逃げ込むわけにはいかなかった。真下にある「至聖所」を踏みつけてしまうことになるからである。

アラブ人地区を出て、ユダヤ人地区に入った。息を切らし西の壁に向かった。たった一つの最後の場所。生き残るための。左方向へ向かった。シナゴーグに代わる小さなホールがあるのだ。天井はヴォールト天井になっている。私はそのホールへ逃げ込んだ。十二人程の男が祈りを唱えていた。襲撃者は中に入ってこなかった。入口で待ち伏せていた。私は機を逃さず、裏口から逃げた。

《その時、私は黙った。すると彼等は私の四肢を引き千切った。そして私の足を泥の中に浸けた。「悪」の前で私の目はかすれた。私の耳は塞がった。吐き気を催した。彼等の「悪癖」によって、ベリアルが現われた》

遂に私は逃げおおせた。壁の警備にあたる警察の交替時間が幸いした。警官の後についてシオン門まで行き、素早くタクシーに乗り込んだ。そのままジェーンが宿泊しているはずのホテルへ向かった。新市街の中央の「キング・ダビッド」の近くのホテルである。神殿の壁のように白いホテルであった。

入るとすぐ、ジェーンの部屋に電話を入れ、「キング・ダビッド」で待ち合わせる約束をした。その広い静かな雰囲気のサロンでジェーンを待った。アメリカ人の観光客が低い声で話をしていた。アンティークなビロードと高価な木板をふんだんに使ったインテリアが三〇年代のイギリス流の豪奢《ごうしゃ》さをしのばせていた。私は束の間の休息を見いだした。

「アリー、どうしたの？」サロンに入ってくるなりジェーンは言った。全身の筋肉の痛みがまだ引かず、なんとか楽な姿勢をとろうと苦労しているところを見られたのだ。

「大丈夫さ」ウェーターが持ってきたカルトを見ながら私は答えた。「実は、覆面の二人組につけられたんだ」

思えば、丸一日食事をしていなかった。断食で慣れているとはいっても、やはり腹も空いていたし、喉も渇いていた。ホテルが用意している唯一のイスラエル料理、（ヒヨコ豆をペーストにした）フームスと（やはりヒヨコ豆を潰《つぶ》してミートボール状にして揚げた）ファラフェルを二人前注文した。クムランに隠遁《いんとん》して以来二年振りに味わう、イスラエルの代表的料理である。

「アリー、本当に捜査を続けるつもり？」

ジェーンが心配そうに尋ねた。

答える代わりに、目の前の低いテーブルに置いてあった新聞を私はジェーンに示した。

「警察の捜査はクムランの遺跡に向いているそうだ。我々の存在が発見される危険性は大だよ、ジェーン。発見されれば、嫌疑をかけられる。警察に捜査される前に、我々側での捜査がどうしても必要だ。真犯人を割り出す捜査が」

「生け贄の儀式を行なっていたサマリア人が調査されているとも書いてあるわ。単独犯ではない、そう思う？」

「単独犯ではありえない、と今は言える。先刻、僕を追い回した奴等は二人だった。それに、車のドライバー。単独犯ではない。あるグループによる犯罪だ」

「どういう連中かしら？」

「わからない」

「とにかく、今度はあなたに恨みを抱いているわけだわ」

「こうなってもまだ隠れたり、戦いに臨むことを拒んだりできると思うかい？」

「もちろん思っているわ」ジェーンが言った。「あなたは『選ばれた者』……メシア。だから苦しんでいるのではないの？　苦しみか死か？　アリー、あなたはどこまで行こうというの？」

ジェーンは今度は奇妙な表情で私を見つめていた。昨日、私の使命を明かした時と同じ強い不安感の表われを、私はそこに読んだ。

「僕の母と同様」私は答えた。「君は僕の熱望を認めていない。失われた宝物を探す考古学ジャーナリストの目的とは異なる目的だって、人生には幾つもあるんだ」

「だって考古学上有名な宝物よ……」

「宝物は所詮《しょせん》、金だよ」

ジェーンは肩をすくめた。だが、もはや私を見つめていない。彼女を傷つけてしまったことを理解した。

ジェーンは持って来ていたアタッシェケースを開いた。中からノート・パソコンを取り出した。

「何をしている？」

「仕事よ」彼女は言った。「一人でね」

「ジェーン、ごめんよ、僕は何も……。揚げ足取りをしたが、君が唯物主義者だなんて毛頭思っていない」

　何も答えず、彼女はキーを叩《たた》き始めた。やがてテキストが画面に広がった。あたかも、我々が写本の巻物を広げるごとくに。〈二千年もの間、巻物とは異なり冊子状に重ね合わせた、いわゆる「本」が書籍を支配していたが、人類は再び巻物に戻った〉パソコンの画面を見ていて私は思った。

「ほら」ジェーンは言った。「『銅の巻物』についての説明よ」


　有名な「銅の巻物」には、数々の遺物及び宝物とその在処の地理的表示が記されている。一九五五年、第三洞窟で発見されたその巻物は、クムラン文書の研究において一つの大きな前進をもたらした。マンチェスター大学のトーマス・アルモンドがミシンのメカニズムを利用して、（くっついていて開けなかった巻物）を帯状に裁断しながら開くことに成功した。断片化された巻物は再び組み合わされ、写真撮影が行なわれた。このレストアには巻物の洗浄と解読に参加したピーター・エリクソン教授の存在も忘れることはできない。テキストはヘブライ語。合計十二段。五つの財産目録が独特の表現で記されており、いわゆる文章にはなっていない。宝物の在処は、数々の洞窟、墓、水道橋と様々。大量の宝物の種類及び大きさも同じく、様々である。テキストが皮紙にではなく、薄い銅板に書かれている理由は不明。書き手についても、更には宝物とその在処が現実のものか、あるいは想像の産物か、それも明らかにはなっていない。しかし大多数の研究者は、リストは象徴的で虚構的性質のものだと考えている。実際、リストに従って、数多くの発掘調査が企てられたが、こんなにも有名な宝物がユダヤ砂漠のどこからも、出土していない。

「謎は謎のままね」ジェーンが言った。「もし宝物が虚構の産物だというのなら、なぜまたエッセネ人は、そのリストをわざわざ銅板に記したのかしら。そこが理解できないのよ。だって当時、銅は皮紙に比べたら、とても高価でしょう」

「巻物は」私が言った。「多分、エッセネ人のものではない」

「では、なぜ洞窟で発見されたの？」

「多分、後世、誰かがそこに置いたのだろう。それがいつの時代かは、僕にはわからないけれど」

「つまり……」

「……エッセネ人以外の者によって洞窟に保管された……」

「そう考えると、『銅の巻物』の特異性に説明がつくわね」

「多分、クムランの洞窟が一種の『ゲニザ』、いわば書物の墓として利用されたのさ」

「カイロのシナゴーグと同じに？　確かに、ユダヤ教徒はいらなくなった聖なる本を捨てないわね。ひとたび記された文字は聖なるものなのでしょ？」

「そうだ」私は言った。「だからそういう書物は埋葬するのだよ。だが別の考え方もできる……。『銅の巻物』が、もともとエルサレムの神殿の図書室にあったと仮定すれば、ローマ人の攻撃が始まる前にクムランの洞窟に隠されたのかもしれない」

「隠したのはどのような人達？」

「そのことも含めて、これ以上知りたいとあれば、専門家の意見が必要さ。クムラン文書に完璧《かんぺき》に精通していて、すべてを説明できる……」

「誰のこと？」キーを叩きながらジェーンが言った。

画面にこんなテキストが現われた。


死海のほとり、クムランで発見された写本によれば、エッセネ人はキルベット・クムランで共同体を形成して、生活していた。個人的所有を禁じ、食事も、祈りも、仕事も全員で行なった。共同体の最も重要な性質は黙示録的ビジョンにある。しかし、世界の終末と新たなる時代への過渡を表現する「アポカリプス」という言葉の語源は、「隠されていたものを明かす」である。「アポカリプス」は、ゆえに神秘の啓示である。歴史の神秘、あるいは宇宙の神秘が明かされる。エッセネ人の存在は、古代の学識者達、プリニウス、フィロン、特にはフラウイウス・ヨセフスの著述のおかげで知られた。エッセネ人の起源は、エルサレムの神殿のギリシャ化に対するマカベア家の反乱における神秘的傾向と宗教的熱狂の動きに在る、と言えよう。すると年代的には、紀元前二〇〇年に遡る。キーワードは次の通り。決定主義。階級的構造。修業。共同生活。共有財産。正確な儀式の踏襲と律法の厳守。全員そろっての食事における食法。独身主義。神殿。終末。


「『終末』」ジェーンは呟いた。「終末には、確か『神殿』が再建されるのではない?」

「その通りだ」

「でも、再建が実現されるためには、『神殿』の神器及び宝物が必要でしょう?」

「その通りだ」

「だけれど、アリー、なぜ『神殿』を再建するのかしら?」

「なぜって?」

「だって、『第三神殿』を建設しようとしている人々が現代に存在しているとすれば、どんな目的で建設するのかしら?」

「エッセネ人に限れば、我々は神殿再建のためだけに二千年間生き続けてきた。その画面のテキストに述べられているように、エッセネ人の運動は、ギリシャ人が神殿に侵入してきた折に生まれた。神殿の祭司の何人かがギリシャ人に反抗して神殿を去り、死海のほとりに住み着いたんだ」

「エッセネ人がそんなにも神殿に執着する理由は?」

「『神殿』が再建されれば、いくつかの門が開かれるから……聖なる幾何学の法則に則って、神殿は建設された。例えば、至聖所は完全立方体だ。資材にしても考えられない程、豪華かつ繊細。大理石、数々の貴石、宝石、この上なくデリケートな織物……。そこではハープが奏でる天上の音楽を耳にし、香の妙《たえ》なる香りを嗅ぐ。ジェーン、『神殿』とは、見える世界と見えない世界の間にある通路なのだ。言い換えれば『神殿』、正確には『至聖所』(という「場」)により人間は神に出会えるのだ」

ジェーンは不思議そうな顔で私を見つめていた。

「思うに、そのために」彼女は言った。「エリクソン教授は宝物を探していたのだわ」

「どういう意味だい？」

「つまり教授の目的は彼の主張とは逆に、まったく科学的ではなく……いわば、精神的性格のものだった」

「で？」

「そうなのだわ。彼は神に会おうとしていたのよ。だから神器も含めて、神殿の宝物を探していた。神殿再建のために、そして神に会うために……。だから、あんなにも粘り強かったんだわ。一生を捧げようとする意志が感じられたもの。まるで……そう、まるで戦いを率いているみたいだった。ある『戦争』を」

「ジェーン、そういう君は、何を求めているのだい？」

沈黙があった。彼女は視線を落とした。一瞬の内省があったようだ。

「真実を言わねばならないわね」彼女は言った。「私は信じていないの。神を。もう信仰心はないの。宗教は……様々な宗教が、いえ、すべての宗教が間違っている。そこからは恐怖と暴力しか生まれないからよ」

「ああ」私は言った。「それでだったのか」

「何が、それでだったの？　どういう意味？」

「昨日、君と再会した時、君の中で何かが変化してしまったのを直感した。でもどうしてだい？」

「どうして、ですって？」ジェーンは私の言葉を繰り返してそう言った。

彼女は立ち上がると、何歩か歩き、そして表の風景を指さした。

「クムランを考えてごらんなさいな。イエスの時代から、どれほどの暴力、どれほどの殺人があった？　神を求める者達に対し、神の正義が示されたことがあった？　祭壇にさらされたエリクソンの死体を見て理解したわ。こんなことがあってはいけない、これは真実ではない、と。あなたにわかる？　すべては好戦的な人間が神という存在をでっち上げて、戦争また戦争の歴史を正当化しているだけなのよ。一度たりとも神が現われたことがあって？」

「神が現われないからと言って、神の存在は否定できない。今だって、そう、まさしくこの瞬間にこそ、神は現前している。君のその反抗心を通して。わかるかい？」

　私はジェーンを見つめた。すると彼女は私の目をのぞき込んだ。視界が曇ったように思え、私は眼鏡をとった。《私の心が私の内側で、その時、大きく変化した》

　私は視線を落とした。パソコンの画面を眺めた。眼鏡をとったので、光の輝きの中に黒い記号が躍っているだけに見えた。その記号の間にב《ベート》の型が浮かんでいた。アレフベートの二番目の文字である。ベートは形態的見地から「家」を象徴する。ヘブライ語で「家」「住まい」「家庭」をバイトと言うが、その語源はベート。神はベートにより世界を創った。ベレシート（Berechit）＝創世＝初まりである。この言葉のスペルをひっくり返すと《Rechit Bet》となる。意味は《先ず、家》である。ベレシート以前は何もなかった。すべてが虚無であった。大地は荒野にして虚無。そして闇が深淵の面にあった。ベレシート後、すべてが在った。

　ジェーンは、その時、あまりに美しかった。無意識のうちに体が動いた。私は彼女に近付くような仕草をしていた。

　だが、ジェーンの視線が私の動きを止めた。

「私の何が欲しいの？」彼女は言った。

　昨日、再会した瞬間に聴いた硬い声だった。

「あなたは〝誓願をした、聖油を注がれた〟と言ったわ。あなたは〝自分はメシアで、神は私達の間にいる〟と言ったわ。普通の二人が持てる希望なんて私達にある？」

「僕は君を助けたいのだ」

「やめて！　お願いだからやめて……」

　彼女は立ち上がりながら言った。「私を助けたいだなんて嘘よ。あなたの望みは神に会うことよ」

「なら、君は」私は言った。「何を望む？」

「私？　私はあなたを愛した。この身を焼いた。自分を慰めた。そして今は愛に対して何の期待もないの」

《私の身体のすべての土台が揺れた、そして私の骨がきしんだ。私の四肢は猛《たけ》り狂う嵐につかまれた船のようだった》

第三の巻物　父の巻物

永遠の神秘によって、あなたが塵《ちり》から創った存在（人間）に、
希望が与えられていることを、
その時、私は知った。
その存在が聖者の軍団の中に、
天の子の共同体に入れるように、
その者の罪をなす邪《よこし》まな期待をあなたは潔《きよ》めてくださる。
喜びにあふれ、あなたの「名」を讃《たた》えられるように、
あなたの奇蹟の御業《みわざ》を語れるように、
あなたは人に知の霊を与えた。
だが脂肪の被造物と言えるこの私は誰なのだ？
水でこねて創られたこの私は誰なのだ？
私はどんな力を持っているのだ？

クムランの巻物
《讃歌》

捜査を進展させるために、ジェーンと私はこれまでに判明した事実をまとめてみた。

クムランの洞窟《どうくつ》で発見された「銅の巻物」をたよりに、エリクソン教授が「神殿の宝物」を探していた。彼はまた、ユダヤの地にメシアが現われたこと、及び「終末」が接近していることをサマリア人に告げた。しかし、エッセネ人が待ち望んでいたメシアがついに到来したことを教授が知るには、彼と彼等の間にコンタクトがなければならない。いかにして教授はそれが叶ったのであろうか？　彼はまたフリーメーソンであった。「神殿の宝物」の探索におけるいかなる役割をフリーメーソンは演じているのか？　私は教授殺しの犯人の可能性を考えた。教授が告げた「終末」がまだ来ないのは、〝彼が「巻物」をせしめるために自分達をだました〞と考えたサマリア人の復讐《ふくしゅう》か？　莫大《ばくだい》な財産に目がくらんだ発掘チームの一員の犯罪か？　フリーメーソンに関していやに詳しいコズッカは無関係か？　それともいまだ未知の存在が関わった殺人か？　いずれにせよ、憶測を出なかった。だが確信が一つだけあった。二千年前に彫られた巻物に、一巻の写本に、その書に、謎の鍵《かぎ》が隠されているという確信であった。

その夜、ある恐怖が件の憶測に加わった。一人、ホテルの部屋で「詩篇」を唱えた。ゆっくり足でリズムをとった。リズムが私の心に入ってきた。あまりにゆっくりしたリズムだったので、一つの連続した声のようだった。その声が言葉のない歌を歌っている。優しく、官能的な歌を。だが、私を捉《とら》えたのは悲しみであった。その歌が真実と癒《いや》されることのない渇きを歌っていたから。神を歌っていたから。それも遠ざかってゆく神、その姿をかいま見せた後、逃げて、消えてしまう神を。そうだ、その歌は「試み」の歌だったのだ。

私は「彼」を待っていた。ああ、どれ程「彼」を待ちわびていたことか。どんな些細《ささい》な物音にも反応して身を震わせたほどであった。私の身体が「彼を待つこと」で震えていた。最も強い喜びを私は知っていた。そう、私は法悦を知っていた。ところが最も深く、最も謎めいた絶望の時が来ようとしていた。待望が裏切られ、熱望がかわされ、情熱が静められてしまう時が。声は嘆いていた。辱《はずか》しめられた声が絶望していた。私の目から止めどなく涙が落ちた。離されてしまったのだ。離されて、独りぼっちになってしまった。私の良心が血を流していた。「法」を侵したために。傲《おご》り高ぶり、プライド、無知。それが私＝自己＝客体としての私であった。だが私＝「わたし」＝主体はひとりでに穿《うが》たれる傷だった。

トランス＝忘我＝降霊。私はトランス状態に入っていった。踊れ。私の霊に音調を合わせて。そして歌え。もっと速く。どんどん速く。リズムを狂わすな。だが単調になるな。すると突然、急変する。喜びが上ってくる。そのようにして幸福が在る。喜びに準ずる幸福が。そのように幸福は在る。そのようにあれかし。私の心の至福に音調を合わせて。低く呻《うめ》くアクセント、泣くようなアクセントを洩《も》らして。自分自身を再び見いだした私の霊の至福状態に音調を合わせて。彼女のバイオリンから立ち上る素晴らしい香り。きしみ、泣き、喘《あえ》ぐ。あまりに激しい程に悲しい私の霊、そう、哀愁を漂わせた私の霊は一台のバイオリンのよう。彼女が言葉のリズムに分節される。踊り、飛び、そして安らぐ私の心の音調に合わせ、起きよ、立ち上がれ、霊よ。無限に続くリズムに合わせ、踊れ。私の足で。踊れ、そして立ち上がれ、もっと高く、更に高く、もっと速く、更に速く、立ち上がって昇れ。お前をさらい身震いさせる美の方へ。お前の最も深いところから。トリルに似た声が急変する。無数の小さな軽い螺旋《らせん》となって上り、天と大地を埋める。もっと高く、もっと遠く。反復と思い出のフレーズを奏でよ、宙に浮かせよ。なぜなら、長い私の霊は焦がれ、そして憔悴《しょうすい》しているのだから。戦士が休息するように彼女が夢見ている。霊よ、お前は花を摘む。貝を採る。瞑想《めいそう》する。詩をつくる。係留されている。霊が待っている。休息している。まさに平和を受け入れようとしている。霊が宿る。そして離れる。そして再び歓喜する。霊が動く。意味もなく陽気に。再び、再びポーズをとれ。リズムをとれ。反復せよ。満たされた霊は高まる。そして霊は従い、甘い音色を奏でる。そして鋭くなる。刃《やいば》のような霊が起き上がった。争い好きの霊が目覚めた。起きた。ベールをとった。鎖を千切った。混乱、滑らか、陽気、悲しげ。そのすべてを見せる私の霊が、待つ、休息する。霊よ、起きよ、言い当てよ。待て、構えよ。私がお前を欲しているから。永遠に。とても強く欲している。見たい、お前の顔を。お前の顔が永遠に私の顔に重なって欲しい。そして囁《ささや》いて欲しい。私に吹き込んで欲しい。悲しげな息吹を。私の心を包み込む波となって押し寄せてきて欲しい。私はお前を欲す。私はお前を見る。おいで、私のもとへ。私はお前の名を呼ぶ。私はお前を待つ。私の愛するお前。私はお前を夢見る。私はお前に願う。私はお前を抱く。私はお前を襲う。私はお前につれなくする、誘惑しながら、愛しながら、愛人達の愛で愛しながら。私はお前を愛する。私の愛するお前よ、私は肉体でお前を愛する。私はお前を愛する。かつて人間達が住んでいた住処《すみか》を。通行人にも似た「兆し」よ、その翼をどうか私の霊の上でたたんでくれ。私の心が見ている夢、私の霊が見ている夢を覚まさないで欲しい。霊よ、知ってくれ。何度私はお前に近付いたことか！　何度お前を愛したことか！　私の身体をさらう踊りを踊りながら。なぜなら、私の身体、それは私の霊であるから。

　私の記憶の底から美しき恋人が浮上した。目も眩《くら》む太陽の下にジェーンが出現した。しかし、気を奪われないように意志を強くして、私は思い出の坂を登った。数分前には私はあそこにいた。犯行の現場に。私は現場を目を凝らして観察していた……私は暴かれた墓を見た。私は祭壇を見た。そして血の跡を。七つの血痕《けっこん》を。そう、突然、目を閉じ（つまり出現したジェーンを見ないようにして）私はトランスポートしたのだ。ジェーンに会う何秒か前の過去に。私は瞑想を続けた。緊張がどんどん高まっている。瞑想を深めた。そして影を見た。ジェーンの影だ。記憶のアルカナ〔タロットカード〕をめくり、私が捜していたのはジェーンだった。だが正確には、ジェーンの影と件《くだん》の祭壇を幻視する《間の瞬間》を捜していたのであった。記憶の底に埋もれてしまっているその間の瞬間に、何かが存在していたのである。そして何故かはわからないが、それが、私のまったく知らぬ貴重なものであることがわかっていた。だがジェーンとの再会がそのことを消し去ってしまっていた。再び私は目を閉じた。そして突然、見えた。

祭壇の周りに張り巡らされたロープのすぐそばに、半ば地面に埋まって、小さな赤い十字架があった。四つの先端が広がっていて、銅と思われる金属にペイントした十字架だった。だが、私の意識が十字架をとらえ、腕を伸ばして、取ろう、としたまさにその瞬間、後からジェーンが近付き、私は彼女の影を目にした。彼女はただちに私の前に回って立った。十字架が彼女の足の下に隠れた。ジェーンは十字架を踏んで隠したのか？　問題はそこにあった。私が愛した女人は絶えず危険な場所にいた。

私は突然、トランス状態から覚めた。内なるある声が私に暗示したからである。《危険な場所にいた。証拠を隠そうとして》

私は目を覚ました。恐怖に似た感情を覚えていた。自分がどこにいるのかわからなかったからだ。クムランの自室の小さな洞窟で目が覚めたのか、という気がした。二年間ずっとそうであったように、藁布《わらぶ》団《とん》の上で。だがそこは藁布団の上でも、洞窟の中でもなかった。かなり長いことぼんやりしていた。頭がはっきりすると昨日のことを思い出した。そして昨日の幻視を。ジェーンに尋ねるべきか？　説明を求めるべきか？

昨日、「銅の巻物」のことで父に相談してみようか、と私は彼女にほのめかした。今やどうしても相談せねばなるまいと思った。父ならば「銅の巻物」にまつわる様々な謎を解き明かしているはずだ。だが、父に会う理由は今やそればかりではなかった。完全に信頼のおける相手と会い、そして話す必要を感じていたのだ。父は聖なるテキストにかつてすべてを捧《ささ》げた。そして常日頃こう言っていた。ユダヤ教の異端とは無知であると。だが「知識」とは危険なものではないだろうか？　父を呼べば、父を危険に陥れることになりはしないだろうか？

躊躇《ちゅうちょ》しながらも、私はテレホン・ナンバーを押していた。呼び出し音が数回鳴って父の声が聞こえた。それだけで私の心が落ち着いた。すべての猜疑《さいぎ》心が姿を消した。ホテルに来てくれるよう、父に頼んだ。

ジェーンにも連絡をとった。

「ジェーン」

「なに？」なぜか声が緊張していた。

「父と三十分後にホテルで待ち合わせた」

「わかったわ」ジェーンが言った。「合流するわ。お邪魔でなければ」

「謎が明らかになると思う。でも……父を大きな危険に巻き込むわけにはいかない」

「わかっているわ。あなたの思いもね。私だって……私だって怖いのよ」

部屋を後にしてサロンへ降りていった。様々な国の若い旅行者で賑《にぎ》わっていた。父はすでに来て、私を待っていた。私を見つけると、立ち上がって微笑んだ。

「どうした？」父は尋ねた。「何か新しい事実がわかったのかい？」

「ええ」私が言った。「まず何より驚いたことがありました。殺されたエリクソン教授の考古学チームのメンバーに、ジェーンが加わっていたのです」

父も驚いたようだった。

「では、ジェーンとお前の二人の歩む道が再び出会ったわけだ」

「わけのわからない偶然です」

「そうではないかもしれんぞ、アリー」と父が言った。

「どういう意味ですか？」

「偶然とは思えないということだ。ジェーンはたまたまそこにいたわけではないな、二年前も同様だ。我々がパリで彼女と出会った時も」

「だとすれば、彼女は何を目論《もくろ》んでいるのでしょうか？」

「それはわからん」父は言った。

「ところで被害者のエリクソン教授だが……彼が発掘チームを率いて探していたのは……」

「『銅の巻物』に関する発掘だったそうです。……そこで、巻物に関し、父さんが知っていることを教えてもらいたいのです」

「現実の宝物のことが記されているのか、それとも象徴的宝物のリストなのか、それを知りたいのだろう？」

　座っていた椅子の上で父はゆったりと構えた。しかし、頭の中はすさまじい速度で回転しているはずであった。父の視線が一瞬その場から消えた。遠く、ユダヤ砂漠の丘の方へ伸びていた。その時、ジェーンが現われた。ダーク・スーツに身を包んでいる。眼に隈《くま》ができていた。瞳は静けさをたたえている。黒い眼にスモークがかかっているようで、それが謎めいていた。いや、ほとんど夢幻的と言って過言ではない雰囲気をかもし出していた。

「やあ、ジェーン」父が椅子から立ち上がり言った。

「こんにちは、ダビッド」彼女は握手の手を父に差し出しながら答えた。

「エリクソン教授はお気の毒だった。彼とは親しかったのでしょう？」

「もちろんです」ジェーンは言った。「リーダー以上の存在でした。私にとっては……」ジェーンは弱々しい微笑みを浮かべて言った。「けれど、またいても私達が踏み込んではならない領土を荒らしてしまったのですわ……」

「『銅の巻物』について詳しいところを知りたいのことだが」

「ええ」ジェーンは答えた。「もっと早くにお会いしていればよかったのです。こんな事件が起こる前に。でもエリクソン教授は強い固定観念に囚《とら》われていて、情報は、できる限り人に洩らしたくなかったようです」

　ジェーンをじっと見つめていた父を、私は見た。その顔には気遣いと好奇心が混ざり合いながら漂っていた。ジェーンの方は椅子に座って、静かに足を組んでいた。

「そうですか」父は言った。「私も『銅の巻物』をこの手にしたことがありますよ。数年前に。文章体ではない、いわば未処理のカタログだ。特徴的書体。クムランの洞窟で発見されたという事実。それ等が巻物の信憑《しんぴよう》性を語っている。テキストは謎めいており、解読が極めて困難。というのも、本来異なっているはずの文字が、とても似通って書かれていたりしている。更に、スペルの間違いが多い。宝物の在処《ありか》の記述が曖昧《あいまい》で、どうとでもとれる。何より困惑させられるのは、（科学的分析の結果、わかったことだが）洞窟で発見された他の巻物より四十年後に書かれた、ということだ。そういう事情だから翻訳もまちまちだ。ある翻訳家が訳した二つの場所が、別の翻訳家の訳ではまったく逆方向の位置になっていたりしている。とにかく訳しあげてみると、どえらい財宝のリストであることがわかった。リストによれば、隠し場所は六十三カ所。すべてがエルサレムを取り巻く、地図で（も）確認できるはっきりした地点だった。宝物の内訳は貨幣が数千タラント。金のインゴットが百六十五。銀のインゴットが十四。銀の寸銅鍋《ずんどうなべ》が二つ。香料入りの複数の金の壺《つぼ》と銀の壺。聖衣の数々。そして聖具。トータルすれば莫大な財宝だ。研究家達はどのくらいの価値になるのか考えた。そして現実の財宝であることを疑い始めた」

「それで父さんの考えは？」私が突っ込んだ。

「オフィシャルな解釈で何と言われていようが、あれは単なる伝説の宝物ではない」

「宝物の出どころは？」私が尋ねた。

まるでその問いに答えるべきかどうか考えあぐねているように、強烈な視線でジェーンと私を数秒間見つめた。そして呟いた。

「『神殿の宝物』だ、アリー。空前の荘厳さを誇った『ソロモンの神殿』にあった聖具の数々。加えて長年に亘《わた》り集めた税金。生け贄《にえ》の祭の際に、人々が神殿に持ってくる貢物。聖具をのぞき、すべてが貴金属にかえられ、一カ所に集められていた。『エルサレムの神殿』の中心部に。それが『神殿の宝物』だ」

「それで莫大な量の金銀の説明がつきますね！」ジエーンが声を大きくして言った。眼が輝き始めていた。

「ローマ人に対する戦争が勃発《ぼっぱつ》すると、神殿の宝物はいち早くエルサレムの外に持ち出され、隠されたと考えられる。ローマの軍隊がガリラヤに侵攻する直前に」と私が付け加えた。

「しかし『銅の巻物』に記されている宝物が神殿の宝物だ、という確信については？」ジェーンが尋ねた。

「理由は幾つかあげられるよ、ジェーン」父が言った。「まず、あれだけ莫大な量の宝物は一個人あるいは一族では集められない。次に件の『神殿の宝物』は不思議なことに消えてしまった。それも『銅の巻物』が書かれた時期とほぼ同じ時期に。更に『銅の巻物』には神殿の役職につながる言葉が数多く記されている。例えば『ラガン』、これは神殿の祭司達用の穀物を納めておくために、よく使われた容器の一種だ。『エフォド』、これは祭司が着用する法衣」

「白い麻の衣？」

「その通りだ」

「大祭司はターバンを巻いていましたか？」

「まさしくそうだが。なぜだ？」

ジェーンと私は顔を見合わせた。

「殺されたエリクソンがそのような格好をさせられていたのです」

「そのことも、私の言ったことも仮定の域を出ない」父は続けた。「だが、宝物が現実のものだ、ということを私は確実に証明できる」

「本当ですか？」

ジェーンがそう質問すると同時に、父は鞄《かばん》から紙とボールペンを取り出し、彼女に差し出した。

「さあ、何か書いてみなさい。何でもいいから。ワン・フレーズで十分だ」

《謎の解明は銀の巻物にある》そう書いた紙をジェーンが父に渡した。父がそれを読んだ。眉《まゆ》をひそめていた。

「いいかな。このフレーズだけで、君の人格、モチベーション、そして書いた時の心理状態まで読めるのだよ。君の書体は揺るぎがない、更に肉太だ。それは君のはっきりとして行動的な性格、責任感の強さ、ある意味での頑固さも示している。《t》の横棒にはっきりとした意志が出ている。しかしまた《e》の上につけたアクサン（´）が細かい気配りを教えている。その一方で《y》や《g》の下の方へ伸びる部分の筆跡に垂直性よりも水平性が感じられるだろう。これは攻撃性の表われさ。気を悪くしないでほしいが、ある種の暴力といってもいい。君は様々な状況を的確に把握し、迅速に行動する能力を備えている。現在、常に警戒心を働かせねばならない状態にある。文の最後の文字がそれを示している。ほら、他の文字より大きく書かれているだろう。君は胸の内を絶対といっていいほど人に明かさない。《o》がしっかりと閉じた環《わ》になっているからだ。語末の文字が背が高い。粘り強さと力への意志を表わしている。対して、中間部はこれといって特徴的なところがない。情念の制御を常に心がけ、めったに昂揚《こうよう》することがない、ということを教えている……」

「父さん、結局何が言いたいのですか?」私は聞いた。

「まさしく、それをこれから言うところだ。誰も考えなかったことだが、筆跡鑑定家に『銅の巻物』を見せてみようと私は思いついた。鑑定の結果、巻物は数人の書き手によって書かれたことがわかった。それも大変な精神的緊張の下で。結局、『銅の巻物』は年代的にも、エッセネ人によって書かれた他の死海文書とは違い、『第二神殿』崩壊の直前、そこにいた者達によりパニック状態で書かれたものだ、と鑑定家は結論した」

「それなら『銅の巻物』はなぜエッセネ人の洞窟にあったのですか?」ジェーンが言った。「そして宝物はなぜ散逸したのですか?」

「ジェーン、君が莫大な宝物を隠さねばならないことを想像してごらん。一つ。人の注意が君に向けられないように用心するね。二つ。同じ場所にすべてを隠しはしまい。運びやすいように幾つかに分ける。別々の場所に隠す。ひいてはそれが発見を難しくする」

沈黙があった。父が近くにいたウェーターにコーヒーを注文した。茶色の髪の男で、白い制服を着ていた。

ウェーターが遠ざかると、父は困惑げな視線で後ろ姿を追った。

「妙だな」父は言った。「あのウェーター、我々の話を盗み聞きしていたみたいだぞ」

「まさか」私が言った。「注文を聞こうとして立って待っていたのでしょう」

「そうは思わない」父があっさりと言った。

「ハコツ家について知っていますか？」父の気掛かりをよそに私が言った。「『銅の巻物』を読むと、宝物の一部がハコツ家の領土にあるのですが……」

「ハコツ家は祭司の家系だった。家系はダビデの時代にまで遡《さかのぼ》る。『バビロン捕囚』からユダヤ人が帰還した時代には、大変大きな影響力をもった一族だった。ハスモネ家＝マカベア家が前一六七年頃～前三七年頃までユダヤを統治した間を通して、常に重要な地位にあった。ハコツ家の領土はヨルダン渓谷にあった。エリコからそう遠くはない。いわば、その時代のパレスチナ地方の中央部だ。そこに宝物の大部分が集中している」

「現在サマリア人が住んでいる場所ですね」

「話を戻そう。『帰還』後のことであったから、ハコツ家のメンバーは十分な確証をもって家系図をつくれなかった。しかるに、祭司職は祭司の血統を証明する極めて正確な家系図が必要だった。そのため祭司の資格は与えられなかった。その代わり、神殿の組織の中で祭司とは別の責任ある役職を任された。預言者ネヘミアに率いられ、神殿の壁が再建された時代のハコツ家の家長は、ハコツの息子ウリヤの息子メレモトであったと伝えられている。そして、このメレモトにこそ『神殿の宝物』の管理が任されたのだ」

「つまり、ハコツ家が就いた責任ある役職とは『神殿の宝物』の管理人だったのですね」

「あとはサマリア人とハコツ家との関係ですね」ジェーンが言った。「サマリア人がいまだに動物の生け贄の儀式を行なっているのを御存じですか？」

「知っているよ」眉をひそめながら父が言った。

「だが、年がら年中やっているわけではない。最近、生け贄の儀式を見たのかね？」

「昨日、サマリア人の居住地を訪れた時に。彼等は羊を生け贄にしていました。雄牛も順番を待っていましたわ」

「羊と雄牛？」

　父が椅子の上でまたゆったりとした姿勢をとった。考えを巡らせようとしているのだ。

「ええ。なぜですか？」

「『神殿時代』には」父が話し始めた。「贖罪《しょくざい》の厳粛なる行為を準備するにあたり、大祭司は十日間をかけた。やがてその日が訪れると、彼は清らかな水に身を沈めて沐浴《もくよく》をし、白く輝く麻の衣で身を包む。そして聖なる場所へ赴く。大祭司といえども至聖所に入るのは年に一度であった。『審判の日』の『贖《キプ》罪《ール》の時』だ。『審判の日』より十日遡った日はロー シュ・ハ＝シャナー。つまりユダヤ新年祭にあたる。

　キプールの儀式は神への生け贄の儀式により始まる。聖なる書に記されている通りの羊と雄牛が屠《ほふ》られる。それから大祭司は贖罪のヤギの方へ向かう。このヤギはアザゼル〔地獄の軍勢の旗頭〕のために用意されたものだ。大祭司はヤギに近付いて『神の民』が犯した罪を告白する。両手をヤギの上にのせ、こう言う『主よ、あなたの民、イスラエルの神殿が罪を犯しました。あなたの子達はあなたの御前で有罪でありました。お願いです。あなたの御名《みな》を愛しますから、贖罪を、過ちの贖《あがな》いを、堕落の贖いをお受けください。イスラエルの子達が、罪を、過ちを犯し、堕落いたしたのです。あなたの御前で有罪となったのです。あなたの僕《しもべ》、モーセの律法にこう記されております。《神の御前でそなた等の罪のすべてから、そなた等を清めるはずの贖罪がその日のうちに行なわれるであろう》』その瞬間、大祭司は神聖で口にできない主の名を唱える。大祭司の口から純粋にして聖なる荘重な名が発せられると、至聖所を取り囲む四重の中庭に立っていた祭司達と民がそれを聞き、跪《ひざまず》き、額を地面につけて平伏する。祝福の成就を見計らった大祭司はこう締め括《くく》る『そなた等は今、清められ』聖櫃が置かれる贖罪所の前に位置する至聖所に入ろうとした大祭司が死ぬ可能性もあった。なぜなら至聖所には神が現われるからだ」

「父さんの言う通りです」私が言った。そして一瞬沈黙してからこう付け加えた。「しかし、サマリア人のキャンプには大祭司もいなかったし、至聖所もありませんでしたよ」

「しかしながら『神殿』が存在していた時代に行なわれていたのとまったく同じように、すべてが行なわれていたようだな」

　まわりが前にもまして騒がしくなってきはじめた。新たな、宿泊客の一団が入ってきたからであった。

「私が思うには」父は話を締め括るように言った。「この殺人事件は『徴《しるし》』だ。古文書の一つの文字、あるいは一枚の皮紙のようだ。意味をつかむためには忍耐強く解読してゆかねばならない」

　件のウェーターがコーヒーを運んできた。そして私の前に置いた。

「僕ではない」父の方を示しながら、私はウェーターに言った。「彼が頼んだのだよ」

「申し訳ありません」ウェーターが言った。

　そして私の背後からかがみこむようにして、今置いた茶器を取り上げ、テーブルの反対側に回って父の前に置き直した。

「ところで先刻、鑑定家の結論は伺いましたが、あなた御自身は『銅の巻物』の作者についてどうお考えですか？　作者がエッセネ人である可能性はありませんか？」ジェーンが尋ねた。

「テキストの書法がクムランの写字生の書法である可能性は極めて少ない」ウェーターが行ってしまうと、父がそう答えた。

「経験を積んだ写字生が自信をもって書いたものではありえない。さらに、アルファベットに統一性がない。楷書体だったり草書体だったり。また文字の大きさもまちまちだ。テキストの『配置』に対する気遣いはまったくといっていい程ない。スペルを調べた結果からも同様のことが言える。宝物のリストの作成者はクムラン文書のネオ・クラシック体も、アラム体も、エッセネ人が用いているその混合体も知らない。特定の地域で話されている口語ヘブライ語でテキストは書かれている」

「作成の時期は？」

「二つの『反乱』の間だ。つまり紀元一〇〇年代」

　再び沈黙が訪れ、まわりのざわめきだけが聞こえた。

父が立ち上がった。そして私の方へ近付いた。

『銅の巻物』は」私のシャツの襟のあたりに手をやりながら父が言った。「エッセネ人が書いたものではない」

「では、どこから持ってこられたのでしょうか？」ジェーンが尋ねた。

父の目が楽しげに微笑んだ。まるで何かアイデアがあるといわんばかりに。

「マサダを知っているね？　ジェーン」

「ええ、行ったことがあります……」

「明日、君達を迎えにいくよ」父は言った。「マサダを案内しよう」

父が私の方へかがみこんだ。そして私にごく小さな円い物体を差し出した。

「見てごらん」父が呟いた。「お前の襟についていたよ」

私は当惑してそれを見つめた。

「それは何ですか？」

「盗聴器だよ、アリー。さっきのウェーターがお前の襟につけていったのだ。ほら、やっこさん、もういやしないだろ」

父は盗聴器を唇に近付けると、いきなり鋭い口笛を吹いた。

「どこかで鼓膜を破った者がおるよ」

父は床に盗聴器を落として、吸殻を踏みつけるように踏みつけて壊した。


二年前と同様、こうして父もこの冒険に飛び込んだ。父にためらいはなかった。この物語が父の物語でもあったからだ。青春時代のすべてを、父はクムランの洞窟で過ごした。父と私が、二年前にそこにたどり着くまで、心の奥深く埋めた秘密として、父は一切そのことを語らなかった。だが、クムランの洞窟こそが父の起源であり、祖国であった。エッセネ人こそが彼の家族であった。二年前、父と私は「失われた巻物」の追跡に身を投じた。イエスに関する秘密が記されていた巻物であった。「銅の巻物」の話を聞いて、古文書学者の情熱が再び父の目の奥で輝くのを私は見た。だが、なぜ父はジェーンと私をマサダに連れてゆこうと考えたのか？　戦闘的な、ユダヤ人急進派ゼロテが最後までローマ人に抵抗し、玉砕したマサダ砦《とりで》に。一般には平和主義者と信じられているエッセネ人は、実はゼロテの革命的活動に参加していた、父はそう考えているのであろうか？　確かに、クムランの発掘現場からは武器製造のための鍛冶場が見つかっている。ローマ人のものではない鏃《やじり》も出土した。防塁の跡さえも現われた。クムランは修道院ではなく砦だったのであろうか？　エッセネ人は、ローマ人によって神秘の洞窟から追い立てられ、否応《いやおう》なしにユダヤ人の反乱の継承者となったのか？　クムラン文書には『戦争の巻物』がある。精神的のみならず、現実の戦いをエッセネ人は準備していた、という証拠だ。

死海文書の中には『神殿の巻物』と呼ばれる写本もある。そこにはエッセネ人の幻視的でとてつもない夢が明らかにされている。他ならぬ神殿の再建であった。エッセネ人は「ヘロデ王の神殿」を嫌悪していたのである。豪奢《ごうしゃ》にすぎ、これ見よがし。ギリシャ的でローマ的。そしてサドカイ人が支配していたからである。それにしても『銅の巻物』とエリクソン殺しはどんな関係があるのか？

まずエリクソン教授の娘、ルツ・ロスベルクに会わねばならなかった。彼女はイスラエル博物館の学芸員の職についていた。博物館に赴くことにした。

「二人で行く……？」出掛ける段になってジェーンが言った。「あなただけで会った方がよくはない？　ユダヤ教徒同士の方が話しやすいのでは？」

「いや」私は言った。「彼女は私を知らない。一緒に行こう。だが、まず君に質問がある」ジェーンの瞳《ひとみ》の奥を見つめて私は突然、切り出した。「赤いゴチック十字架の由来を知ってはいないかい？」

「ものによるけれど」彼女は落ち着き払って答えた。「騎士が用いた十字架よ。中世に……。あなたどうかしたの？」彼女は付け加えた。「なぜそんな目で見つめるの？　なんだか怒っているみたい……でなければ疑《うたぐ》っているみたいな目をしているわ」

「それなりの訳があるかも」

「いい」ジェーンが言った。きつい口調だった。「この事件で、あなたと私はチームを組んでいるのよ。二人が信頼し合わねば捜査が進展をみることはないわ」

「わかった。はっきり言うよ」私は言った。

「聞くわ」

「先日、殺人現場で君と再会した時、小さな赤い十字架を見たんだ。祭壇のすぐそばに、半ば砂に埋まっていた。その十字架を君が踏みつけた。意図的にそうしたと僕は考えている」

面喰《めんく》らった顔をしてジェーンは私をじっと見つめた。

「そうよ。あなたの言う通りよ。私も十字架を見たわ。あなたがそれを見たかどうかわからなかったけれど、足で隠したわ。こっそり回収しておきたかったの。そしてそうしたわ。あなたは気付かなかった」

「どういうことなのだ?」

「アリー、今は説明したくないの。でも私を信用して」

「言いたくない? 二人でチームを組んでいるんだろう? 何でも言わなければならないはずではなかったのかい」

「アリー、もう少し後になったら話すわ。誓うわ。約束する。でも今は何も言えないの」

「よくわかった。コラボレーションにあたっての約束事をすべて考え直すことにしよう」

それを聞いてジェーンは動揺した。

「どうしてか、と言えば……あの十字架はエリクソンが肌身離さずつけていたから。彼の家に代々伝えられた十字架だったそうなの。だから私はとっておきたかったのよ……。思い出の品として」そう答えたジェーンの目には曇りがあった。

「あの十字架が重要な証拠物件だとしたら、まずいのではないか?」

そんなことはどうでもよい、と言わんばかりにジェーンは眉を上げた。とにかく彼女の答えは答えになってなかった。結局、答えたくなかったのである。忌まわしいことに! 時として、彼女が憎しみの対象と化したことがあった。またしてもか。悪しき感情に卑屈さが加わり(暗闇へと)飲み込まれてゆく不幸がまたしても私に訪れるのか……。

タクシーをひろい、新市街の屋敷街ルハビアの南にあるイスラエル博物館へ行った。ルツ・ロスベルクとは事前にアポイントメントをとってあった。

博物館の入口近くに、巨大な円筒形の壷の形をした白い建物があった。「書の霊廟《れいびょう》」。死海文書が収容されている場所である。内部にはドームを支えるタンブールがある。その周囲には二千五百年前に遡る、最も古い黙示録であるイザヤ書が展示されているのだ。建物はアルマンド・バルトスの設計によるもので、件のタンブールが自動的に地下に下がるようになっており、核攻撃に備えて、分厚い鉄板で覆われる仕掛けがある。未来の戦争の幻視により、恐ろしいアポカリプスが予告されているイザヤ書は、それゆえに生き残る。すべてが破壊されても永久に。

「ハルマゲドン」私は呟いた。「世界の終わり」

「ハルマゲドン?」ジェーンが言った。

「『ハルマゲドン』という言葉はもともとは、『旧約の最後の書』に由来する。死者の霊が奇蹟を成就せんとして、地上の王達と世界中の王達を探し、『全能者』の現われる大いなる日に行なわれる戦いへ導く。彼等は『ハルマゲドン』と呼ばれる場所に集まることになる、と言われている」

「その場所がどこにあるのか、あなたは知っているの?」

「『ハルマゲドン』はイスラエルの古代都市メギドのギリシャ語名だ」

「いまだにあるの?」

「イスラエル空軍の重要な基地の一つラマット・ダビッドがある場所がメギドだよ」

「イスラエルの北ね」ジェーンが言った。「シリアにとても近いわ。するとメギドが……」

「メギドが前線になるだろう。現代の中東における現実の戦争においても……」

「仮にシリアがイスラエルに侵攻するようなことがあれば『ハルマゲドン』が始まる可能性がある、ということ?」

「結局、そういうことだ」

ジェーンが一瞬、何かに思いを馳《は》せていたように見えた。

「シリアはよく知っているの」彼女は言った。「そこで発掘をしたことがあるから」

ジェーンはそう言っただけだった。本当は、もっと何かを話したいが、その決心がつかない。そんな感じがした。

目前に大理石のように白い都が広がっている。この都のために人はどれほど闘ったことか。この世で最も多くの戦がなされた都エルサレム。ダビデ王が征服を果たし、バビロニア人が焼き打ちにかけ、ローマ人が破壊し、十字軍が居座った。三千年もの長きに亘《わた》る血みどろの闘争の数々。その挙げ句に、終末の開始をみる都となるのか？　それともその名に相応《ふさわ》しく「救いの都」となるのか？

浸っていた考えから私を引き摺《ず》りだし、ジェーンが私を大きな現代建築の内部に連れ込んだ。「書の霊廟」に隣接するイスラエル博物館には、イスラエルのすべての時代の様々なテキストや芸術品が展示されている。我々は迷路のような廊下を進んでエレベーターへと向かった。管理事務所のある階でエレベーターを降りた。半開きになったドアにルツ・ロスベルクと書かれたプレートが見えた。

私がノックした。女性の声が応《こた》えた。

「お入りください」

「今日は」ルツが言った。狭くて地味な研究室だったが、子供のデッサンが何枚か飾ってあり、明るい感じがした。

書斎机の前に男が立っていた。両脇に二人の子がいて彼の手を握っていた。

ルツとジェーンが挨拶《あいさつ》を交わした。

「ルツ、御紹介するわ。友人のアリー・コーヘンよ。写字生なの」

「はじめまして、アリー」ルツは言った。「ここにいるのは、夫のアロンと子供達。どうぞお掛けになって」

ルツ・ロスベルクはかなり痩せた青い目の女性だった。髪を緋色《ひいろ》のスカーフで隠している。敬虔《けいけん》派の女性はそうするのだ。夫以外の男に髪を見せないためである。顔は蒼白《あおじろ》い。長いまつ毛。心持ち広がった鼻だ。全体としてロシア人形の雰囲気があった。歳は二十歳そこそこであろう。夫に比べ随分若く見える。彼の方は最低十歳は年上だ。真面目な感じの男性だった。灰色の長い髭《ひげ》をたくわえている。イエシバ〔ラビ養成学校〕の勤勉な学生達に時々見かける、歳に似つかわしくない灰色の髭であった。髪は短く、黒いビロードのキッパ〔ユダヤ教徒が頭上に被《かぶ》る丸い帽子〕を被っている。顔の両脇に垂らしているお下げが、こめかみのところで見事なカールを描いていた。べっ甲フレームの眼鏡の奥の青い大きな目が特徴的な生き生きとした印象を与えていた。二人の子供達もくるくるまわったお下げを垂らしている。二人とも夢見心地の目をしていた。私はロスベルク夫妻の顔を観察した。アロンの顔には垂直の線が記されていた。統合、創造、生命の起源を象徴する文字ו《ヴァヴ》である。「〜と」という接続の機能を持つヴァヴは別れ別れになっている諸物の再統合を実現する。空気や光のように。だがヴァヴの機能はそればかりではない。時を変えることができる。つまり、過去を未来に、未来を過去にすることができるのだ。だからこそ、この文字は口にすることのできない神の名＝יהוה《ヨッド・ヘー・ヴァヴ・ヘー》の中央部に位置する。（神聖なる二つのה《ヘー》の真中に。鏡のように）

ルツ・ロスベルクの額にも夫と同じ場所に文字が見えた。彼女の方はד《ダレット》であった。ダレットは家や町や聖なる場所の扉を表わす。数価は四。四方位をもった物理的世界、そしてもっと一般的には形ある世界を象徴する。

「今日、伺ったのは……」ジェーンがためらいがちに話を切り出した。「お父様の死について、アリーと私で調べているのですが、何か教えていただけることがあるのでは、と思ったからですの」

「そうですか」ルツが呟いた。「まだ何がなんだか、さっぱりわからないの。父の死が現実の出来事と思えなくて」

「私達が伺ったのも、同じ理由ですわ。わからないことだらけなのです」

「ありがとう、ジェーン」ルツは言った。「でも警察が捜査していて、熱心にやってくれてますの……そうよね、アロン？」

「そうだね。昨日、私達に会いに来たのです。義父の事件について多くの質問をされました。私達は知る限りのことを答えました。今や事件の解決を待つしかありません」

ジェーンは困った様子で二人を見つめていた。

「確かに」私が助け船を出した。「警察はよくやってくれています。しかし、ラビ・モーセ・ソフィルの言葉にもあるように『行動に向かわせる研究こそが偉大』ではないでしょうか。ただ待つだけではなく、世界に対する行動が要求される時があります。まさに、我々にそのような時が訪れていると、私には思われます」

「あなたはハシディム？」驚いた様子で私を見つめながらルツが尋ねた。ハシディムの出で立ちを私がしていなかったからである。白い麻のパンツに同素材同色のシャツ。ハシディムの被る黒のキッパの代わりに白いウールの大きなキッパ。エッセネ人（が外に出る時）の装いである。

「ええ」私は答えた。「メア・シェリームで学びました。暮らしていたこともあります。写字を習得したのもあそこです」

アロンが傍らで思索に没頭している様子だった。私達を見つめていた目が強い光を放っている。ジェーンと私を観察しているのは明らかだった。そして、その視線に、何やらいたずらっぽさがうかがえた。

「私が考えるには」書斎机の前の椅子に腰をおろし、小さな子の一人を膝《ひざ》にのせるとアロンは言った。「義父が殺されたのは『神殿の宝物』の探索に関わっていたからです……」

「ええ、存じています」私が言った。「でも、なぜ探索をしておられたのでしょうか？」

「さあ。ルツも私もそれについてはわかりません。私がお教えできる限りのことを申し上げましょう。長い年月、私は彼と聖書を研究しました。そして私……いや、彼と私は、聖書には聖書が隠されている、と考えるに至ったのです。つまり、聖書をコンピューターのプログラムのように見做《みな》して読める、ということです」

「アロンは」ルツが説明を加えた「群論が専門なのです。量子物理学が依る数学の領域ですわ。同時に夫は聖書も研究しております。彼によれば、聖書の構成は巨大なクロスワード・パズルに似ているそうです。初めから終わりまで、聖書の言葉はすべてコードになっているらしいの。それを解けば、隠されていた歴史が現われるのですわ」

「階下の博物館は御覧になりましたね」アロンが言った。「アインシュタインの相対性理論の原稿があったでしょう?」

「ええ」ジェーンは言った。「困惑させられましたわ。だって、クムランの写本〔死海文書〕と同じ場所にあるのですもの」

「私は確信しておるのですが」アロンが言った。イエシバの学生特有の歌うような声が感じられた。「過去、現在、未来の区別は、いかに本当らしく思えようが、幻想《イリュージョン》にすぎません。研究の結果、明らかになったのですが、聖書は何千年も後に起こる出来事の数々を明かしているのです」

「と申されますと?」

「私達の未来の幻視がコードの下に隠れているのです。そして、そのコードを解読できるのはコンピューターなのです。情報科学が発達したおかげで聖書の封印を解き、然るべく読むことができるのです。つまり預言として読むことが」

「聖書の暗号が間違いでなければ、ごく近い将来、最低一つの戦争が勃発する、と夫は考えております。そのために……」

あたかもそれについて話し過ぎることを恐れているかのように、ルツは言葉を中断した。

「そのために、あなた方は準備しておられるのでしょう?」私が言った。

アロンが書斎机に置いてあったノート・パソコンのスイッチを入れた。何やら探索してから、ノート・パソコンを私に差し出した。私は画面を読んだ。

《町は一瞬にして消滅した。中心がひしゃげた。同時にその周縁に向かって走ったものすごい熱風が大火を起こし、巨大な火の台風が始まった》

「何ですか?」私は当惑して尋ねた。見慣れたテキストに思えた。だが、どの巻物にあったろうか? 聖書のどの部分だったか? どんな預言だったか?

「聖書の預言ではありません。広島に投下された原爆の記述です。驚くべきことだとは思いませんか?」

ジェーンが何かを尋ねるような眼差《まなざ》しで私を見つ

めた。私は首を振って驚きを表明した。

「巨大地震による破壊は人類の脅威の一つであり続けています」アロンは話を続けた。「そのことは、はっきりと聖書に表明されております。年までわかるのですよ。五七六一年、つまり今年です」

「それでは」私は言った。「すべてが預言されており、何をしても無駄ということになりませんか？もはや、如何《いか》なる希望も持てないのでは？」

「それでもできることがあります」アロンが答えた。「それは、先程、あなたが言われたように、準備することなのです」

「何を準備するのですか？」

「『神殿の丘』は御存じですね。つまり『神殿の広場』です」アロンが呟いた。「『モスクの広場』とも呼ばれていますが。あそこに『岩のドーム』があります。しかし『岩のドーム』はモスクではなく記念の場所です。アブラハムに、息子イサクを生け贄にせよ、と神が命ぜられたのはあの場所であったと言われています。そしてイサクを横たえた生け贄の岩を中心としてソロモンは神殿を建設しました。後の第二神殿も同様です」

「言い換えれば、生け贄の岩の下に『至聖所』があった、ということですか？」

「おっしゃる通りです。御存じと思いますが、昨年、ある一人のラビが『キフォヌスの門』を開いてみる決心をしました。『神殿の広場』の下のトンネルを調べるために。工事の進行状態を見ようと、ある夜、私はトンネル内の工事現場に行きました。するとそこに三人の男がやってきて……殴られました。妙なことに襲撃者は、私が入った、秘密の通路に面した入口を通って来たわけではないようでした。反対側、つまり『モスクの広場』の方向からやってきたからです。翌日、イスラム教の聖地管理当局が数台のコンクリート・ミキサーを呼びました。そしてトンネルにセメントを流し込み、件の門を塞《ふさ》いだのです。思うに『キフォヌスの門』の向こう側を掘り続けられたなら、『至聖所』が発見されたでしょう」

「そう信じておられるのですか？」私は言った。「本当に？　すると『至聖所』は『アル＝アクサ寺院』の下にあったのではなかったのですか？」

「『神殿』はずっと北にあったと私は信じております。それを証明する考古学的論拠はすべて揃えてあります。お望みとあれば、完璧《かんぺき》な書類をお渡ししますよ」

「その論拠を少しお話し願えますか？」

「『広場』を詳しく観察すれば自然とわかることなのです。『広場』には『岩のドーム』の外《ほか》に小さな建造物があります。『霊のドーム』あるいは『律法の石板のドーム』と呼ばれている建物です。なぜそう呼ばれるのか、と言えば『律法の石板』を思い出すために建てられたからです。『アロンの杖《つえ》』『荒野のマナを入れた杯』そして『石板』は至聖所に置かれる『契約の櫃《ひつ》』の中に保管されていた、とユダヤ教の聖伝が教えていますね。また、こうも教えられています。『石板』は石の上に置かれていた。至聖所の中央に据えられた『土台の石』の上に。以上すべてを考慮すれば、『至聖所』はこれまで信じられていたように『アル=アクサ寺院』の下にではなく、まさしく『神殿の広場』の下にある、と考えられます」

「本当ですか？」

「『広場』の当時の面積は、現在のそれよりずっと大きかったのです。現在の『広場』の南側の発掘で複数の階段と城壁が発見されました。それらは西の壁に至る、（至聖所を取り囲んでいた四重の）『中庭』に通じていたのです」

「そうしたすべてのことについて、お父様はどのように考えておられたのですか？」私はルツに尋ねた。「神殿再建のために『神殿の宝物』を探しておられたのですか？　それとも途方もない価値をもつ宝物を用いて、戦いを回避なさろうと考えられていた？　あるいは……大洪水に対する準備としてノアが方舟《はこぶね》をつくったように、終末に対する準備として聖なる方舟をつくろうと計画されていた？」

「事を軽んじてはいけませんわ」ルツが言った。「エルサレムの今日の状況が一触即発であることを御存じないの？　テロを仕掛けられようが脅迫を受けようが、エルサレムの発展に私達は力を尽くしております。首相は平和のためなら、と大きな譲歩をいたしました。しかし聖なる場所だけは譲れないのです。彼はこう説明しています。『イエスが二千年前にエルサレムを訪れた時、そこには教会もモスクもなかった。ユダヤ教徒の第二神殿があっただけである』」

「ところで『銀の巻物』というのが存在していることを御存じですか？　エリクソン教授の手元にあったそうですが」

「え？」とルツが言った「奇妙だわ。その質問を耳にしたのは、今日、二度目です。おっしゃる通り、父の荷物と一緒に私がテントからその巻物を持ってまいりました」

「今、どこにあるのですか？」

「パリだと思います。父と一緒に研究をされていた方が今朝、ここにみえたのです。件の巻物を探しに。考古学的見地から大変興味深いものだ、とおっしゃっていました。それでお預けしたのです」

「その方のお名前は？」

「コズッカ。ヨセフ・コズッカ」


「どう思う？」イスラエル博物館の階段を降りながらジェーンが私に尋ねた。

「彼等もまた」私は答えた。「神に会うために神殿を再建しようとしているのだよ。ロスベルク夫妻とエリクソンはチームを組んでいた、と僕は思う。エリクソンは『神殿の宝物』の発見を、ロスベルク夫妻は神殿の正確な敷地の割り出しを担当していた。残るはパズルの第三のピースだ……」

「建設者」

「その通り」

「つまり、神殿再建に用いる石材の調達人？　建築家？　施行者？……石工？」

「そうだ」私が言った。「すなわちフリーメーソン……」

「チームか……。それで説明がつくわ」ジェーンが言った。「なぜエリクソンがキルベット・クムランにいたかが……義理の息子のおかげで、神殿の敷地がわかった。あとは『宝物』を発掘するだけだった」

考えに気をとられ、ジェーンと私はロスベルク一家が博物館から出てきて我々の前を通り過ぎるまで気付かなかった。彼等の方も我々に気付かなかったのかもしれない。一台の車がものすごいスピードで我々の方へ走ってきたのはその時だった。よけようとして私は横跳びに飛んだ。だが、車は我々の前を歩いていたロスベルク一家の前で急ブレーキをかけて止まった。ミシンで縫う音を何十倍にもしたような音がタイヤのきしみを掻き消し、あたりに響き渡った。機銃掃射の音だった。やってきた時と同じ猛スピードで車が走り去った。血の海を残して……。一瞬の出来事に、ジェーンも私も呆然《ぼうぜん》と立ちすくみ、何の行動も起こせなかった。

なんということだ！　冷や汗が額から滴り落ちて目に入った。視界が曇った。いかなる狂人？　が何故？　このような残虐行為をなせるのか。考えも及ばない。理解も不可能だ。茫然自失。苦悩。悲嘆。そう、私は悲嘆にうめいていた。時はすでに来ていたのだ。強くあれ。私は言った。逞《たくま》しくあれ。勇敢な戦士であることを示せ。恐れるな。《心が弱くありませぬように》わけても、後を振り返ってはならない。《なぜなら彼等は悪しき者の共同体。彼等の行為のことごとくが暗黒を源としているから》我々はつけられていたのだ。見張られていたのだ。今や疑いの余地はなかった。私は打ちのめされていた。あまりに大きな力に。量りようのない、全知、遍在の力に。暗黒の力に。彼等はどこから来たのか？何者なのか？　悪しき者達か？　闇の子達か？《闇の子達の剣はギラギラ光り、樹木を薙《な》ぎ倒す火に、そして彼等の声は海原の嵐に似てはいないか？》と聖なる書には記されている。だが、こうも記されている。《彼等は地獄の責め苦に苛《さいな》まれるであろう。なぜなら、汚れた者達を水のようにふりまき、邪まな道にはまっている人間達を神が清めるからである。》すると、正しい人達はより高きものを知る必要が出てくる。そして、完全な者達は「永遠者の子達［イスラエルの民］の知恵」を学ぶことになろう。

突然、私の内部から声がして私に言った。「目覚めよ。起き上がれ。この謎を解け。そして悪しき者を打ち倒せ。さもなくば、悪しき者はその手を小さき者達に振り向ける。国の三分の二が切り取られ、三分の一が残される。すべての国でそれが起こる。彼等は穀物の束に移された松明の火のように、右に左に動き、あたりの民をすべて食らい尽くすであろう！　猛火のごとく、怒りが人々を捉えるのが見えないか？　人々を酔わせ、互いを和解なき反目に走らせるのが。そなた等は洞窟に隠遁《いんとん》しておる。だが外で起こっていることを知らねばならぬ。そして打って出る機会を待て。時が到来した、アリー。そなたが洞窟を出る時が来た。そなたがメシアであれば、そなたが聖別されたのであれば、戦わねばならぬ」

惨事から数時間が経った。証人として交番で質問を受けた後、タクシーでホテルに向かった。ジェーンが怯《おび》えた様子を見せていた。私の疑念に答えるかのように、唇を引き締めて彼女はこう言った。

「先日、旧市街で襲撃にあったとあなた、言っていたわね。でも、連中はあなたの命を取ろうとしていたのではないと思うの」

「僕の命ではなく誰の命を？」

「そうではなくて……連中はあなたをさらおうとしたのよ。さもなくば、あなたは殺されていたわ。先刻の惨殺を見たでしょう。やる気があれば、何でもする連中なのよ。連中の常套《じようとう》手段はテロ。公開処刑。そして、それを止めさせる手立てはないのよ」

「しかし、なぜ僕を誘拐しようとしたのか？」

「それはわからないわ」

「ジェーン、連中がさらおうと狙っているのは君だとしたら？」

「どんな理由で」

『銀の巻物』を持っているのは君だ、と彼等は多分考えているからだ。君こそ、この事件から手を引いた方がいい。とどのつまり、君にしても僕にしても探偵ではないのだから」

「あなたがやめたいのなら、それはあなたの自由よ」ジェーンが言った。「でも、私には毛頭その気はないわ」

私は唇をかんだ。

「一つ教えてもらえないかい？」私は尋ねた。「娘がユダヤ教に改宗したことを教授はどう受けとめていた？」

「登ることのできない樹になっている実が欲しければ、落ちてくるのを待って樹の下にいるのが一番ではないかしら。それにエリクソン教授がイスラエルに来たのも、ユダヤ教に情熱を傾けていたからよ。彼は私によくこう言っていたわ。福音書の解釈がほとんどといっていいくらい反ユダヤ主義に根差していることを理解した時、ユダヤ教を研究してみようと決心した。まずヘブライ語とアラム語を学んだ。それからユダヤ教徒の学校でユダヤ教を学んだ」

　ジェーンの視線が遠くを見つめていた。大丈夫か？　と問い掛けると、大丈夫よ、と言った。ジェーンは旧市街を歩こう、と私を執拗《しつよう》にいざなった。ホテルには直接戻らず、そうすることにした。あまり見覚えのない地区へ向かって、ジェーンは足早に私を引っ張って行った。アラブ人地区の迷路のような通りに入った。ジェーンの足取りにためらいがないのは、彼女が地区の隅々まで知っていたからであろう。

　ジェーンと私は、とある三叉路に達した。ש《シン》の形をした三叉路《さんさろ》であった。「ここからは」ジェーンが言った。「キッパを取った方がいいわ。さもないと、危険な事態に陥る可能性があるわ」

　有無も言わせず、私の頭上のキッパをジェーンが取った。ジェーンの手が一瞬私の頭に触れた。私は混乱した。軽い震えが全身に走った。まるで突然、裸にされた感覚があった。

　私はその瞬間、理解した。額にも、頰にも、そして全身に、その手が触れるのを私が欲していることを。前を歩いている女人を欲望していることを。美しく、魅力的な容姿、滝のような髪が私の手と口を呼んでいた。その唇と肩と首に顔を埋《うず》めたかった。細いウエストとすらりと伸びた形の良い足に飲み込まれたかった。そして突然、私は見た。雌鹿のようなジェーンが裸で歩いているのを。欲望が私の額を、頰を、全身を焦がした。

ש《シン》はシェーン＝歯＝活力の象徴に由来する。エネルギッシュな精神、英雄的行為。はぜる火、宇宙の活性的要素、そしてすべての在るものの運動。それ等をシンは表徴する。シンを習得すると、宇宙の諸々の力を活用できる。統率することができる。だがシンは凶暴な存在の歯も喚起するのである。その場合、三本のバーは三つの悪の力となる。すなわち嫉妬《しっと》、富や快楽への欲望、高慢。

第四の巻物　宝物の巻物

彼に忠実なる者達と彼は、
イスラエルと永遠の
契約を結ぶことになるであろう、
イスラエルの民すべてを驚かす数々の神秘を解いてみせながら。
その神秘とは聖なる安息日、栄光の祭りの数々、
宣言の数々、真実に至る何本もの道。
「彼の意志」に向かって祈りを捧《ささ》げながら、
彼等は汲《く》み尽くされることのない井戸の数々を掘った。
彼等と闘う者は誰であれ命を落とすことになろう。

クムランの巻物
《ダマスコ文書》

捜査は迅速を要していた。立ち止まることは禁物だった。しかも後戻りはできない。さらに起こってしまったことは取り返しがつかない。もとには戻せないのだ。それでも続けなければならなかった。前進すればするほど近付いてくる危険を恐れずに。真相へと続いているはずの道を進んでいるのはジェーンと私だけではなかった。背後には我々を追跡している暗殺者達がいた。

エリクソン教授は「神殿」を再建しようとしていた。ロスベルク夫妻が彼を手助けしていた。考古学的発掘というのは見せかけで、エリクソン教授の行なっていた発掘は彼のミッションの一環であった。すなわち神殿を建てること。神に会うために。そして、そこにはフリーメーソンも関わっているはずだった。以上がこれまでにわかったことであった。しかし、フリーメーソンがいかなる役割を果たしているのであろうか？　建築家？　施行者？　謎めいた『銅の巻物』とフリーメーソンはいかなる線で繋《つな》がっているのであろうか？

その夜、ロスベルク一家殺人の目撃者として、我々は改めて警察署に呼ばれた。ホテルに迎えにきた二人の警官に同行され、ジェーンと私は警察署に赴いた。

質問はほぼ一昼夜にわたった。ジェーンと私は目の前で起こった惨劇の一部始終について聞かれ、それに答えた。しかし、証人とは信用されるより、むしろ信用されない存在なのではなかろうか？

何を見たか？　どの様に車が突進してきたのか？　車の連中がどの様に撃ったのか？　被害者達はどの様に倒れたのか？　延々と続く質問に答えねばならなかった。そしてジェーンと私が現場にいた理由も述べねばならなかった。我々は適当に答えた。彼等が私を疑っているのを感じた。しかし、ジェーンと私が携わっている捜査は極秘であった。疑いを晴らそうにも何一つ明かせなかった。ロスベルク一家とエリクソン教授殺害の間には何らかの関係があるとみていた警察は執拗《しつよう》だった。なぜ教授殺人事件に興味をもつのか？　私がどこから来たのか？　何を生業にしているのか？　何度聞かれようが、本当のことを答えるわけにはいかなかった。彼等は二年前の事件に私が関わっていたことを知っている様子であった。もっともあの連続十字架刑殺人事件はお蔵入りになってはいたが。警察は真犯人であるエッセネ人の存在を知らなかったからである。だが、死海文書関係者の十字架刑殺人事件と『銅の巻物』研究者エリクソン教授殺害事件の二つの殺人事件は何らかの線で繋がっていると信じ込んではいた。そこに私という共通分母が現われたのだ。彼等の熱の入れようは当然といえた。とうとう明け方の四時になった。疲労困憊《こんぱい》した私はついに切り札を出すことにした。電話を掛ける許可を得ると、自宅で安眠中のシモンを起こした。

三十分程経つとシモンがやってきた。秘密情報機関の長官の出現に捜査官達は呆気《あっけ》にとられていた。

「やあ、アリー。やあ、ジェーン」

数分後、我々三人は警察署を後にした。

「それで」シモンが私の腕をとって言った。「何があったのだい？」

「実は」私が答えた。「ロスベルク一家が……」

「知っているよ」シモンが言った。

「それが……ジェーンと私が犯行現場に居合わせたのです」

私は困った様子を隠さずシモンを見つめた。「どうも、何者かにつけられているようなのですよ、シモン」

シモンは眉《まゆ》をつりあげた。

旧市街で追跡されたことや、キング・ダビッドのサロンで盗聴器を仕掛けられたことを私は彼に打ち明けた。道で立ち話になっていた。

「うろたえることはないさ、アリー」ケースから爪《つま》楊枝《ようじ》を出しながらシモンは言った。「盗聴器に限っては我々が仕組んだことだ」

「なんですって？」そう聞いても心穏やかにはならず、私は問うた。

「当然だろ」シモンは平然と答えた。

「なぜ当然なのです?」

「私達がどこにいようが、いざという時には駆けつけられるように?」ジェーンが言った。

するとシモンは口早にこう答えた。すまなそうな顔付きをして。

「アリー、打ち明けるが、依頼したこの捜査は危険なミッションなのだよ。つまり二年前のミッション以上に」

「もう少し詳しく言ってください。シモン」

「そこらにいる犯罪者とは別格の犯罪者が相手なのだ。不可解、有能、迅速、そして何より……見えない。つまり……」

「倒すことができない?」

「いずれにせよ、君の生命は今、危険にさらされている……。当初、こんなに危険な事件だとは私も考えていなかったのだ、アリー。知っていたら君に頼みはしなかった。エリクソン殺しは、たとえ一つの挑発、あるいは何かの『徴《しるし》』であるとしても、法律の言う殺人のレベルでは、単に一件の殺人事件、と誤解していた。だが違った。彼等は手当たり次第殺す。どんなことでもやらかす」

「彼等とは何者ですか?」

「恥をさらすようだが」シモンが爪楊枝を嚙《か》みながら言った。「我々シン・ベトがわからんのだよ。彼等は殺すためにのみ出現する。ミッションを果たすと消える。彼等が戻る巣窟《そうくつ》がどこなのか見当もつかない。信じられんだろうが、本当のことだ」

「しかし、イスラエルは小さな国ですよ。いつまでも隠れていられる所など……」

「それは見当違いというものだ、アリー」

「どういうことですか?」

「エジプトに次いで、ヨルダンとの国境問題における妥協政策が犯罪者の逃亡をたやすくしてしまった。無論、あちこちにエージェントを配備はしているよ。だが状況が統制を許さないのだ。昨日、我々はラマット・ダビッドの空軍基地を戦闘準備態勢に置いた。メギドにある基地だ。いささか話がわかりづらいかな?」

「いえ、よくわかります」私は言った。

「ということで用心してくれ、アリー。大いに用心してくれ。だろう？　ジェーン」

翌日、ジェーンと父と私はホテルで落ち合うと、ただちにマサダに連れて行こうと思い立ったのか、父がなぜ二人をマサダに向けて出発した。父がなぜ二人をマサダに連れて行こうと思い立ったのか、依然としてわからなかった。だが、私はあえて尋ねもしなかった。何か計画があると、まず行動を起こし、適時にそれを打ち明ける。父の習慣であった。

エルサレムからユダヤ砂漠へ向かう険路を運転しながら、助手席に座っていろいろと質問をするジェーンに、父は答えていた。

「マサダは特にゼロテ党の砦《とりで》として知られている。ゼロテは西暦七〇年、第二神殿崩壊の際にローマ軍と最後まで勇敢に戦い、これまで、と知ると、集団自害を選んだ」

最後のフレーズを口にしながら、父がカーブに沿ってハンドルを切った。カーブが終わったところで、急に車を止めた。後続の車が追い越していった。スモーク・ウィンドーで中は見えなかった。父は再び車を発進させた。猛スピードで前を行く件《くだん》の車を追い始めた。

「何をしているのですか？」私が言った。

「つけてきた連中をつけているのさ」

「どうして？」驚いて私は尋ねた。

「こうすれば、つけられようがない」

アクセルを踏みつけながら父が冷静に答えた。

「つけられていただけでは……」私が反論した。

「シン・ベトの車、という可能性もありますよ？」

シモンが明かした盗聴器の話を私は父に教えた。

「だが、あの中にいる連中はシン・ベトではなかろう」

首を横に振りながら父は言った。床近くまで踏みつけている右足も動かさなかった。スピード・メーターの針は百六十をさしていた。それも死海沿いの曲がりくねった道で。父の助手席のジェーンがシートベルトをロックした。揺れのせいですんなりとはいかなかった。後部座席の私は窓の上のフックにしがみついていた。

スピード・メーターの針が再び右へ振れた。父が信じられない暴挙に出たのだ。前の車に並ぶやいなや、衝突寸前のところまで幅寄せしたのである。

「中の連中が見えたかい？」父が言った。

「何も見えません」ジェーンが答えた。

「スモーク・ウィンドーで……。でも……」

そう言うと彼女はバッグの中から双眼鏡に似た道具を取り出した。

「赤外線スコープだね」アクセルを踏み続けながら父が言った。

「赤いクーフィーヤで顔を覆っているわ……連中は……あ！」

サイド・ウィンドーが突然粉々に砕けた。撃ち込まれた銃弾の一発がジェーンに当たった。ジェーンが床に崩れた。フロント・ウィンドーに血が飛び散った。

「ジェーン」私は叫んだ。

「大丈夫よ」起き上がりながら、長い息を吐きジェーンが言った。

父がサイドミラーを見た。襲撃を仕掛けてきた車が更にスピードを上げて逃走に移った。父はそれ以上追わなかった。

父が車を路肩に止めた。息を荒くして我々は車の外に出た。私はジェーンの方へ走り寄った。銃弾は腕をかすめただけであった。だが出血はひどかった。父が車のトランクから救急箱を取り出した。ジェーンが腕を捲《まく》った。私は傷口を消毒し、包帯をしてやった。

「大丈夫よ。ほんのかすり傷だわ。それよりあなたの車の方が……」父に向かって彼女が言った。

前部のサイド・ウィンドーは右も左も粉々になってすっ飛んでいた。

「走るのに支障はないさ」父は言った。「捜査を続行しようと思うなら、武装した方がいいだろう。ほら、アリー」言うが早いか、父は私に小型のレボルバーを差し出した。

「シモンから預かったのだ」

「7-65ですか」受け取りながら私が言った。「助かります」

「前にも言ったけれど、殺される心配はないと思うわ」ジェーンが言った。

「どういうことだい？」私が言った。「現に撃たれたのだよ？」

「連中の姿を私は見たわ」ジェーンが言った。「彼等の武器も。スナイパーの使用する銃だったわ。つまり連中は射撃にかけてはプロってこと。先刻、私を殺す気があれば、殺せたのよ。警告のために撃ってきただけだわ」

「またもや警告か」私は言った。

「だが、シン・ベトの連中でなかったことには間違いない」父が言った。

「そうとも言えませんよ。誰かが我々の方へ注意を向けさせようとしている気がしてならないのです」

「どういうことだい、アリー？」

「だいたい、なぜシモンは捜査の依頼に来たのです？」

「捜査能力がある人間が我々をおいてほかにはいない、と考えたからだろう……」

「確かにそうは言っていましたよ」

「何か思い当たるところがあるのか？」

「ああ言っておきながら、実のところ、シモンは我々を囮《おとり》に使おう、と考えた。その可能性はありませんか？」

私の疑念には父もジェーンも答えなかった。

「ところで」父が言った。「どうする？　戻ろうか？」


北方から見ると、マサダ砦は巨大な岩といえた。側面が断崖《だんがい》絶壁になっており、接近不可能だ。ただし二カ所だけ、険しい道がある。そこを登るよりほか、接近の手段はない。〈クムランに似ている〉砦の麓《ふもと》に着くと、私はそう思った。クムラン同様、台地の突出部に築かれている。だがクムラン以上に砦の表情は強い。それも難攻不落の。

「軍の司令官にして考古学者だったヤガエル・ヤディンに率いられ、研究者達がマサダの遺跡を発見した。一九四八年の独立戦争直後のことだった。ヘロデ王の宮殿の発見も彼等によるものだよ。マサダの遺跡からは貨幣複数、所有者の名が入った円筒形の壺《つぼ》複数、ヘブライ語テキストの断片十五枚ほどが出土した。一九六〇年に死海文書の幾つかが出版された時、件の断片との類似が取り沙汰《ざた》された。死海文書の作者は、マサダに住んでいたある特別なセクトではないかとの推測がなされた。一方、こう主張した研究者もいた。七〇年に起こった第二次ユダヤ人反乱の最後の何カ月かは、クムランのエッセネ人がマサダ砦を守っていた者達に合流していたのだ、と。だが私の考えはその反対だ」

「つまり?」

「ゼロテ党こそがエッセネ人に合流したのだ、と思う。正確には、エッセネ人のところへ避難した。ローマ人によるエルサレム攻囲下の状況をフラウイウス・ヨセフスが明らかにしている。彼によれば、〝結局、ガリラヤは完全にローマに降《くだ》った。しかし、マサダへ逃走を企てたゼロテ党員達は別であった〟マサダの集団は長きに亘《わた》って勇敢にローマ軍に抵抗した。ローマ軍も大したことはない、ということになった。国中がマサダで起こっていることを知っていたからだ。若者達はゼロテ党の訓示に引きつけられた。マサダから遠くはないところに住んでいたエッセネ人も同様だった。こうした劇的状況下にあって、エルサレムの住民達には選択の余地がなかった。彼等は財宝、書物、そして祈りの際に額と左腕に結びつける聖句箱《フィラクテール》までも隠した。実際、クムランの洞窟からは大量のフィラクテールが見つかっている。沢山の障害を越えても、遠方に巻物を隠さねばならなかった、という事実は、ローマによるこの攻囲とその脅威で説明がつく」

「クムランで見つかったテキストがオリジナルではなく、写本であった理由も……?」

「肉筆ではなく写本だった理由か? クムランの祭司達は何が起こるのか知っていた。神殿は当然破壊される。ユダヤ教の存続を保障するのは、もはや神殿ではなく、唯一『聖なる書』及びユダヤ教の精神的、知的生活の原動力となっているすべての書……」

「宝物は?」ジェーンが尋ねた。

「さあ」父は答えずに、話を中断して言った。「マサダ登攀《とうはん》を始めるとしよう」

「でも」私が反論した。「太陽は真上です。ケーブルカーでないと無理ですよ！」

「なんだい、アリー」父が言った。「今までケーブルカーなど一度たりとも乗ってはいないぞ」

「でしたらジェーンだけでも！」私は思わず大声を出した。「怪我をしているのですから」

ジェーンが首を横に振った。ジェーンには頑固なところがある。私の言葉に自尊心を傷つけられ、悔し紛れの〈大丈夫〉をジェスチャーで表明したのだ。父は謎めいた微笑を浮かべた。

「水を買ってきますね」私が言った。

水を売っているスタンドには行列ができていた。

「行こう」父が言った。「これではいつになったら買えるかわかりはしない」

我々は登攀を開始した。「蛇の道」と呼ばれている方の道を使った。実際、恐ろしく長い蛇に似て、複雑にうねっている。たたきつけるような熱線を浴びて、すぐに汗だくになり、手も足も耐え難いほど重くなった。まるで麓の地面が我々を引き摺《ず》り降ろそうとしており、頭上の太陽が我々を押し潰《つぶ》そうとしているかに思えた。意志を強くして二つの力と戦わねばならなかった。

帽子を被ってこなかった。当然、日射病の危険もあった。私は目眩《めまい》を覚えていた。高さのせいなのか？　過度な運動のせいなのか？　酸欠状態になっているからか？　父は楽々、と言っていいほどの健脚ぶりを見せつけていた。時々話しかけてきたり、ローマ人に対するゼロテ党の反乱のハイライトを語って聞かせたのだ。後からやっとのことでついてゆくジェーンと私は、なぜローマ軍が岩の頂に接近できなかったのかを理解していた。ジェーンは息を切らしていた。しんがりを務めていたのは私であった。冷汗が背中を伝わった。真昼の太陽の下、この大変な険路を登攀しようとする無謀を企てる人間は、我々をおいてほかには誰もいなかった。ジェーンは何度か後ろを振り返った。登った距離を計っているのであろう。だが頂上は遥《はる》か上にあった。地上が遠ざかることは永久にないかのようだった。

「引き返そうか？」私はジェーンに言った。

「まだ半分も登っていないぞ」父が言った。

ジェーンは無言であった。顔が青ざめている。頬に赤い斑点《はんてん》が出ていた。登る速度も落ちていた。

私は不安になり、彼女を追い越すと、父に近付いて小声で言った。

「どういうつもりなのですか？　彼女を殺すつもりですか？」

父は答えなかった。立ち止まりもしなかった。狂気の沙汰だった。真昼の炎天下で水分もとれない。まさしく《狂気の沙汰だった。そして彼はそのことをよく承知していた》

二時間が過ぎた。やっと頂上にたどり着いた。ジェーンは最後の何メートルかを信じ難い強靭《きょうじん》な意志で登り終えると、頂上に幾つかあるベンチの一つに倒れ込んだ。わずかに、テントの陰になっているベンチだった。私は大急ぎで水を探してくると、ジェーンに少しずつ飲ませた。徐々に頬に赤みがさしてきた。そして微笑みがもれた。

ジェーンの体力の回復を待つ間に、私は父を離れたところに引っ張っていった。

「さあ、これで気が済みましたか？」私は言った。

「理由を教えてくれるでしょうね？　なぜ、あそこまでジェーンにやらせたのです？」

父は答えなかった。

「どういうつもりだったのかおっしゃってください」

「思うに、ジェーンは特別な訓練を受けている」

「特別な訓練？　何のことを話しているのですか？　私に何か隠していることがあるのですか？」

「アリー、お前にはわかるはずだ。あんな傷を負っていたら、普通の者は半分も登れやしない。しかも水なしだ」

「正確なところを教えてくれませんか？」

答えは聞けなかった。もう体力を回復したのか、ジェーンが我々の方へ歩いてきたからだった。

「大丈夫なのか？」私が言った。

「もう平気よ。これから何をするのですか？」

「これだよ」父がマサダから望む広大な景色を前に言った。「左手にクムランと死海が見えるだろ。そしてヘロディウム＝ヘロデ大王の宮殿が。西暦一三二年の第二次ユダヤ人反乱の際には、件の宮殿はイスラエルの新たなる——そして最後の——君主バル・コクバの住まいとなった。さて、ここからすべての場所が見渡せる。『銅の巻物』に記されている宝物のすべての在処《ありか》が」

「本当ですか?」ジェーンが言った。「すべてを間違いなく知っておられるのですか?」

「『銅の巻物』を読むためには『律法博士の文学』をよく知っておらねばならない。コンピューターを用いても不十分だよ……例えば最初のフレーズ。《アコールの谷の荒廃した場所》は地理的にも地質学的にも特別な場所を暗示している」

こうして父が銅の巻物に記されている宝物のすべてとその在処を述べ始めた。すべて暗記しているようだった。まるで目の前で巻物が繙《ひもと》かれ、スクロールされてゆくようであった。荘厳なる簡潔さですべての内容を明らかにしながら。あたかも父自身が巻物のようであった。目前に広がる広大な景色があたかもパリンプセストのようであった。父が見える文字を削る。すると埋もれていた最も古い聖なるテキストが出現する。謎の巻物が、秘めたる財宝の一つ一つを明かすのを、あたかも目が聴き、耳が見るようであった。

「『銅の巻物』の第一段目は」東、西、南、北を指で代わる代わる示しながら、父が言った。「『ホレッバ』の遺跡に言及している。『アコールの谷の東に通ずる階段の下に銀の箱あり。重さ十七タラント。

石のある墓に金の延べ棒あり。重さ九百タラント。堆積物《たいせきぶつ》により隠されたり。コハリトの丘、柱廊が囲む中庭の大貯水槽の底に祭司の衣複数が埋められていたり。マノスの大貯水槽穴の中、左へ降りたところに銀四十タラントあり。塩の穴の階段の下に四十二タラントあり。古き洗鉱係達の洞穴の中の第三テラスに金の延べ棒六十。マティティアウの中庭の死者の部屋の貯水槽の中に木の食器あり。中に銀七十七タラントあり。東の複数の門から十五メートルのところ、貯水槽の中に管あり。その中の岩の端に銀の延べ棒六本が隠されたり。コハリトの東、沐浴《もくよく》場の北側に銀貨で二タラントあり。ミルハムの北側に聖なる食器と衣類あり。入口は西側なり。ミルハムの北東の墓の奥の上げ床の下に銀貨で十三タラントあり』続けるかい？」

「ええ、よろしければ」ジェーンが言った。取り出していたメモ帳に宝の在処を図に描き始めていた。

「コハリトの大貯水槽の北側にある柱の下に銀十四タラントあり。数キロメートルのところ、水路の傍に銀四十五タラントあり。再びアコールの谷。銀貨の詰まった二つの壺あり。アスラの洞窟の奥に銀二百タラントあり。コハリトの北側のトンネルの中に銀七十七タラントあり。セカカの谷の墓石の下に銀十タラントあり。ノートを取る必要はないよ」

ジェーンは手を止めた。その手が軽く震えていた。

「なぜですか？」

「セカカの北、水道管の下」父は答えずに続けた。

「その水道管の先端あたり、幅広い石の下に銀七タラントあり。ソロモンの貯水槽の東側、セカカの岩の裂け目に聖なる食器あり。大きな石の傍、ソロモンの水道管の傍に銀二十三タラントが埋められたり。エリコとセカカの間のケパの干上がった川床に墓あり。その下に銀二タラント以上あり」

隠した場所の多様さや宝物の量同様、父の記憶力にも驚いて、ジェーンと私は耳を傾けていた。眼下の景色の数キロメートルの特定範囲のあちこちに宝物が埋められているのであった。

父が振り返った。クムランの方向を指し示し、こう続けた。

「二つの入口をもつ、柱状の岩石のある洞窟の東に面した入口の下に水瓶が埋められたり。その中に一巻の巻物あり。その下に銀四十二タラントあり。もう一方の、幅広い石の下の入口の下には銀二十一タラントが埋められている。女王の霊廟《れいびょう》の西側の下に十七タラントあり。大祭司の砦の墓石の下に銀二十二タラントあり。クムランの水道管の下に四百タラントあり。その水道管は四つの側面をもつ北の貯水槽に繋がっている。(隠し場所は)貯水槽に近し。ドベート・コスの洞窟の下に銀の延べ棒六本あり。ドクの砦の東に銀二十二タラントあり。コジバシュの川の入口の重要な石の下に銀六十タラントと金二タラントあり。アハゾルの東、ベート・アショルの東に街道あり。その街道に送水路あり。その中に銀の延べ棒一本、聖なる食器十客、書物十冊あり。ポッテルの峡谷の入口に墓石あり。その下に銀四タラントあり。ハ＝ショブの谷の南西に死者の部屋あり。その下に七十タラントあり。ハ＝ショブの灌漑《かんがい》地の下に銀七十タラントあり。ノートを取る必要はないと先程言ったでしょう」

再びノートを取っていたジェーンは教師に注意された生徒よろしく、ストップモーションの様に手をとめた。

「ナフタの端の小さな入口の下に銀七タラント。シャザの地下倉の下に銀二十三と半タラント。ホロンの多数の部屋に面した洞窟の下に銀二十二タラント。滝のふところ、東側、水道管の出口の上に銀九タラント」

父は一息おいた。振り向いて、エルサレム方面を指し示した。そして続けた。

「ベート・ハケレムの貯水槽から七歩のところに銀七十タラントあり。ゾクの谷にある池の入口に金三百タラントあり。件の入口は西側に面している。二つの支えのある黒い石の傍にある。アブサロムの墓の西側の下に銀八タラントあり。便所の下方、水道管の下に十七タラントあり。浴槽の四隅の中に金と聖なる食器あり。その近く、ザドクの墓の柱廊玄関の北の角、ホールの柱の下に供物及び樹脂製の聖なる食器十客あり。ザドクの庭の西、岩の上の方向、玉座の傍の柱の横の隅石の下に金貨複数と供物複数あり。列柱の下の墓の中に銀四十タラントが隠されたり。エリコの民の墓の下に樹脂製の聖なる食器十四客。ベート・エスダタインヌの小浴槽の入口にある貯水槽の中にアロエの木製と白松製の食器あり。死の部屋の西の入口に小川の水の貯水槽あり。その傍に銀九百タラント以上あり。入口の黒い石の下に金五タラント及び六十タラントあり。死の部屋の黒い石の先端に銀貨四十二タラントあり。ゲリジム山の、上のトンネルの階段の下に箱あり。その中に銀三十タラント及び聖なる食器あり。ベート・シャムの小川の傍に金と銀六十タラントあり。死者の部屋の地下の管の下に七十タラントの財宝あり」

父は引用をやめた。そして岩の上に座った。

「膨大な量の財宝であることがわかるだろう。そしてそれを隠すために大変な労力を使ったことが」父が言った。「何があったのか、と言えば……」

父は黙り、息をついた。情熱をおびた眼が光り始めた。特別の鋭さがあった。合図なのである。時間を超えた、想像を絶する旅の出発の。父が過去の歴史を語ると、過去がまるで現在のように思えるのである。

我々のまわりにはしばらく前から人だかりができていた。観光客もいれば地元の人間もいた。存在するかもしれないし、そうでないかもしれないが、父の言葉のリアリティーに引きつけられて、刻々と明らかにされる財宝に目を瞠《みは》っていたのである。

「遠い時代のことだ。時は西暦七〇年。イエスが死んで四十年がたった」父は話し始めた。「ローマ人がエルサレムを包囲した。地には悲惨と闇。大破砕と粉塵《ふんじん》。エルサレムに火がついた……。

皇帝ティトゥスが六万の兵を率いて到着していた。破城槌《つち》が北と南を襲い、とうとう壁に亀裂《きれつ》が走った。ティトゥスはフラウイウス・ヨセフスを使者に送り、聖都の明け渡しを提示した。だが反乱軍は拒否した。ローマ人は聖都を壁で囲み、兵糧攻めに出た。飢餓が始まった。次に彼等はアントニアの塔を槌で襲った。ユダヤ人は神殿の壁の内部に後退を余儀なくされた。神殿の壁なら絶対に崩せまい。ローマ人は包囲を狭め、再び破城槌を用いた、六日間、壁を打った。だがびくともしなかった。不屈の建築家と言えるヘロデが築いた壁は攻略不可能にみえた。なにしろ積まれている石の一つ一つが一トンはあるのだ。

神殿の財宝の責任者はエリアスだった。メレモトの子である。重責を担うには若すぎたが、ハコツ家の最後の生き残りであった。彼以外のハコツ家の者達は神殿を破壊して財宝を略奪しようとしていたローマ人に全員殺されてしまっていたのだ。敵を目前にして潰走《かいそう》は免れぬ、と悟ったエリアスは、父や叔《お》父《じ》のように命を懸《か》けて財宝を守り抜こうとするのはやめた。神殿はやがて二度目の破壊を余儀なくされる。何人もそれを防ぐことはできない。財宝が神殿にある限り、略奪は免れない。神殿の内容物ともいえる財宝を救うには外に持ち出すほかはない。何をおいてもまず聖なるテキスト。次にすべての聖具。そして金銀。エリアスは神殿の祭司達を集めた。コーヘン〔大祭司達〕とレビ〔祭司達〕が『大集会所』に集まった」

――「友達よ」エリアスは言った。「私は祭司ではありません。ハコツ家の家系図はバビロン捕囚の際に失われました。しかし、ハコツ家が長らく祭司の血統であったことは間違いありません。ですから話を聴いてください。たとえ私が財宝の管理人にすぎぬとも。神殿はじきに破壊されます。それは避けられません。侵略者は日毎に接近しています。神殿の壁にもやがて穴があくでしょう。そして神殿に火が放たれる日が訪れます。そうすれば神殿の中にある物はすべて焦げ落ち、そして炎に焼き尽くされます。かつて祖先がバビロンに捕囚されたように、我々も全員追放され、散り散りになるでありましょう。神殿が破壊され、国がなくなり、エルサレムを失うとあれば、もはや我々を一つにするものは何もないでしょう。我々の民族は終わることになるのです」

　集会所を沈黙が支配した。大きな恐怖にとらわれて全員が互いに見つめ合った。

「神殿の破壊を防ぐことはできません。が、救うことができるものが一つあります。そしてそれは我々をまとめてくれる最も大切なものでもあります」

　その先の言葉を待って、全員の視線がエリアスに集中した。エリアスは一息おくと、こう続けた。

「それは、我々の聖なるテキストです。友よ、皮紙をこの私に預けてください。聖なる律法の巻物を。私が守ってみせます。ユダヤ砂漠のある場所に隠します。そこなら何年経とうが見つかりません。我々がいつかこの地に帰還し、神殿を再建する日まで。もし私に預けてくださらないのであれば、テキストは永久に失われることになるでしょう。聖なるテキストが灰塵に帰すのです。テキストが失われれば、ユダヤ教が消滅します。ユダヤ教が消滅すれば、ユダヤ人の歴史が消滅するのです！」

　レビ達とコーヘン達は首を縦に振った。そして互いに囁《ささや》き合った。同意が交わされていた。エリアスの演説に感動したからであった。「大集会所」の名に比べ、彼等の人数は十二名と少なかった。しかし議会は十二名で成立する。大祭司が立ち上がった。そして、肝心の彼を説得できなかったことをエリアスは知ることになった。

「ハコツ家のメレモトの子、エリアスよ」大祭司は言った。「そなたは神殿財宝管理人である。そなたはそう申した。バビロン捕囚以来、そなたの家系は曖昧《あいまい》となった。我々はそなたを祭司として認めることはできない。従ってすべての財宝をそなたに託すが、テキストだけは任せるわけにはゆかない。テキストは我々祭司職がここで守る。最後の時まで。かつてエジプトのヘブライ人をお救いになったように、『永遠者』が我々に手を差し伸べてくれよう。再び奇蹟が行なわれよう！　二千年前、アブラハムの民がカナンの国に居を定めた。ヨルダンと地中海の間に。後に、ヘブライ人の一部はエジプトへ移住した。だが預言者モーセに導かれ、カナンに戻った。七百年前、ダビデとソロモンから出た王国がアッシリア人により破壊された。そしてヘブライの民はバビロンに捕囚として連れていかれた。だがペルシャのキュロス王の恩赦により、またもや我々はこの地に帰還した。百三十年前、我々の土地はローマ人により征服された。そして一介の代官《プロクラトル》に統治されることになった。今や我々は再び追放の危機に直面している。だがいかに遠いところへ追放されようが、我々は戻って来るであろう。これまでと同様に！　バビロン、エジプト、ガリア、ペルシャ、どこへ散り散りになろうが、我々は必ず戻って来る」

「帰還を果たした際には、民族が一つにまとまらねばなりますまい。我々の正統性を世界に明かさねばなりますまい」感動に声を震わせて、エリアスが言った。「その時、この地が我々の土地であることを証明するのは、唯一テキストです。そして我々が何処にいようが、唯一テキストだけが絶えず我々の国を思い出させてくれるのです。決してエルサレムを忘れることがないのです」

大祭司は言った。

「メレモトの子、エリアスよ、そなたはゼロテか」

ゼロテ呼ばわりすれば相手を信用していない、ということを大祭司は承知していた。パリサイ人や大祭司達と異なり、ゼロテは民衆から出た過激派であった。彼等にはローマ人に対する神殿の祭司達の妥協的姿勢が耐えられなかったのだ。神の約束の実現を早めたかったからである。

「ゼロテ党が全国的反乱を組織したのを私は知らないわけではありません。彼等がエルサレムを奪取しようとしていることも」エリアスが言った。「ですが、私の目的はそうではありません」

　エリアスはうつむいて言った。贖罪《キプール》の日に至聖所に入り、神と話す大祭司の顔を正面から見据えるなどはできなかったからである。大祭司が言ったことに少しでも口答えすることはまったくできない。ましてや異議を唱えることなどもってのほかである。エリアスはそれ以上、何も言わなかった。頬に涙が伝わった。イスラエルの民の最後が訪れるのが見えたからであった。悲嘆にくれて、エリアスは神殿を出た。「広場」を数歩進んだ。壁を打つ破城槌の音が遠くで響いていた。音に誘われるがごとく、エリアスは「尖塔《せんとう》」の方へと向かった。尖塔から下を見た。ずっと下を。目眩が襲った。空虚が彼を引きつけた。彼を捉《とら》えた。呼んでいた。だがその時、後ろで現実の声がした。

「エリアス、エリアス、なぜあなたが悲嘆にくれているのか知っているわ。そしてあなたの気持ちがよくわかる。でもお願いだから、飛び込むのはやめて！」

　エリアスは振り向いた。大祭司の娘ツィポラがいた。いつも男達に紛れ込み、神殿に入り込んでいたのであるが、ほんの小さな少女であったので禁じられることもなかった。

「お父様は」ツィポラが言った。「聖なるテキストをあなたに渡しはしない。でも写本があるわ。写本を持ち出せばいいわ。優れた写字生達が書いた写本よ。それを全部集めればいいわ。祭司達のところや、彼等の家族のところや、友人達のところ、それからあなたの友達のところにもあるでしょう。それを神殿から遠く離れたところに隠せばいいじゃない！」

　彼女の言葉を耳にしてエリアスは心から喜んだ。答えが見つかったのだ。ツィポラが教えてくれたことを彼は実行した。手当り次第に写本を集めた。神殿の図書室にあるもの。祭司の住まいにあるもの。そして市民が所有していたものも。皆、異を唱えることなく、エリアスに写本を渡した。どれもみな、優秀な写字生が写した、優れた写本であった。次にエリアスは神殿の聖具を集めた。壺、食器、香炉、そして金銀を。こうして彼は出発の準備を整えた——

父のまわりに集まっていた人々は一言も聞き洩《も》らすまいと、父の言葉に耳を傾けていた。小さな子供達までもが一番前に出てきて、大人達同様に父の話を聴いていた。父の声が低くなった。

——夜であった。長いキャラバンが静かに神殿のトンネルに入ろうとしていた。壁の下を通って町の外へと通ずるトンネルであった。十頭のラクダと二十頭のロバの背に貴重な荷が積まれていた。十五人の男がキャラバンを率いた。エリアスが先頭に立った。彼等のうちの二人はローマ人に変装していた。スパイ活動をしていた者達であった。ローマ人の言葉を完全に習得していた。トンネルを抜け、町の外にキャラバンは出た。そしてユダヤ砂漠——荒野に入った。荒野を数日間移動した。毎日、夜がくると彼等はある場所でキャラバンを止めた。エリアスが地図を持っていた。そこには財宝の隠し場所と財宝のリストが書き込まれていた。それ等を書くにあって皮紙が手に入らなかった。兵糧攻めにあっていたので、町中の動物が余すところなく食料にされたからである。そこでエリアスは皮紙に代わるものを考えた。皮紙同様、耐久力があり、しかもネズミにも齧《かじ》られず、パリンプセストも不可能な素材を。〈そうだ、銅の巻物に認《したた》めよう〉——

父は一息入れた。ジェーンが口を開いて父を見つめていた。

「書く段になって今度は写字生が見つからなかった。すべてローマ人に殺されてしまっていた。そこでエリアスは文字が書ける者を五人探した。そして件のリストを口述筆記させたのだ」

「なぜですか？」聴衆の一人が尋ねた。

「なぜ？」父がおうむ返しに言った。「無論、神殿を再建するためにです。隠した聖具、金や銀、貨幣をすべて使って、将来——それが近いか遠いかはわからなかったが——神殿再建を実現するために。聖なるテキストの研究により、ユダヤの民は永続する。だが、『歴史』に肉を付け具現化するためには神殿再建が必要なのだ」

「なるほど。しかしなぜ五人もの書き手を？　一人で十分ではないですか？」

「リスト全体を知られないようにしたのだよ」父が答えた。


——秘密が暴露されることは断じてあってはならなかった。隠し場所付近に着く度に、エリアスは宝物を背に乗せたラクダ、あるいはロバを一頭連れてキャラバンから遠ざかった。隠し場所の正確な位置を誰にも知られたくはなかったからである。ある夜、いつも通りエリアスは財宝を隠しに行った。その夜で丁度二十一頭分の荷を隠し終えていた。夜も明けかけた時刻に、彼はキャラバンに戻ってきた。すると例のローマ人に変装した二人のユダヤ人がローマ人と話していた。エリアスは急いで物陰に隠れた。ローマ人達は積荷を調べ始めた。四頭のロバと五頭のラクダにまだ皮紙が積まれていた。神殿の財宝に関してはすべて隠し終えていた。ローマ人達は積荷の円筒形の壺を開け、皮紙を開き始めた……。なんだ、これは、という表情がありありと窺《うかが》えた。食糧や金、あるいは銀が見つかるものとばかり思っていたのであろう。ところが見つかったのは皮紙だけだった。彼等は巡察隊であった。彼等のほかにも十人ばかりの兵士が待機していた。果たして無事に出発させてくれるのか？　件のにせのローマ人二人は彼等に何を言ったのだろうか？　何を言ったにせよ、信じさせることができたのであろうか？　数分が過ぎた。敵も味方も息を殺していた。日が昇り始め、急速に気温が上昇していた。無風状態だ。物音一つしない。頭に光線を叩《たた》き付けてくる太陽が人間の体内の血をふつふつと煮えたぎらせているばかりであった。気がおかしくなりそうな荒野の炎暑が始まった。

突然、ローマ兵達が馬にまたがり隊列をつくった。それから数分後、キャラバンに向かって攻撃を開始した。馬にまたがった彼等に利があった。エリアスはなす術《すべ》もなく、恐怖にとらわれ、岩陰から戦闘を見ていた。ローマ兵は情け容赦なくユダヤ人を殺し始めた。敵の槍《やり》が味方の体を次々と貫く。キャラバンを守ろうとして剣を抜いた二人も同じ運命を辿《たど》った。まさに虐殺であった。巡察隊が去った。生きているのは皮紙を積んだラクダとロバだけだった。

エリアスは岩陰から出た。荷を背負ってはいないロバやラクダは放してやり、巻物を詰め込んだ重い円筒形の壺を積んだロバやラクダを数珠《じゅず》繋ぎにして、出発した。ローマ兵に出くわさないような道を選んで荒野を進み始めた。喉《のど》を渇かしたラクダやロバが、エリアス同様に疲れ果てた様子でついてくる。遅々とした、荒野の前進が始まった。砂と石と岩の荒野をエリアスが行く。ラクダとロバが後に続く。写本がその背で揺られている。天から熱線が降り注いでいた。早く隠れ処《が》を見つけてやらねばならない。写本達を保護し、生き長らえさせる優しい影を。

ある岩の頂に着いた時、海が見えた。砂漠の真中の海。だが蜃気楼《しんきろう》ではない。死海であった。目的地に着いたことをエリアスは知った。そこにはある集団がいるのだ。終末を待ち、熱烈に生きている集団が。彼等は身を清め、準備し、聖なるテキストを守っていた。人は彼等をエッセネ人と呼んでいた。エリアスはエッセネ人の一人の教師に迎え入れられた。白いチュニックをまとったその老教師は以前、神殿の祭司であった。名をイタマルといった。

「旅人よ、何処から来た?」イタマルはエリアスに尋ねた。「疲れておるようじゃな」

「神殿から参りました」エリアスは言った。「神殿はじきに破壊されます。ローマ人が城壁に穴を開けております。そのため、聖なるテキストの写本を持って逃げてまいりました。あなた方にお預けするためにここにまいりました。写本を守ってください」

「なぜ写本なのか?」イタマルは尋ねた。

「神殿の祭司達が私がオリジナルを持ち出すのを拒んだからです」

「神殿の祭司達か」イタマルは言った「サドカイ人

どもじゃな。彼等のそうした頑固さゆえに神殿は破壊されるのだ」

「神殿の財宝も持って来たのか？」イタマルは言った。

エリアスはこうしてエッセネ人達に出会った。彼は写本を渡した。彼等のもてなしを受けた。そしてエッセネ人達はこう言ってエリアスに不可能を約束してくれた。

「これ等の書はすべて生き長らえる。戦争があろうが、時を経ようが、多少傷もうが。何世代かけても我々はこれ等のテキストを守り抜いてみせよう」

そしてエリアスは「集会所」に迎え入れられた。そして、集まっていた「大勢」に語った。

「友よ」エリアスは言った。「時が満ちれば、神殿を再建せねばなりません。これは神殿の財宝とその在処を記した巻物です。この巻物や他の巻物を守り、何人もが死にました。我々がいつの日か、再び神殿を見ることができるとすれば、彼等のおかげともいえます。この巻物を砂漠＝荒野の番人であるあなた方に預けます。あなた方の洞窟からもエルサレムからも遠くはない、あなた方の砂漠＝荒野にこそ財宝が隠されているからです。そして、皆さん、神殿が再建されるまでは、あなた方が『歴史』の永遠なる炎となってください。あなた方が神殿となってください」——

父は一息ついた。聴衆は益々《ますます》その数を増していた。新たに、アメリカ人やイタリア人の観光客の団体が加わっていたからである。全員が、おしゃべりもせず、マサダの広大な舞台に響き渡る過去からの声に聴き入っていた。父が話を続けた。

——その日、一人のローマ兵が神殿の壁に近付いてきた。命令を受けたわけではなかった。何人もあのようなことをせよと命じたわけではない。ローマ兵は足音を殺して城壁の銃眼の一つに向かって登った……。

そこは杉材を張り巡らせた部屋であった。彼は持っていた松明《たいまつ》に火をつけた。そして投げた……。

エリアスが戻ってきた時、神殿は火に包まれていた。地上には悲惨と闇。大音響と砂塵。エルサレムに火がついた。谷にある乾いた骨、あれは潰走した「イスラエルの全家」の骨だった。

畑と沼地に囲まれたエルサレムをエリアスはオリーブ山から見つめた。「ダビデの塔」の方向には何本かの樹があった。そして「壁」へ至る道が。幾つもの丘を囲んでエルサレムが広がっている。その外は砂漠＝荒野。エルサレムが燃えていた。神殿が燃えていた。炎のエルサレムが略奪されていた。逃げまどう数千の男、女、子供がローマ兵に喉を切り裂かれている。金の神殿が溶けている。正面の壁や玄関と聖なる場所の間の壁や扉から金が溶けて、滴り落ちている。しっかりと彫刻された岩、盛土、高さを揃えられた地面、そのことごとくが醜く崩れ、その上を煤《すす》が覆う。すべてが灰になってしまった！何もかもが瓦礫《がれき》となって積み重なり、神殿は黒い灰塵に包まれている。尖塔も崩壊した。「堅実」の象徴であった「岩」の土台自体が崩れたのである。息を呑むような美しさを誇って、ケデロンの谷に張り出し、銀の葉にさわぐオリーブの山や肥沃《ひよく》な丘の連なりと向かい合っていた「広場」は、今や燃え盛る巨大な祭壇と化していた。高くそびえていた柱廊が素材の重い石に戻りながら、次々と崩れてゆく。それとともに、円柱に支えられていた壁も。祭司が、安息日の到来を告げる角笛を吹き鳴らした「王族の柱廊」も、粉々に砕けた壺のごとくに潰れた。

大理石の舗装は剝《は》がれ、モザイクが消えてゆく。二つのクーポールをもつドームがばらばらに解体してゆく。扉がすべて倒れ、ヴォールト天井が崩れ落ちている。大きなアーチが幾つも崩壊し、壁は無数の破片と化す。白い大理石が煤で真っ黒だ。それでなくとも空が黒煙で覆われているので光が届かない。すべてが泣き出しそうに暗い。杉材を張り巡らした壁、花模様が描かれた金の壁、椰子《やし》の壁、神殿のすべての壁が燃えていた。壁とともに扉も、蝶番《ちょうつがい》も、蝶番のつぼ金も、長い玄関も、円柱も、記念石柱も、中庭も、階段も、すべてが溶鉱炉の火と化し、静まることも知らずに燃え盛っていた。「生け贄《にえ》の祭壇」の上に階上の大広間が床ごと崩れ落ちた。炎が高々と上がる。青銅が溶ける。真赤になった香に燻《くゆ》られ、煉瓦《れんが》が黒く煤ける。幾重にも重なる紙を燃やした時、灰が捲《めく》れるように城壁が捲れて落ちてゆく。「階段」や「専売所」そして神殿周辺のすべての地区が従属したようにたわんでいる。町の三つの壁の更に奥にある攻略不可能であった城塞《じょうさい》は、塔を軸として回る煙を吐く巨大なコマの円周のようだった。城壁や神殿の壁によって守られていたヘロデ宮殿や兵舎は、二つの本殿も、複数の宴会の間も、複数の浴場も、庭に囲まれた王の続き部屋も、その庭の繁みも、池も、噴水も、瓦礫の山と化していた。かつて海路を使って運搬中に奇蹟的に遭難を免れた「ニカノルの銅の扉」が溶け、その色ゆえにまるで葡萄酒《ぶどうしゅ》が流れるようだった。十五段の階段の上にあったその扉を通って「婦人達の庭」から至聖所を囲む最も奥の庭へと行けたのであった。そこでは、祭司達が楽器に合わせ歌を歌っていたものであった。祭司の家系以外の「イスラエル人の庭」、サンヘドリン＝最高法院のあった「石材仕上げの部屋」、法務についている祭司達が夜を過ごす「アトルの広間」、そのことごとくが、もはや煙の立ち上る炭になりはてた。一度も火炎に触れられたことのなかった、のろを塗られた石造りの「祭壇」が戦火に陵辱された。大理石の「台」、支柱、「岩」があり、「赤い牛」が祭司により聖化される「生け贄の場所」は、それ自体が生け贄にされてしまった。

　至る所で人々が、数え切れない数の人々が、押し合いへし合いし、パニックに陥りながら、炎から逃げようとしている。女が泣く子供を連れ、男が泣く女を連れ、祭司が泣く男を連れて。だが彼等を炎が焼く、石が押し潰す、灰塵と火が窒息させる。やっとのことで難を逃れた者達はローマ人に捕えられ、殺された。男も子供も。

　エリアスは天を仰いだ。目前にすべて在るもの、そしてすべて在るであろうものは、一体何処からやってきたのか？　教えてください、と神に頼んだ。そして祈った。いつの日か神殿が再建されますよう。世界中から集まってきた群衆が捧げる供物をあなたが快く受ける日が訪れんことを、と——

父が黙った。何歩か歩いた。聴衆に物語の終わりを告げる合図だった。人々は少しずつ散っていった。誰もが同じ呟《つぶや》きを残しながら。そして我々三人だけになった。

「あれから二千年が経った」父が呟いた。「私はあそこにいた。銅の巻物の研究者達で組織された考古学調査隊の一員として。巻物の第一段に、海の上の広い穴の記述があったろう。銅の巻物によれば、穴の底には、何か青い物がある。ある朝、我々は死海の真ん前の洞窟の中を調査していた。ほら、クムランの突端の山の上部斜面に穿《うが》たれた複数の開口を知っているだろう。あの中の一つさ。あの時は最初の調査だった。山の頂に穿たれた件の洞窟が巻物に述べられている「穴」と一致していた。調査隊の隊長と私が中に入った。洞窟の地面は石だらけだった。石の一つが私の注意を引いた。天然の石ではなかったからだ。何か彫刻らしきものがあったのだ。はっきりとはしていなかったが、明らかに人の手によるものであった。発掘すべきはここだ、と私は確信した。作業を開始して数時間が過ぎた時、花崗《かこう》岩のブロックを発見した。数十キロはある重いやつだった。それを転がした。すると通路の入口が現われた。件のブロックで入口を隠していたわけだよ。通路は巨大な部屋に通じていた。そこからまた一本の廊下が伸びていた。廊下を進んでいったところ、円を描く形の部屋に出た」

父は再び間をおいた。「それで」私が尋ねた。「件の青い物はありましたか?」

「部屋が下方へ下る長いトンネルに変わった。とても狭く、蛇のように這《は》って進まねばならなかった。そして突然、すべてが異様に思えた。あれは……大きな蜃気楼《しんきろう》のような感じで、トンネルの奥にあった。私は見たのだよ。漆黒の闇の中に輝く青いオーラを。私から十メートル先のところに。私は後方にいた仲間達を呼んだ。大声を出すと落盤の恐れがあるので、囁くような小声で。そのため彼等には聞こえなかったようだった。私は一人で光の方へ向かった。何か超自然的な力に呼ばれるようにして進んだ。光る青が発している神秘的な力。真青、そう、海の色よりもっと青い。かと思うと、緑と紫がかったターコイズブルー。さらに変わってパステルのインディゴブルー。四度変わって黒珊瑚《くろさんご》の野性的なブルー。ブルーのその光は岩を通過し、高きところより下りきたっていた……いや、地球の中心より上ってきていた！　仲間が私に合流した時には光は消えていた。誰も私を信じなかった。私は幻を見たのだ、ということになった。随分後で、あの光が何であったのかがわかった。ある物理学者がそれは自然現象だと説明してくれたのだ。洞窟の真上に太陽がくると、ごく小さな穴を通して太陽光線が洞窟内に進入し、いわばピンホールカメラの原理で像を浮かび上がらせるそうだ。

　だが、それでもあの時の玉虫色の印象を頭の中から消し去ることはできなかった。随分長い間、夜になるとあの光が蘇り、私は陶酔感を覚えたものだった。天体のもたらした物理的現象ではあったが、それも宝物の一部ではなかったか？　唯一残っていた宝物ではなかったのか？　と私は思った」

「と言うと、『神殿の財宝』はもうないのですか？」ジェーンが尋ねた。

「思うに……」父が即答せずに言った。「宝物のあるなしは、彼等にとってはどうでもよいことなのだ。彼等はテキストの信じられない内容を理解した時、宝物の存在をすぐさま疑い始めた。二十年近く死海文書を専有した、骨の髄までカトリックである『エルサレム聖書学院』の連中はテキストが想像の産物であることを証明できさえすればよかったのだよ」

「なぜですか？」ジェーンがまた尋ねた。

「彼等の理由はいつも同じさ、ジェーン。神殿を再建してもらいたくないのだ」

「あなた同様、エリクソン教授も、財宝が神殿の宝物であると信じておりましたわ。だからこそ、チームを結成したのです」

「それで君達は何か発見したのかね？」

　ジェーンは父に近付いてこう言った。

「今までのところ、大したものは出てきませんでした」彼女は呟いた。「壺と香。『クヘトリト』の香でしたから、神殿にあったものと考えられます。あ、それから、動物の灰が入った土製の壺……」

　父が一瞬考えた。私の視線と父の視線が出会った。二人とも同じ考えを浮かべていた。

「『赤い牛の灰』」

　父と私が同時に言った。ジェーンが視線で疑問符を投げかけた。

「滅多にいない種類の牛だよ」私が説明した。「その牛を焼いた灰は民を清める儀式に用いられたのだ。一度も頸木《くびき》をつけられていない、まったく無傷の個体でなければならなかった。まず屠《ほふ》り、血を七度祭壇の上にまく。そして、体を焼く。大祭司が杉の箱からヤナギハッカと紅を出す。それを燃え盛る灰に振りかける。そうして灰を得る。清い場所に保管する。禊《みそぎ》の水同様に用いる。とにかく無傷の赤牛は極めて珍しかった。一頭見つけるのに、時として何年も要することがあった。けれども、聖書に書かれてある通りに《神殿の儀式》を成就せねばならない。禊は他の動物の灰では不可能だったのだよ」

「つまり、私達の発掘チームが発見した品物は、エリアスが埋めたもの、ということ?」

「まさしくそうだ」父が答えた。

「先程のお話の続きを聞かせてくださいますか、エリアスによって隠された財宝はどうなったのでしょうか?」ジェーンが尋ねた。

「それから」父が呟いた。

　そう呟いたまま父はしばらく沈黙した。何か考えているらしかった。

「それから起こったことは死海文書に記されていた。神殿は破壊された。国はローマ人によって侵略された。だが、ゼロテ党が侵略者に対し、強固な抵抗活動を組織した。西暦一三二年、ハドリアヌス帝がエルサレムはローマの町であると宣言した。そして神殿のあった場所に寺院を建設した。シモン・バル・コクバという名の男が先頭に立ち、反乱が起こった。神殿の破壊から六十年経っていた。数名の優れたラビ達が彼に従った。その中にイスラエルの最も偉大なるラビ、ラビ・アキバがいた。ラビ・アキバはバル・コクバをメシアであると宣言した。バル・コクバはエルサレム奪還に成功し、ユダヤの自由を宣言した。だがハドリアヌス帝は反乱を抑えるためにセヴェルス将軍を派遣した。将軍は複数の要塞《ようさい》を包囲して兵糧攻めに出た。五十八万人以上のユダヤ人がその反乱で命を落とした。ところで、クムランは避難場所として機能していた。バル・コクバはそこに滞在中にクムランのテキストを知った。そして『銅の巻物』を。だからこそ彼はエルサレムの奪還をはかり、神殿の再建を実現しようとしたのだ。エリアスが宝物を隠し終え、『銅の巻物』をエッセネ人に預けてから七十年が経っていた。バル・コクバがメシアであると人々が信じたのは、クムランのテキストのおかげといえよう。だが、彼が本拠としたヘロデ大王の旧宮殿が陥落した時、メシアとしてのミッションが失敗に終わったことを彼は悟った。バル・コクバは『銅の巻物』をもとあった所へ戻し、ビッティルに去り、そこで死んだ。いつの日か、誰かが神殿再建を実現してくれることを願って」

最後のフレーズは私をじっと見つめながら言い、こう付け加えた。

「バル・コクバは『銅の巻物』をエッセネ人の手元に戻しただけでなく、財宝の量も増やした。離散していたユダヤ人が反乱軍を支援して、彼に献金した金、さらに貢ぎ物の数々や現物貢租。エリアスが隠した財宝に、バル・コクバが大変な額の金品を加えたのだ」

「ところでローマ人はなぜそんなにも執拗に『神殿』を攻撃したのでしょうか？」ジェーンが尋ねた。

「エルサレムが最も重要であることを知っていたからだ。神殿を通してエルサレムが世界中にメッセージを送る。『終末』のメッセージを。つまりローマの支配が終息する日が来ることを世界に確信されるのを、ローマは恐れたのだ」

「話の続きをお願いできますか？」

ジェーンと私が同時に言った。父が微笑んだ。晴れやかでいて、自己制御が感じられる父特有の微笑み、正真正銘の幸せな微笑みであった。

「それから、二千年が経ち、発見されたクムランの巻物は『国際チーム』の手に委ねられた。『銅の巻物』については何年間か、エリクソン教授が研究していた」

エリクソンの名が出ると、ジェーンが青ざめたように見えた。私がその眼を見ると、突然視線をかたくした。父が話を続けた。

「エリクソン教授は『銅の巻物』に並々ならぬ情熱

を傾けていた。ついに財宝探しを決心した。教授は考えていた、期待していた。『神殿の宝物』が現実に存在すると。当初、事は簡単に運ばなかった。クムランで発見された『銅の巻物』が中東戦争のため、ヨルダンの首都アンマンに運ばれていたからだ。エリクソン教授は『ヨルダン古物館』の館長を口説き落とした。『銅の巻物』に記されている宝物は発見できる、と明言した。『国際チーム』にとっては認められない言動であった。重要な巻物がチームの目の届かないところで研究されるのは許し難かった。だがエリクソン教授を止めることはできなかった。ヨルダン領内に発掘隊を送り始めたからだ。考古学の歴史が再び『歴史』と出会うことになった。一九六七年、エジプトとシリアの軍事的及び声明による脅迫を受けて、一カ月後、イスラエルはエジプトに対し、ついに大攻撃をかけた。イスラエルとヨルダンの国境でも、直ちに散発的戦闘が起こった。そしていよいよイスラエル軍によるエルサレム進軍が敢行された。二つの場所が戦略の要となった。現在のアラブ地区に隣接する『西の壁』と『ロックフェラー博物館』だった。そして、そこにあったのだ……死海文書が！　六月七日、正午前、イスラエル軍パラシュート部隊の分遣隊が旧市街の壁に向かって、ゆっくりと進み始めた。そしてヨルダン軍と銃撃戦を交わした後、ついに博物館を包囲した。同時刻、縦隊がヨルダン渓谷に向かって進軍していた。そしてエリコと死海北西部からヨルダン軍を遠くへ追いやった。キルベット・クムランの遺跡と何百にも及ぶクムラン文書の断片がやっとイスラエル人の管理下におかれた。

一九六七年六月七日朝の、『エルサレムの戦い』は最高潮に達していた。軍司令官ヤディンによって夜明けに起こされていた私は、パラシュート部隊に守られ『ロックフェラー博物館』へ入った。幾つかのギャラリーを通り過ぎ、ある廊下の突き当たりの大きな部屋に達した。部屋には長く巨大な机があった。そこが『スクロリー〔巻物室〕』だった。死海文書があった。正午前だった。疲れ果てたパラシュート部隊の隊員が博物館の内庭回廊で休んでいた。真中にプールがあった。数時間が過ぎた。ヤディンが現われた。三人の考古学者を連れていた。彼等は、神の恩寵《おんちょう》をいきなり受けたように、啞然《あぜん》とした顔をしていた。何百ものケースに収まったあれほどの数の断片など、いまだかつて見たことがなかったからだ。触れれば粉と化す状態であった。判断も困難だ。それ等夥《おびただ》しい数の断片達は『文書の至聖所』〔クムランの洞窟〕より帰ってきたのである。私はというと、落胆していた。探していた巻物が見当たらなかったからである。その巻物は博物館から六十キロの所に、ヨルダン人によって保管されていたのである。アンマンの城塞の『ヨルダン考古学博物館』に。博物館は近代的な都市のど真ん中に、尖《とが》った丘のように立っている。

断片や様々な壺の直中《ただなか》に、ビロードで内張りされた木の宝石箱があった。中には他のものとは異なる、貴重なものが納められていた、幾十世紀を経たにもかかわらず、洞窟内にあった限りでは損傷を免れていた。だが現代の機器を用いての分析が巻物を傷めてしまったのだ。上下の縁はぼろぼろだった。ウィンドーケースの中には細かい破片がいっぱい落ちていた。『銅の巻物』はこの世から消えようとしていた。土から抜かれた植物のように萎《しな》びれきっていた。再びエリクソン教授の介入があった。彼だけが為《な》しえたことであった。フリーメーソンのネットワークを活用し、巻物をフランスに送ったのだ。現在、レストレーションを受けている」

「しかし、財宝は」ジェーンが言った。「『神殿の宝物』は現在どこにあるのですか？　先刻、あなたが述べてくださった様々な隠し場所にまだあるのですか？」

「あった。私の考えでは、ある時から空《から》になった」

「空ですって？」ジェーンが言った。「なぜ空だとお考えなのです？」

「数カ所を調べたからだよ、ジェーン。四年前にね」

「何ですって？」ジェーンは言った。顔が真っ青だった。「調べたのですか？」

取り乱した様子で彼女は父を見た。あたかもたった一つの言葉で数年の努力が水の泡になったかのようであった。エリクソン教授の企て、ある人生の理想が蜃気楼でしかなかったことが暴露されたのだ。

「どの隠し場所も空だよ」

「ではどこにあるのですか?」

突然の疲労に襲われ、ジェーンは岩の上にへたり込んだ。そして傷を触診した。傷の痛みだけが残された感覚であるかのように。ジェーンはあたりを見回した。助けを探しているかのようだった。誰か悪夢から連れ出して、と呟いているようだった。

「財宝を略奪するには」と父がゆっくりと言った。「まず、見つけねばならない。そして見つけるためには、学者であらねばならない」

「その問題に対する答えを、エリクソン教授は多分、得たのでしょう」私が呟いた。「あんな死に方をせねばならないような答えを」

「とにかく」ジェーンは荒々しく立ち上がると言った。

「どんなに探そうが、ここにはないということだわ」

そして一歩踏み出し、父に近付き、こう続けた。

「『聖書学院』の研究者同様、宝物の存在を否定なさり始めたのでは?」

「いや」父は、はっきりと言った。「『神殿の宝物』は存在したし、今でも存在していると確信している。それもこの荒野に隠されていたのだ。……だが、現在は、そこには、ない」

父は声を低くした。六時になっていた。夜がゆっくりと降りてこようとしていた。遠く彼方に、モアブの山並みが輝く微粒子のベールで頂を隠し、揺らいでいる。足元には、瀝青《れきせい》の湖が夕べの光を映してグレーとターコイズブルーに煌《きら》めいている。水面には細波一つない。無音と不動の日没の海が黒くなってゆく。太陽がそこに最後の文字を刻んでいた。

「私はこう信じている」父がゆっくりと言った。「『銅の巻物』によるすべての発掘が実を結ばないのは、『宝物』が移されたからだ」

「移された?」ジェーンが言った。「どこにですか?」

「その答えは多分、『銀の巻物』にあるのではないかな」私が言った。

「『銀の巻物』?」父が言った。

「そうですの」ジェーンが言った。「『銅の巻物』とは別の巻物があるのです。サマリア人が所有していた巻物です。エリクソン教授が死ぬ直前、サマリア人はそれを彼に預けたのです」

「『銀の巻物』か」父は繰り返した。「バル・コクバが率いた第二次反乱の時代と今日の間に、ミッシング・リンクがあったというわけか……」

「『銀の巻物』の中に見つかるはずです」

「内容はわかっているのかね?」父が尋ねた。

「誰も知りません……エリクソン教授を除いて」私が言った。

「そしてヨセフ・コズッカを別にして」ジェーンが付け加えた。


エルサレムに我々が戻ったのは、すでに夜もかなりふけてからだ。父はジェーンと私をホテルでおろすと帰っていった。私はジェーンに「御託宣」で調べてもらいたいものがあると言った。私は彼女のパソコンを「御託宣」と命名したのである。ジェーンは部屋に上がると、ノート・パソコンを携えてすぐに戻ってきた。あたりを見回し、誰かに見張られてはいないか、確かめてから、腰を下ろした。それでも私は、どこかで誰かが私を見張っている気がしてならなかった。しかし敵ではない。そんな風に感じたのも、シン・ベトは我々から目を離さないことにしたのかと思ったからか……?

ジェーンは肘《ひじ》掛け椅子に座ると、パソコンを低いテーブルの上に置いた。数分後、近くに寄って見るように私に合図した。

「コズッカのことで、私の知らない事実があるかもしれないから出してみるわ」ジェーンが言った。

画面にテキストがスクロールされた。


ヨセフ・コズッカ。ポーランド人研究者。東洋学専門。近東に関する考古学者。著作二十三冊。パリのカトリック大学、次いでワルシャワの神学校で学ぶ。ローマの法王庁聖書学院及びルブリン・カトリック大学で神学及びポーランド文学を研究。

「それだけ？」私が尋ねた。「ほかにないのか？」

ジェーンが再びキーを叩いた。数分後、別の資料が現われた。


ヨセフ・コズッカ。ポーランドのルブリンにて一九五〇年十二月二十四日生まれる。パリ・カトリック大学に三年間在籍。一九七三年十月、ルブリン・カトリック大学に入学。神学を研究。古文書学の学位を得る。ギリシャ語、ラテン語、ヘブライ語、アラム語、シリア語の古代語に精通。一九七六年ローマに出立。聖書学院及び東洋学学院に登録。アラブ語、グルジア語、ウガリット語、アッカド語、シュメール語、エジプト語、ヒッタイト語の七カ国語を学ぶ。聖書学院卒業時には十三の古代語を知る。なお現代語については、ポーランド語、ロシア語、イタリア語、フランス語、英語、ドイツ語の知識あり。

イスラエルにおいて次々と調査発掘に携わる。所属チーム名。ヨルダン古物学院考古学チーム。エルサレム・フランス聖書考古学学院チーム。パレスチナ古文書博物館チーム。クムランの第三洞窟より出土した数百の断片の共同研究に携わる。クムラン及びその周辺部の崖地《がけち》における数多くの碑文学的発見に関与。その地域の洞穴の発掘及び崖の探索に加わる。その後パリに戻り、ポーランド考古学・古文書学センターの研究員となる。在パリ。


「ねえ、コズッカはチームのメンバーに内緒で、ルツ・ロスベルクから『銀の巻物』を持っていったと思う？」

「そうだろうな。そして、そうであれば、彼は巻物の内容を知っていた、と考えられる」

「共同研究を申し出れば受け入れるかしら？」

「試してみないことにはわからないよ。とにかくあらゆる手段を使い、コズッカ及び謎の『銀の巻物』について調べてみなければならない」

ジェーンと別れた時は深夜であった。それでもクムランに戻ることにした。仲間に会って、これまでの出来事を話すためだった。ここ数日に起こった悲しい出来事の数々を。

ジェーンに車のキーを借りていた。ドアを開け運転席に座った。父が渡してくれた拳銃を手にとった。チュニックにはポケットがない。仕方なく、服の下に必ず着用している小さな「祈りのショール」の裾《すそ》に下がった羊毛の紐《ひも》を、銃把《じゅうは》の先端のリングに通してぶら下げた。車を出した。

月の白い光が地に降りてきて、岩山に深い谷を穿ち急流となって走った。やがて死海に達し、湖面となり、東の面にはモアブの山並みを映し、西の面にはユダヤ砂漠の先端が形成している幾つもの湾を映していた。死海と二つの鋭峰の中間にマール泥灰岩のテラスが見える。そこにクムランの遺跡がある。そして更に上の岩山の絶壁地帯に、途方もない年月をかけて水に穿たれた洞窟が隠れている。我々の洞窟だ。外からは見えない。雨季には海へと流れる急流が走るワディが周りを囲んでいる。

クムランに着くと、私はシナゴーグに赴いた。シナゴーグは大きな縦長の洞窟内にある。洞窟の突き当たりには広間があって、最高会議の会議場となっている。そこに、イサカル、ペレツとヨブの大祭司、アシュベル、エヒ、ムピムの祭司、ゲラ、ナアマンとアルドのイスラエルの子がいた。レビ人のレビが同行していた。そして「大勢」がいた。

会議では最年長者が口を開かない前には誰も話してはならない。また先輩の議員が口を開く前にも話してはならない。また、質問を受けた者が口を開く前にも話してはならない。「大勢」の検査官を務める者よりも前には何人も口を開いてはならない。

しかし、私は例外だった。油を注がれたメシアであったから。私は大勢の前へ進み出る権限を与えられていた。白い衣に身を包み、石の腰掛に座った大勢の前に私は立った。

「『大勢』に話すことがある」私が告げた。

前回と異なり、叫びもざわめきもなかった。私は絶対的静寂の中で表明した。「これが」私が言った。洞窟の音響効果で私の声が大きくはっきりと響いた。「エルサレムで私がしたこと、また見たことである」

私は彼等に、すべてを委細洩らさず語って聞かせた。ロスベルク一家殺害。私をつけた男達のこと。

エリクソン教授殺害についての新たなる事実。そして父の語った話も。すなわち、銅の巻物に記されている宝物は、もうこのユダヤ砂漠＝荒野にはなく、どこかほかへ移されたことを。更にサマリア人が守っていた『銀の巻物』に多分その経過が記されている、とも教えた。

私が話し終えた後も沈黙は続いていた。レビが立ち上がった。

「悪霊にだまされまいぞ」彼は言った。「恐ろしい霊にな。推し量ることも不可能なる神の霊のみを迎えるのじゃ。そなたのもてる全力を結集せよ。恐れてはならない。奴等の欲望は深淵《しんえん》に向かっておる。恐れるに足りない。メシアであるそなたには闘うことが務めぞ。力はそなたからやってくる。かつてこのように宣言されたように。『一つの星がヤコブへと導く。王杖《おうじょう》がイスラエルより上がる。そしてモアブのこめかみを打ち、セトのすべての息子をひっくり返す』」

会計を司るアシュベルが立ち上がった。背は低い。表情をくずさない。銅像の顔といえた。

「『神殿の宝物』とエリクソン教授殺害はいかなる関係で繋がっているのか？」アシュベルが尋ねた。

「エリクソン教授は『銅の巻物』に記されている宝物を探していた。殺された理由はそこにあると考えられる」

「我々の中に裏切り者がいると思うか？」精神障害者のアルドが私に尋ねた。

アルドの単刀直入なこの質問は的確であった。エリクソン教授は我々の祖先の修道院跡で死んでいた。偶然ではない。なぜなら教授が我々エッセネ人を探していたからである。そして彼はエッセネ人がメシアを指名したことを知っていた。我々の存在を外部に洩らす裏切り者がいなければ、教授は知る術もなかった。ああ、神よ、《これはいったいどういう意味でしょうか？》

「やがて答えは出るだろう。だがそのために私はここを出て外に行かねばならない」私が言った。「長旅を成し遂げなければならない。件の『銀の巻物』が恐らくパリにあるからだ」

「出立しようというのか？」レビ人のレビが言った。

「フランスに。ヨーロッパに」私は言った。「是非行かねばならない」

「それはならない」祭司のエヒとムピムが答えた。「ならない？」

「そなたはここを出てはいけない」レビが言った。「そなたのミッションは我々とともにいて成し遂げるもの。一人で危険をおかしてはならない。先刻、そなたは言ったではないか。シモン・デラムが多分そなたを的代わりに使っている、そなたの父もそう考えている、と。遠い地にいるそなたを誰が守る？」

「それでも行かねばならない」私は繰り返し答えた。「行かねばならないのだ。我々、全員のために。我々の安全のために」

議長のゲラが立ち上がった。

「そなたも知っての通り、『共同体』に問題が持ち上がった時には」ゲラが深刻な声色で言った。「裁判が開かれる。判決を下すにあたっては、細心を尽くし、かつ最大限の公正を期す。そして百人のメンバーが一度、判決を下せば、それを覆すことはできない。重大な過ちを犯した者は共同体から除名される。一度、除名されればこの上ない哀れな末路が待っている。一度、誓いを立てたからには、また長い間の習慣で外部の食事はとれぬから、骨と皮だけの干からびた体で野草をあさり、飢えをしのぐ羽目に陥る。次に『立法者』の言葉を冒瀆《ぼうとく》した者には死刑が待っている。どうしても出立するのであれば、裁判を開かねばならない」

「さあ」アシュベルがゲラの話を中断して言った。「食事の時間だ」

彼等は私を、食堂として使っている大きな部屋へと誘った。

私は葡萄酒を祝福し、パンを裂いた。クムランに来て以来、幾度となくこの祝福を私は行なった。だが今夜はいつもと雰囲気が違うことに、突然気付いた。百人の男達が私の一挙一動を見つめているのはいつもと同じである。だが、その視線は明らかに私を捕縛していたのである。黙って、私を出立させるつもりが彼等には毛頭ないことを私は理解した。

疲れているにもかかわらず、眠りにつけなかった。起き上がって部屋を出た。ゲラと一緒にムピムがいた。入口の前で行ったり来たりしていた。恐らく見張りに立っているのだ。私が逃亡を企てる可能性があると考えてのことであろう。

彼等には声をかけず、何食わぬ顔で私は写字室へ赴いた。月の光が岩の隙間をぬって室内へ差し込んでいた。ムピムの気配を感じていた。

私の机の上には皮紙、細身の短剣が数本、それに筆記用具のすべてが置いてあった。〈書かねばならない〉私は思った。書かねばならない。なぜなら言《ことば》が燃えているから。すべてを失ったような時、残されているのは言おうとする意志だけ。私は皮紙を見つめた。書きかけの皮紙だ。いや、イザヤ書の写本ではなく、私が書いている皮紙。私の人生が記されている皮紙だ。

ט《テット》。アレフベート九番目の文字。数価九。あらゆるものの基礎、基盤を象徴する文字である。聖書でこの文字が最初に現われるのは、ｔｏｖという単語。「良い」を意味する。状態の変化でもあるテットは上の方で開いている唯一の文字である。だからテットは、避難所、保護、生命を救うための力のアソシエーションを表明する。テットをよくよく調べてみると中程に、י《ヨッド》が見える。それがכ《カフ》がひっくり返った形に包まれている。コフはי守っているのだ。

私の座っている椅子は板を組んだ腰掛の一種であった。ひっくり返したらテットの形に似ていた。写字室の隅にある岩にそれを置いて、押し込んだ。上に岩の裂け目がある場所だった。

腰掛を足がかりにして岩の裂け目をよじ上った。頭上には夜空が見えた。

外へ出た。十人の「大勢」が待ち構えていた。

第五の巻物　愛の巻物

彼女は華麗な姿で私の前に現われた、
そして私は彼女を知った。
葡萄《ぶどう》の花は実を結ぶ、
そして葡萄の実は人の心を楽しませる葡萄酒にかわる。
なだらかな彼女の道を私は歩いた。
なぜなら私が知った時、彼女は若かったから。
私は彼女の言葉に耳を傾けた。
言葉の深い部分で私は彼女を理解した、
彼女は私を潤した存在だった。
それゆえ私は彼女を讃《たた》える。
私は彼女をながめた、
そして私は善を成就した。
私は彼女を欲望した。
しかし、私はまったく顔を向けなかった。
私は彼女を欲した、
彼女の深奥に至るまで。
私は扉を開いた。
秘密を明かす扉を。
私は身を清めた、
純粋な心身で彼女を知るために。
私には愛があった。
彼女を見捨てることなど考えられなかった。

クムランの巻物
《ダビデの詩篇》

月明かりの下で十人の議員が私を待ち構えていた。「何をするのだ？」私を囲んだ彼等に言った。「私はメシアではなかったのか？　あなた方のメシアのはずだが？」

「我々はそなたに油を注いだ。そなたがミッションを成就するために」レビが言った。「確かに、そなたは我々のメシアである。だが我々の聖なるテキストに従わねばならない。そなたは我々のメシアであって王ではない。我々の使者であり、支配者ではない。そなたは我々に選ばれし者であり、そなたが自らを選んだのではない！」

輪が狭められ、彼等が迫ってきた。私はなす術《すべ》がなかった。全員が私をじっと見つめている。脅迫の眼差《まなざ》しといってよかった。絶望状態に陥って、パニックを来たしていたのであろうか？　私はどんなメシアもやらないことをやった。シャツの下に手を入れ、祈りのショールの紐《ひも》の結び目をほどき、拳銃《けんじゅう》を取り出すと、レビに銃口を突きつけたのである。

「動かぬように」私は言った。「皆、後ろにさがりなさい。私を通しなさい」

信じられない、といった表情で、彼等は私を見つめた。

「さあ」私は繰り返した。「通しなさい」

彼等は私の言葉に従った。私は後退《あとずさ》りしながら遠ざかった。岩陰に紛れ込むまで銃口はおろさなかった。

私は荒野を走り始めた。不気味な寂光が斑《まだら》模様を描いてとりとめもなく広がっている。諸々の物が薄汚れた白いベールで顔を隠しているようであった。ベール越しに亡霊の群れのような影が通る。茂みや岩陰から這《は》い出してきたサソリや蛇だ。エッセネ人は追ってきているか？　無数の星がひしめく空に、見落としてしまいそうな、刃のように薄い三日月がかかっていた。寒い。とても寒い。白い麻のチュニックの下は裸だった。風に吹かれる枯木のように体が震える。死海から硫黄《いおう》の臭いが漂ってきていた。昼間よりも臭いは強い。酒に酔った時のように、頭がぼんやりするほどにきつい臭いだった。深い、闇の静寂が私を包んでいた。砂をならす自分の足音に怯《おび》えた。何度も振り返った。彼等は追ってきている に違いない。何度か黄色く光る眼を見た。かん高い叫び声を耳にした。ハイエナだった。闇が支配している。私は闇の中を前進した。凄まじい疲労感に襲われていた。目蓋《まぶた》が重い。走りながら寝ているような錯覚すら覚えた。私は荒野を前進した。共同体を棄てて。仲間を武器で脅して。

何をしでかしたのか？　私を捉えた激しさは本当は何であったのか？

私の頭の中でブンブン羽音を立てて昆虫が飛び回っているようだ。精神の集中を邪魔する。足だけが前進を命じていた。彼等から遠ざかれ。走り続けろ。旅立て、と。逃亡すればどうなるか知っている。聖なる規則に従わぬ者がどんな罰を受けるか知っている。裏切り者、悪の道に入る者、エッセネ人にとって悪しきことをした者、罪を犯そうとしているのに抵抗しない者、悪の道を進む者、破るために「契約」を交わした者、「正しき者」の言うことに耳を貸さない者等を罰するエッセネ人の法のすべてを私は知っていた。《そのような者どもと関わり合いを持ってもいけない。彼等は呪われているのだから》

天使ウリエルが出現し、ユダヤの荒野の凍《い》てつく闇の中を逃走する私を導いてくれたなら。月の周期を教えてくれたなら。だが何も出現しなかった。天使も、大雲も、マナも。私は一人ぼっちだった。月の下で。砂丘の砂に足をとられ、よろめいて。眼を凝らしても闇があるだけ。目隠しをされているようだった。銃殺刑に処せられる罪人のようだった。しでかしたことの重大さは襲いくる銃弾に似て致命的であった。

私は盲《めし》いていた。深淵《しんえん》をはらむ地を、海を、計り知れない程遠い星々を創造した神の御前にいて。

明け方、やっとのことでエルサレムに向かう街道を見つけた。軍のトラックを止めて乗せてもらった。長時間の夜警で疲れ果てた兵士達がまどろんでいた。

ホテルから父に電話を入れた。起こった事を話した。パリ行きの決心も告げた。すると驚いたことに、父はエッセネ人と同様の反応を示した。パリ行きは勧められない、と言ったのだ。

「しかし」私は反論した。「洞窟《どうくつ》にやってきて捜査を依頼したのは父さんですよ。それを今更、行くなとはどういうことですか？」

「イスラエルの国外での捜査となれば危険の度合いが違う」

「いいですか」私は再び反論した。「『銀の巻物』こそがすべての謎を解く鍵《かぎ》なのです。それに、『銀の巻物』を追う以外に捜査の道は残されていませんよ」


ジェーンに会った。彼女には昨夜の出来事を話さなかった。私はジェーンについてゆく決心を固めていた。捜査を続行する決心を。意に反して、と言ってても間違いではなかった。はからずもエッセネ人を裏切った結果になった。だが、衝動的な行為に走ったとばかり思っていた私は、その真の根源をまだ知らないでいた。『共同体』の力よりもっと強い力が私をつき動かしていたことを。

私はジェーンを見つめていた。見つめずにはおられなかったから。長いまつ毛の黒い瞳《ひとみ》に私は魅入られていた。繊細で透明な肌にひきつけられていた。まるで最上の皮紙のようだ。そうであれば金の文字をそこに書き込んだであろう。私はジェーンの肌に言葉を見ていた。会うたびごとに深まってゆく謎の言葉であった。

テル・アビブからジェーンと私はパリに向けて旅立った。パリに到着するとサン゠ラザール駅のホテルに部屋をとった。

春。微風《そよかぜ》。美しい空。パンツにブラウス姿のジェーン。どちらも明るい色をチョイスしていた。私は空港で買ったTシャツとジーンズ。祈りのショールは肌身離さずつけている。しかし髭《ひげ》は剃《そ》った。パリの太陽にさらけ出された私の顔は、仮面か？　それとも真実の顔か？　いずれにせよ、鏡の中に他人の顔を見ているようであった。角張った顎《あご》。窪《くぼ》んだ頰。薄い唇。

別々にとったが隣り合った部屋だった。夕刻をともに過ごし、おやすみを言って、それぞれがドアを閉めた。

　壁の向こうにジェーンがいる。息が聞こえてくるように思えた。ジェーンの顔の残像が漂っている。私の唇には彼女の熱い唇。私の額には喜びの眼差し。私の魂には気も遠くなるような幸せな夢。彼女のところへすぐさま行きたい。この欲望をどう抑えたらいいのだろうか。ジェーンの名。壁のこちら側で、私は感情の囚《とら》われ人であった。息をすることも、生きることも、存在することもできない程だった。夜の中で私はもはや何者でもなかった。私は枕に頭を打ち付けた。眠ればそのまま死んでしまいそうだ。体が冷たい。なのに、顔が火のように熱い。早く夜が明ければよい。昼の光がくればよい。だが夜は明けなかった。何も見えない。静寂の世界から抜けられない。私を包み込む氷のマントのような静寂。ジェーンを想像する。彼女が寝ている。近くに寄る。静かにすべり込む。シーツの間に。夢の間に。腕の間に。そして唇を重ねる。手を彼女の心臓の上に置く。私の心臓は張り裂けそうに高鳴っている。世界の欲望のすべてが私に集まってきたかのようだった。苦行僧である私の内側めがけて。私は震えた。彼女のすべてが私のものであれ、と欲望した。永遠に一つになっていたかった。私は消滅しようとしていた。優しさに言葉を失って。火の粉のように。砂粒のように。岩の上の微粒子のように。そして「私」は消滅する。もはや「彼女」しか存在しない。


　翌朝、予定通り、デ・ザンヴァリッド＝廃兵院の近くにあるポーランド大使館に赴いた。「ポーランド考古学・古文書学センター」は館内にあったからだ。

　中庭を横切り、豪華な建物に入る。内部はクリ型や絵画や金箔《きんぱく》を施した板張りといった、フランボワイヤン様式のインテリアであった。

　ヨセフ・コズッカに面会したいと告げた。数分後、四十代の女性が現われた。ハイヒールのせいもあってか背が高い。ダークな色調のスーツに身を包み、エレガントな雰囲気があった。繊細な顔立ちで、面長だ。血のように赤いルージュが印象的だった。

「御用件は？」女性が言った。

「ヨセフ・コズッカにお会いしたいのです」

「残念ですが、ただ今は無理です。申し訳ありません」

「大変重要な用件でまいったのです」ジェーンがねばった。「実は、私達はエリクソン教授殺害に関して捜査をしております」

「あなた方が捜査をなさっている……」女性は疑わしげな様子で繰り返した。

私を、頭の天辺《てっぺん》から足の爪先までじろじろ見ている。祈りのショールの紐がTシャツの裾《すそ》からのぞいているのが目にとまったはずだ。黒で目立ちはしないが、頭上のキッパは言うまでもない。

「『銀の巻物』のことでうかがった、と伝えていただきたい」私が言った。

数分後、厚い赤絨毯《じゅうたん》を敷きつめた大理石の階段を上り、女性は我々を階上へと案内した。階上の部屋の一室の前で我々を再び待たせ、彼女はそこに入った。出てきた彼女の顔に私はע《アイン》を見た。明るい色の眼は釣り上がっていると言ってよく、顔色がとても青い。唇だけが赤かった。その顔に走る皺《しわ》が、《座りの悪さ。ぐらつき》を意味するアインを描いていたのである。

部屋に案内された。本や古物で一杯の研究室であった。ヨセフ・コズッカは書斎机の前に座り、何かを書こうとするかのように、ペンを手にしていた。

「ありがとう。マダム・ズロトスカ」出て行こうとしていた女性に、コズッカは言った。

「写字生アリー」彼は付け加えるように言った。

「私がお役に立てることでもあるのですか？　どうなのかな、ジェーン？」

「助けていただきたいの」ジェーンが呟《つぶや》いた。

ペンをいじくりまわしながらコズッカは一瞬、何かを考えていた。黒いシガレットケースから煙草を取り出し、火をつけた。視線が空をさ迷っていた。

「あなた方も御承知だろうが」コズッカは声を低くして言った。「『銅の巻物』に関係する研究は、公開を避けて続行せねばならない。いわば、こっそりと。その点で、エリクソン教授の研究は尊敬に値した。彼だけが当初から宝物の実在を信じていた。そして生涯、研究をやめなかった。『銅の巻物』はエッセネ人によって書かれた文書と考えられていた。いずれにせよ、あれは冗談の類であり、本気で受け取る者は馬鹿をみる。『聖書考古学学院』のメンバーはそう吹聴《ふいちょう》した。だがピーターは信じなかった。普通の皮紙でなく、当時貴重であった銅の薄板に記す熱意と労力には、それなりの確かな理由があったはずだと確信していた」

「教授の敵を知っておられますか？」私が話を遮って尋ねた。

「無論知ってますよ。巻物が現実の宝物を語っている、とは考えたくない連中だ」

「あなた自身は、どうお考えなのですか？」

「連中の言うことは嘘だ。宝物は間違いなく実在します」

「是非ともオリジナルを見たいものです」私は呟いた。「私自身、写字生なのでわかりますが、文字は書き手の精神状態を映すものです。そこを調べてみたいのです」

「それならたやすい」コズッカが言った。「今年の三月に、ヨルダンの女王陛下臨席のもと、『銅の巻物』がヨルダン・ハーシム王家に引き渡されました。レストレーションを手伝ったのはこの私です」

「でしたら、巻物は現在ヨルダンに？」私は落胆して言った。

「いえいえ。パリの『アラブ世界学院』にありますよ。ヨルダン展の出し物として。この私が関係していますす。『巻物』を近くで見たいのならいつでも言ってください」

「『銀の巻物』について御存じですか」私はいきなり切り出した。

「あなたがお持ちになったとか」ジェーンが付け加えた。「拝見したいのです」

その時、電話が鳴った。コズッカが受話器をとった。

「うん」コズッカが答えた。「今夜だな。わかった」

短く答えると、彼は受話器を置いた。

「さて」コズッカはジェーンの質問には答えず言った。「用事があるので、これで失礼」

とりつく島もなかった。質問を繰り返す時間もなく、研究室を後にする結果となった。

「どう思う？」ジェーンが大使館の出口で言った。

「いささか冷たくはないかい？」

「正体が知れないわね……。彼に関してもっと調べる必要があるわ。それと『銀の巻物』の謎を解明しなければ」

「むろん」私が言った。「何か計画があるのだろ？」


六時頃、ジェーンと私はポーランド大使館の前で張り込んでいた。

待つこと数分、コズッカが出て来た。デ・ザンヴァリッド広場からバスに乗ったコズッカを見届け、我々はレンタルした車に乗り込んだ。運転席に座ると私はバスを尾行した。二十区でコズッカがバスを降りた。バニョレ通りをほんの少し進むと、突然通りを折れて薄暗く狭い路地に入った。鞄《かばん》から鍵を取り出しながら一軒の小さな家の前で立ち止まり、中へ入った。

私は車をその家の斜向《はすむ》かいにつけた。ジェーンも私も、降りるのをためらった。待つべきか？　それとも押しかけるか？　家の二階に明かりがついた。そして消えた。ベッドに入った可能性もある。事は容易に進展しない、と思い始めた時、ヘッドライトに目がくらんだ。一台のバンが現われた。

まさにその時、家の扉がわずかに開いた。コズッカが顔を出した。バンが来たのを見届けると彼は出てきた。何かのパッケージを手にしていた。バンが彼の前で止まった。

バンが走り出した。ジェーンと私は再び尾行を開始した。バンは随分長い時間走り続けた。回り道をしているようであった。飛ばしはしなかったので、一台おいてつけても見失うこともなかった。バンはまずサン＝ジェルマン＝デ＝プレの方へ向かった。ブラスリー・リップの前で突然止まった。男がそこで待っていた。五十がらみで、何冊かの本を抱えていた。警戒しているかのようにあたりを見回すと、急いでバンに乗り込んだ。バンは今度はオペラ座の方へ向かった。九月四日通りで再び止まった。ファイナンス会社が入っている大きな建物の前であった。

数分が経った。一人の男が建物から出てきた。バンの運転席に向かって合図をした。その男も乗り込んだ。その後もバンは何度か止まった。その度に男が乗り込んだ。シャンゼリゼから環状線に入った。パリの西のはずれのポルト・ブランシオンで環状線を降り、バンは止まった。そこが目的地らしかった。

バンが入り込んだのは、ことのほか狭い通りであった。老朽化した建物が並んでいた。奥まったところに封建領主の館に似た奇妙な建物があった。通りからは樹の陰になってわずかしか見えなかったが、特徴的な円筒形の塔の上に尖った屋根がのぞいていた。バンから一人が降りてきた。建物の戸口で立ち止まる。重そうな木の扉を押した。すると全員が次々とバンから出てきた。話もしないし、物音も立てない。そして建物の中に入っていった。バンはすぐに去っていった。

ジェーンと私は車を止め、ほんの少し待って降りた。あたりは静まりかえっていた。通りにはまったく人気がなかった。ジェーンと視線を交わした。彼女の目が〈準備ＯＫ〉と言っていた。私は建物の重い扉を押した。忍び足で我々は中に入った。暗い廊下が伸びていた。突き当たりにまた別の扉が見えた。廊下を進みながら振り返ったが、誰にもつけられてはいなかった。奥の扉から突如何人もの声が伝わってきた。

「兄弟達よ、もうしばらくの辛抱だ。我々のミッションが成就する日は近い！　現在、エルサレムは不穏な空気に包まれている。だが計画は続行する。この世における我々のミッションを」

しばらく沈黙があった。そして再び声が響いた。

「知っての通り、エリクソン教授が殺された。我々の計画の挫折《ざせつ》を目論《もくろ》んでの殺人だ」

すると怒号が起こった。金属を打ち合わせるような騒音に復讐《ふくしゅう》の叫びが重なった。《我こそがなさん、我に軍旗を与えよ、奪回せん！》

「だが」声は続けた。どこかで耳にした声であった。

「この世代が――すなわち我々が平和をもたらすはずだ。諸君はこの集会の理由を知っておろう。我々はもうじき神殿を、第三の神殿を建てる……預言者エゼキエルの書のおかげで、神殿自体の正確な寸法は以前から熟知していた。そして今や我等の建築家のおかげで、正確な敷地が割り出された。アル＝アクサ寺院の北側の『広場』がそれだ！　我等が技術者達が敷地の寸法を割り出した。まことの敷地の上に神殿を建てることが叶うのだ。『石板のドーム』がある場所、大いなる『広場』に！」

沈黙が訪れた。ジェーンと私は呆然として顔を見合わせた。

「誰なのだ？　中にいる連中は」私が囁《ささや》いた。ジェーンは身振りで知らない、と答えた。扉には格子がはまった十センチ四方の覗《のぞ》き窓があった。窓は開いていた。見つからないように用心しながら中を覗き込んだ。

室内は広く、黒一色であった。壁の黒には十字架模様の赤が飛んでいた。中央に遺体安置壇があった。謎めいた記章の装飾が施されている。傍らに玉座が置かれていた。百名近くの人間がいる。周りを戦闘部隊を思わせる男達が囲んで立っていた。全員が白と赤の配色の軍服にマントという出で立ちであった。マントには壁の十字架と同じ赤十字が縫い込まれていた。ジェーンが殺人現場で拾った例の十字架が一瞬、私の頭に浮かんだ。確かに同じ十字架のようであった。

エッセネ人とともに暮らし、数多くの儀式を経験していた私が一度も目にしたことのない壮麗な光景であった。参列者の顔は見えない。全員が白いマスクをつけていたからだ。だが、頭上にはアーミン毛皮のつばなし帽。古代の僧が額に巻いた聖なる紐のような紐を帽子の上から巻き、羽根形金飾りのついた飾り房が固定されていた。さらに金の宝冠がその上に重なる凝った帽子であった。腰には金の縁取りのあるベルト。そして、ルビーや様々な宝石をちりばめた剣を携えていた。

戦士達の中央に、壁の模様と同形の赤十字のついた杖を手にした男がいる。その男が先刻、演説をしていたのだ。首に二本のチェーンをかけていた。一本は赤っぽい重そうなチェーンで、メダルがぶら下がっている。メダルには中世の人物像のレリーフが見えた。もう一本は数珠《じゅず》の一種で赤と白が配色されている。白は楕円の真珠であった。赤い絹の帯を右肩から斜めにかけている。やはり件《くだん》の十字架がつり下がっていた。

「一同の者よ」彼は言った。「我々は神殿を再建する。千年前、我々の同志が同じ目的で各地に旅立った。アッコあるいはトリポリの地……プーリアあるいはシチリア、フランス本土ではブルゴーニュへと。行き先は様々であったが目的は一つ。第三の神殿の建設であった。我々はヒラムの後継者となろうではないか。近い将来、実現されるであろう神殿は「宇宙の建築者」のためにこれまで建てられた、あらゆる大聖堂、寺院、シナゴーグの頂に建つ。万人がその神殿に集う。中心に『至聖所』をもつその神殿に！」

男が語っている間に、二人の男が木製の大きな人形を運んできた。人形の右手には盾が、左手には棍《こん》棒《ぼう》が握られている。そして全体が回転軸に乗っていた。運んできた一方の男が人形の心臓部分に的代わりのマークを記した。

「これが憎きフィリップ端麗王だ。そして我々の格言は、プロ・デオ・パトリア（神と祖国のために）。我等がこの身を守るのは黄金ではなく、鉄の剣である。そして来たるべき戦いの日には、世界が知る。我々が存在し続けてきたことを。我々の修道会がついに蘇《よみがえ》ったことを！」

広間に動きがあった。席を立つ者もいれば、場所を替える者もいる。ジェーンが私の背中に軽く触れて少しさがれ、と合図した。私が夢中になって、格子に顔を押しつけんばかりに覗き込んでいたからである。

はっ、として身を引いた。その時、紙のこすれる音がした。そして件の声が再び響いて伝わってきた。前よりも強く。

「これだ」男が言った。「これが証拠である！」

広間が静まりかえった。私は再び格子に近付き耳を押しつけた。

男が漆塗りの箱を手に取り、細心の注意を払って開いた。巻物が現われた。古い銀の巻物が。私は身震いした。ジェーンがくれた写真の中でピーター・エリクソンが手にしていた巻物であった。謎の人物は、会衆に「銀の巻物」を見せた。半分程、広げられていたので中が見えた。細かい字がぎっしりと並んでいた。男は「律法の石板」を持ったモーセのように、シャバット〔安息日〕の導師のように、巻物を高く掲げた。天に向かって。全員が熟視できるように。

「同志よ、この巻物こそが過去と現在を繋《つな》ぐ。時間を超えて、聖地よりやってきた！　これには秘密が記されている。そしてその秘密こそが神殿を再建させてくれる！　だからこそ、我々はポルトガルのトマールに集まる……世界中にいる同志が集う準備集会がトマールで開催されるのだ」

大きな声があがった。床を剣で叩《たた》く者がいるかと思うと、立ち上がる者もいる。また、男が告げたうれしいメッセージをさかんに賞讃している者もいた。

中の様子に気をとられていた私とジェーンの背後で扉が開く音がした。とっさに、逃げようとした我々の前に男が立ちはだかった。鎖帷子《くさりかたびら》をつけた異様な出で立ちであった。

「ここで何をしている」男が詰問した。

「いや、住所を間違えたらしいのです」私がごまかした。

だが、だませなかった。男は帯びていた剣を抜いた。私はたじろぐことなく、剣を握った男の手を蹴《け》り上げた。男の手を離れた剣が床に落ちる前に素早く摑《つか》んだ。だが男の反撃はもっと素早かった。すさまじいパンチをくらい床に崩れた私は起き上がれずにいた。と、その時、私のかすんだ視界が信じ難い光景をとらえた。ジェーンが男に向かって回し蹴りをくりだし、その胸に見事にヒットさせたのだ。男は衝撃で一瞬、でくのぼうになった。ジェーンは、その機を逃さず、男の鼻、そして喉仏《のどぼとけ》に連続して正拳《せいけん》を放った。男がたまらず体を二つに折った。しかし、男は強靭《きょうじん》だった。体を起こしながら強烈なアッパーを突き上げてきた。ジェーンはそれを頭をかしげてよけた。同時に、相手の神経にダメージを与えそうな部分に右フックをくりだしておいてから、うなじに向けて手刀を放った。だが男は並みの戦士ではなかった。ジェーンの首につかみかかって絞めにかかったのだ。その時、男の背中に向かって突進した私の助けがなくとも、ジェーンは男の万力のような握力から免れたかもしれない。ジェーンは両手を拝む形にして男の両手首の隙間から突き出し、締め付けてくる手を手品のように解き、見事な体の回転をみせて逃走に移ったからである。

「アリー、早く！」

二人は全力疾走で扉の外に出ると、車に飛び乗った……。

「君がマーシャル・アーツの熟練者だとは、今の今まで知らなかった。隠していたのかい……」安全圏に逃れて、息を整えた運転席の私がジェーンに言った。

「少し空手をやっていたの……」

私は父の言葉を思い出していた。〈彼女は特別な訓練を受けている〉

だが、執拗《しつよう》な追及はやめた……今、優先すべきは、先刻、目撃した謎の光景だった。

「しかし、あの連中は？」

「わからないわ。でも、フリーメーソンではなかった」

「木製の人形があったな……」

中世の馬上槍《やり》試合に用いる人形だ、とジェーンが説明した。人形に記した的を外すと、人形が回転し、棍棒が馬上の騎士のうなじを襲う。うまくよけられねば死ぬ。

「ということは……あの連中は中世の騎士？」

「それも神殿騎士修道士としか言いようがないわ」

「神殿騎士修道士？」信じられない顔をして私が繰り返した。

「ええ。中世に抹殺された神殿騎士修道会、もしくはテンプル騎士団。でも今夜、実は彼等は生きていたことを私達は知ったのね」

「エリクソン教授も騎士修道会のメンバーだったと思うかい？」

「彼はフリーメーソンよ。でも二つの組織には繋がりがあるかも……。フリーメーソン同様、神殿騎士修道会も、建築に大きな関心があった。特に聖なる建築に。シャルトル大聖堂を建てたのは彼等よ」

「彼等のつけていた十字架と君が殺人現場で拾った十字架は同じものだね。君は初めから知っていたのだろ？」

「ええ……」

「なぜ、僕に隠した」

「今はすべてを明かすことはできないの。でも、私を信頼して」

私はホテルの前で車を止めた。

「『銀の巻物』に何が書いてあったのか見えた？」

「いや、だが文字がヘブライ語ではなかったことは確かだ。中世フランス語のようだった」

ジェーンは私を不安そうに見つめた。光の子達と闇の子達の戦争。そこに巻き込まれたことに彼女は気付いたのだ。私も怖かった。とても怖かった。だが、私は自分が怖いというよりも、誰かのために怖かった。しかし、誰のために？

目眩《めまい》がした。まるで未知の深淵に引き摺《ず》り込まれたかのようであった。私は呪われていたのだ。兄弟を見捨てたから。私の家である共同体を離れたから。知恵を見失ったから。そしてすべてを捨てたのも彼女のためであった。彼女についてゆくため。彼女を守るため。不安な心が地平を捜査する。だが盲いた心は蛇行を繰り返すばかり。何一つ理解できない。何一つ知らない。何一つ確認できない。どこから来たのか、どこへ行くのか、もうわからなくなっていた。自分が誰か？　さえも。私は震えていた。全身、全霊で。私はとりつかれていた！　私がよく垣間見る、崇高な秘密とは違う。では、これが恋の秘密か？　いかなる知識人であろうが名付けえぬこの世界を訪れた者は誰もが母の胎内から出たばかりの嬰児《みどりご》。法則も、天の知恵も、地の知恵も、無効となる。愛が来ると、あるいは人が愛へ向かうと。あたかも突然、世界に向かって、存在に向かって、初めて目が開いたようだ。そして目前に現われた存在だけが語る。「来て、そして見て！」

そこで、レンタカーの中で、私は彼女の方へ身を傾けた。彼女の吐息と私の吐息が出会った。私は口づけをしようとした。しかしジェーンは顔をそむけた。吐息を交わしただけに終わった。だが甘美な香りが私の魂を幸福で満たした。愛と喜びの七つの口づけのようだった。香りが下から上へと昇った。神の方へ昇る生け贄《にえ》の儀式の香りのように。昇りながら、存在と存在の間の秘密の紐を結ぶ崇高な吐息であった。すべてが一つになるまで互いを緊縛する吐息だった。

　夜。私は一人、ベッドにいた。昇っていってしまった口づけを私は受けとめた。欠如の口づけを。彼女の深い吐息が私の内奥に届いた。そして彼女となった私の吐息が私に力を与えた。自分が巨大な力を持つ巨大な人間に感じられた。私は彼女のイメージに侵入した。欲望と現実の境がなくなった。それほどにジェーンのイメージは生々しかった。少しでもいい。姿を見たい。そばに行きたい。できるなら心を奪いたい。誘惑はあまりに大きく、ついに私は起き上がった。急いで服を着ると部屋を出た。心臓を高鳴らせ、ジェーンの部屋の扉に近付いた。扉に頭をもたせかける。誘惑するかのように。開けてくれと懇願するかのように。だが、扉は閉じたままだった。禁断の庭のように。頭を扉にもたせかけたまま、手でノブをつかんだまま、身動きもせず、私はどれくらいそこにいただろうか。〈ああ、ノックさえすればよい。入って、この腕に彼女を抱き、かかえ、接吻《せっぷん》し、額に額を押しつけ、ベッドに連れて行き、愛せばよいではないか……〉

「アラブ世界学院」は完全な長方形の大きな建物であった。威容と同時に彫琢《ちょうたく》があった。黒いレース。そんな比喩《ひゆ》が相応《ふさわ》しい。ジェーンと私は銅の巻物が置かれているその神殿に入った。胸が高鳴った。ヨルダン展は二階が会場になっていた。広大な部屋に様々な古物や写真が展示されている。その中央に、ガラスに囲まれた長方形のテーブルが人目を引くように置かれていた。

　本物の銅の巻物を私は見た。長さ二メートル五十。幅三十センチメートル。三枚の銅の薄板を繋いだものであった。ヘブライ語のテキストがビュランで彫られていた。レストレーションを施されたので、酸化も老化もない。電子化学と情報科学が奇蹟をもたらしたのだ。まるで、昨夜書かれた文字を見ているかのようであった。

　諸時代の底よりやってきたメッセージ。青銅時代のメッセージ。様々な人の手に触れられ、幾つもの戦争を、数々の歴史的事件をこの巻物が生き長らえていたのを誰が気付いたであろうか？　椰子《やし》の木の下、石の下、塵《ちり》になった骨の下、砂漠の砂の下、死海の暗い洞窟の中、壊れた壺の中にこの巻物が移動したなど誰が知っていたか？　文字だけがすべてに耐えて生き残り、吹き込まれた時のままの聖なる息吹を守り続けていたことを誰が知っていたか？

二千年の、洞窟の闇より、白日のもとに出された時、巻物は消滅寸前の状態だった。ばらばらになって塵と化してもおかしくはなかった。縮んでしまって、広げることもできなかった。息を吹きかえしてやるには手術《オペ》が必要だった。ガーゼ。安全眼鏡。つきっきりの実験助手。そして巻物はアンマンまで旅をした。そこで衆目にさらされた。再び容体は悪化した。光がいけなかった。光が巻物を衰弱させた。再び海を渡り、大陸を横断し、フランスへ運ばれた。二度目の手術を受けた。そして完全に息を吹きかえしたのである。

そうして蘇ったテキストを私は、今、見ている。確認している。ほとんど暗記しているテキストが目前にあった。ヘブライ語は記憶に刻みこまれる言語である。魔法の力で感覚を刺激する。ビュランの先が銅の「徴《しるし》」を彫りこみ具現した。これ等の「徴」はまた別の「徴」達に向かう。そうしてついには「偉大なる秘密」＝「神秘の神秘」へと送られる。

二千年の間、我々は皮紙に書いてきた。パピルスより見映えもよく、耐久性に優れている。だからこそ、我々のセクトの巻物は、現代にまで生き長らえた。メレモトの子、エリアスは何故、皮紙よりも銅を選んだか？　理由は父が語った通りである。しかし、時間さえあれば皮紙を用いたはずである。腱を使って繋ぎ合わせた皮紙は、ラビが講義で酷使しても大丈夫である。

山羊の皮紙はグレー。羊は白いバターの色。表皮は裏皮よりも色は濃く、黄色みが強い。羊の皮は浸透性に優れているので漂白の際にチョークがよく浸透する。死産した子牛や子羊や子山羊の皮より作る、羊皮紙よりも薄いベラムもある。皺が決してよらない。薄いにもかかわらず嘘みたいに丈夫である。艶《つや》やかだがペンが滑るということはない。光っているのではないかと錯覚する程に白い。「律法」を写字する時には、この特別な皮紙、それも子牛のベラムを我々は用いる。

他には山羊、子山羊、羊、子羊、ガゼル、アンテオープの皮さえも、皮紙に加工される。優れたなめし職人達が加工するが、時間と大変な綿密さが要求される。皮を掻《か》く。裏皮の肉を完全に落とす。そうしてできる皮を銀面という。ことのほか書きやすく、また文字が消えない。まず表の毛の処理が肝心である。体毛を切り、鬣《たてがみ》を剃る。そしてなめす。次にお湯で洗い、高価な油で柔らかくする。最後に外に干す。脂肪分を除くのが容易ではない。だが少しでも脂肪分が残っていると、インクがのらない。すべての脂肪分を除いた完全な皮紙は、インクを吸い込むのではなく、定着させるのである……。このように皮紙を作るのには大変な時間がかかる。

宝物とその在処《ありか》を早急に記さねばならなかったエリアスは、皮紙の代わりに銅の薄板に書くことを思いついた。ネズミや虫に喰《く》われる心配はなかった。「審判の日」まで生き長らえる。その日、すべての国民が集う。最初にして最後のことになる。すべての都市が布告を聞き、信ずる。引き抜かれた樹々が再び大地に根を生やし、立つ。倒された家々は再建される。ぐったりと倒れこんでいた人間達が埃《ほこり》を払って立ち上がる。風車を動かし、粉をひく。そして「永遠者」が現われる！　力と栄光を身にまとって。花婿が花嫁の方へと向かうように、蘇ったシオンへ彼は向かう。シオンが輝く衣をまとっている。そして囚われの身であったエルサレムが解放される。「主」が使者（メシア）を送るからである。使者はさげすまれた者達にメッセージをもたらし、傷ついた心を癒す。捕囚から脱せよ、と宣言する。囚人達の自由を宣言する。「恩恵の年」を告げる。過去の荒廃を修復する。我々の祖先の被った悲惨に対して償いをする。悲嘆にくれている人々を起き上がらせる。幾世にも亘《わた》って略奪され続けた数々の都を立ち上がらせる。「大いなる日」を宣言する。この確信の日を、崇高なる日を、最後の日を。

私はテキストをまた読み始めた。幼年期に父より教えられた文字を私は発音した。一文字一文字、数珠をつまぐるように。いかなる意味とか、数とか、名とか、「配置」とか、書体とか、何も考えず、心の底でほとんど無意識に私は発音した。すると文字が私の内側で動き出した。

　我々が写字する時と同様、巻物の最初と終わりにスペースを設けてあった。さもないと、ごたごたした感じになる。縦の行の間も同様であった。文字と文字の間のスペースは髪の毛ほどと言っていい。単語と単語の間は一文字分。行間は一行分。トーラーの「五書」のそれぞれが四行アキであるのを模して四行アキのところもあった。もし右から左へ書き進み、規定のラインに達しなさそうな時は、文字の大きさを調節する。銅の巻物では、その文字がほかよりも光って見えるからすぐにわかった。しかしながら理由がそうでなくとも他の文字とは明らかに異なった文字があった。それはトーラーやある写本に見られる現象で、シナイ時代より写字生から写字生へと口伝えで受け継がれている秘伝に依る。イニシエーションを受けた読み手に隠された意味を伝えるために、ある文字は他の文字と区別して記した、と考えられている。

　私の眼差しに触れられ、文字達が長い眠りから目覚めてゆく。大勢の天使達になって神の意志を教えようとしている。ある日に存在するすべての者に。文字達は組織を形成した。そうしながら時間に対して勝利した喜びの歌を誇らしげに歌っていた。文字達が突然踊り始めた。狂気のバレエを。すべての文字が様々な書体のי《ヨッド》になっている。ヨッド。根源の点。初めの点。その点が打たれて、知られざるものと虚無が「在るもの」になった。私は静観した。私は起源を見た。創造の始まりの動きを。

　神の四文字（ヨッド、へ、ヴァヴ、へ）の最初の文字ヨッドは伸びてו《ヴァヴ》となった。ヴァヴはא《アレフ》になった。そのように文字達が、銅の光のもとに集まり、再生した。そしてついに世界を形成した。銅の火に浮かんだ黒い火。執拗な混沌《こんとん》の上に、否、中に君臨する闇。そこに差し込んだ無限の光の筋。

　突如、大きな展覧会場が光に満たされた。光が輝いた。文字達が地上の生命に天の実存を思い出させたのである。文字達が太古の言《ことば》をつくっていた。信仰と誇りの言を。文字達は起源の場所から知らせを運んできていた。つまり起源の場所の痕跡《こんせき》なのだ。文字達は、ここに至るまでの秘密の道の途中でも、何度も探した。神の息吹の存在に相応しい場を。神は言を発しながら文字達の中に入り込んだ。彼の口から出た息吹にのって。今、目の前にあるこれ等の文字が消えるとすれば世界が消えるであろう。私にはそう思えた。

　私は銅の巻物を読みながら、ゆっくりと、優しく、文字達を発音した。一つ一つの文字を瞑想《めいそう》し、母音を付け、長く祈った。すると、それぞれの音が私を励ましてくれた。それぞれの音がイメージであった。神の意向であり、意志であった。文字達により、私は昇った。一段昇るごとに五感の世界から離れ、天上の世界へ近付いていった。文字達の上昇。発音。文字達を上げる思考。א《アレフ》、מ《メム》、ש《シン》、י《ヨッド》、ה《ヘー》、ו《ヴァヴ》が生命を宿して、私の目前で上げられている。二次元に圧縮された秘法の輝きとなって文字達は出現した。銅の巻物から、私の舌、口、唇に旅行をしている。そして私にとりつく。私は文字達のためのレセプタクル〔集積の場〕。私に霊感を吹き込む。私を浄化する。完全に抽象的で、かつ完全に具体的な純粋の思考にまで。そうしながら、私を上げながら、文字達は諸物を暴いてみせた。聖具の数々を。素晴らしい宝物の数々を。その様々な隠し場所を。彫塑の粘土のように、否、生きた粘土のように、書体が、形を、そして場所をつくりあげてゆく。私の口から出る息吹により、それが続いてゆく。文字達が人間達により生み出され、写字生により痕跡され、インクなどの物質に支えられているのは確かだ。しかし、すでに霊によって在った個体なのである。見れば「闇」のように黒い。だが、神秘の思考の数々を、宝物の暗示と在処を内包していた。この宝物は只の宝物ではない。「創世」の秘密、「何故？ の何故？」と等価であった。「在れ」と言して創世を為《な》した時、火のビュランでエマナチオ〔発出〕を彫り込んだ神。その記憶と等価であった。

　私がハシディムであった頃、私の教師に文字の魔法を教えられた。文字のもつ創造的エネルギーを。その力により文字は不吉な状況を変え、悪い徴を遅延する。それを実現するためには、自分を「括弧《かっこ》に入れる」まで集中する。すると自分のまわりで起こっているすべてを忘れられる。つまり自分を「空」にするのだ。すると神の言と合体できる。文字達の光によって。そのようにして、私は万物の原理へ遡《さかのぼ》ることを試みた。輝く銅の中に隠れている「始まりの息吹」に導かれて。五感の世界の彼岸で、「名付けえぬ者」に達しようと私は試みた。そして私は理解した。恋する者＝ハシディムのみが理解できることを。世界とは見えないものに出会うためにだけ存在しているのだ、ということを。そしてその出会いを可能にしてくれるのが文字達であった（文字とは思考と存在を結ぶ絆《きずな》である）。

　文字達は美しく、そして良かった。静観せずにはおれない。だが（静観を許さぬほど）熱烈だ！　文字により輝く銅の光を私は見た。計り知れない深みを見た。そこでは過去が預言され、未来が思い出されている。私は創造を見た。すべて「在るもの」。大地、空気、水、火、知恵と知性。そのすべてが文字によって「在った」。文字が始まりの奇蹟を成就していた。文字の中から一文字が浮かび上がった。アレフベート、最後の文字ת《タヴ》だった。印、神の印、創造の完成、被造物全体を意味する文字だ。タヴは絶対についての知識。単純な魂に絶対のもつ神秘を明らかにしてくれる。タヴのもつ完成作用が、アレフベートの最後から二番目のש《シン》のダイナミックな息吹に力を実現させる。「タヴ」私は言った。「タヴ」眼を閉じて。「タヴ。タヴ」「彼」がそこに存在していた。私は「彼」を感じていた。

「アリー！」

　私は振り返った。私の背後にジェーンがいた。

「三回も呼んだのよ」ジェーンが言った。「聞こえなかったようね」

「出よう」私が言った。

「ええ」ジェーンが言った。「それに、閉館の時間だわ」

　ジェーンと私は階段を降り、学院を出た。サン・ベルナール岸からセーヌ河沿いに歩いた。

「実はね」ジェーンが言った。左右に視線を走らせ、つけられていないことを確認してこう続けた。「コズッカに会ったの。銅の巻物の写本を完成させる仕事で来ていたようではあったけれど……。私の知らない男二人と研究室に入っていった。近くにテラコッタがあったから、私はそれを見る振りをして立ち聞きしたの」

「何か話していたかい？」

「よく聞こえはしなかったけれど、エリクソン教授の名……そして『銀の巻物』のことを話していたわ」

「それで？」私が言った。

「『銀の巻物』を書いたのはエッセネ人でもゼロテ党員でもないらしいのよ。中世の巻物で、例の宝物について語っているそうなの！」

「ミッシング・リンクがある、と言った父の指摘は正しかった」

セーヌ河岸に夕暮れがおりてきた。ゆったりと流れる大河の水面を微風が渡ってきてジェーンの髪を揺らしていた。軽やかな装いのジェーンが空気の精に見えた。

「で、あなたは？」彼女が優しく言った。「『銅の巻物』に何かを発見した？」

「見たよ」私が言った。「ハシディムが見ることができるものを」

「達したというわけ？」

「何に？」

「デヴクート〔神との交流〕に」

ポン・デ・ザールまで来ると、ベンチに腰をおろした。目の前を遊覧船が通る。水面が緑や赤やオレンジになってざわめいた。〈恋しすぎている〉私は思った。愛の横溢《おういつ》を感じていた。頭にあるのは彼女のことばかりであった。もはやメシアでないとしたら、私は彼女のために生きる男であった。私の宗教はジェーン。私の律法は彼女。彼女こそが私の達する場所。私のトランス。私のデヴクート。私の人生は恋によって崩壊した。涙を抑えられない。今や、神が現前しても歓喜できない、と思ったからだ。「時」は私には到来しなかった。モーセが神に触れたように、私が接吻で神に触れることはない、と思った。

恋……。書物で、あるいは大学のベンチで、恋が語られるのを私は耳にしたことがあった。恋が過ちなら、男も女も自らの存在を成就できない、と教えられた。恋を知らなければ、人類に対する好意も感じることもなく、人類は「良くなかった」ことになる、と教えられもした。それでも恋は危険だ、無秩序な力だ、善ではない、と私は信じていた。そして、女に恋している男を警戒した。《何故なら、その者の歩む道は闇の道であり、過ちの獣道であるから》

「そうね」ジェーンが言った。「油を注がれる前は写字生だったわね。写字生の前はハシディムだったわね。そしてその前は……」

「兵士だった。だが遠い昔のことだ」

「少しでも写字ができないことが寂しい？」

「まるで良き行ないを突然、中断させられたみたいだ。様々な出来事が私を外に放り出した。どこにいようが、いつでも、やめてはいけないことをすっぱりやめてしまった。もう集中力がもてない……。寂しいと言えば、共同体にいないことが淋しい」

「また会えるわ」ジェーンが言った。「じきに」

「いや」

「なぜ？」

「彼等とは別れたのだよ、ジェーン。エッセネ人のもとを逃げ出したのだ」

どういうこと？　という様子でジェーンは一瞬、私を見つめた。

「ここへ僕が来ることを彼等は拒んだのだ。だが、僕は君を追うことにした。今度は」

「アリー」ジェーンが言った。「してはならなかったわ。それは……」

「君を愛しているからだ」

沈黙が訪れた。

「君を愛している」私は続けた。「最初に出会った時からずっと。二年前は、ある驚きといえた。多分、驚きが強すぎて理解できなかったんだよ。だが、驚きが去ると、愛が残った」

「ありえないわ」ジェーンが立ち上がりながら言った。「ありえないわ。それはあなたが一番知っているはずよ。もし、あなたが在るという者であれば……あなたの言ったことはすべて意味がないわ」

「意味がない？」私は言った。「いや、そうでもない。覚えているだろう。福音書の中に登場するイエスが愛した弟子を。その名についての言及はない」

「『ヨハネの福音書』を書いた本人、と考えられているのでしょう?」

「ジェーン、その通りだよ……」

ジェーンは驚いて私を見つめた。

「私があなたの弟子だ、と考えているの、アリー?私の名前がヨハネに由来するから?」

「多分」

「あなたはやはりわかっていないわ……。何もわかっていない。私には役割も、私にはミッションもない。私はエッセネ人ではないのよ。アリー、その役を引っ込めてちょうだい。私にとって私の名は私の名以外の意味を持たない」

そして、立ち上がったジェーンは気の毒そうに私を見つめてこう言った。

「あなたの愛を私は信じられないの」

夜になり、ジェーンと私は、再びコズッカの家の近くに車を止めて見張った。二人の間に漂う気まずい沈黙をどちらも破れずに待っていた。

一時間ほど経つと、昨夜と同時刻に、同じバンがやってきた。バンはコズッカを乗せると、今夜は直接、ポルト・ブランシオンに向かった。

やはり昨夜と同じ建物の前に来た。

まだ十時頃だった。昨夜の今日である。どうしたものかと考えあぐねた末、近所にあった居酒屋に入ることにした。漆喰《しっくい》の剝《は》げた壁と煙草の煙が淀《よど》んだ、よくある古いカフェであった。案の定、近所の住民が集まり、一杯やりながら、一日の仕事の打ち明け話などをするカウンター・バーもあった。情報収集には絶好の場所であった。

窓際のテーブルに我々が座ると、すぐに、そこの主人がやってきてメニューを差し出した。血色のよい頰と、はっきりとした顔立ち。陽気なお大尽《だいじん》を思わせる大きな男だった。

「あら、珍しいわね」ジェーンが言った。「普通のメニューとまったく違う!」

「え?」男が言った。「お気に召しませんか?」

「いえいえ。そうではないの。ただ珍しい料理ばかり、と思ったの」

「それはですな……」居酒屋の主人は仰々しい口調で説明を始めた。「私のつくる料理は時代の奥底からやってきた料理なのですよ。おわかりですかな。私の両親から伝授されたもので、両親も祖父母から……」

　彼は我々の方に顔を近付けると、囁くように小声でこう続けた。

「この古い料理は『神殿騎士修道会』の料理なのです。白いマントに赤い十字架の騎士修道会の！　彼等は東方より料理の本を手に入れた。サラディンの甥《おい》のウウスラ・イラ・アル＝ハビブの」

「誰ですって？」

「ウウスラ・イラ・アル＝ハビブ」主人がことさら強めた発音で繰り返した。「もっとも偉大な料理人ですよ。この料理を味わいながら、神殿騎士修道会の総長が決定をした。修道会に世界の戦士の役目を与える決定を。今日の憲兵隊、いや、むしろヒューマン部隊の資格に近いですかな。いわば彼等は……ONUブルーベレー〔国連軍〕の祖先です！」

　ジェーンと私は半信半疑の、そして半ばアイロニーを込めた視線を交わし合った。

「なぜ『神殿騎士修道会』が料理にこだわったのですか？」ジェーンが尋ねた。

「『神殿騎士修道会』は」男が話を再開した。「すぐれた薬剤師でもあったのです。彼等はスピレア＝ウルメリア〔牧場の女王〕の力を発見した。関節痛の特効薬草です。後にその植物に含まれるサルチル酸系副産物が明らかになった。よろしいかな、お若い方、このようにして世界で一番使われている薬が生まれたのですよ。その名を……」

　これから口に出そうとしている言葉の効果をはかるかのように、男は大きな目を動かした。

「アスピリン！　よろしいかな、お若い御婦人、料理とは魔法と関係があるのです。どこか悲しそうな顔をなされてますな……その場合はネクターがよろしい。ネクターは赤い。悲しみを喜びに変える。同様に酢、つまり『酸っぱくなった……葡萄酒』は『至聖者』にとっては、苦しみを和らげる奇蹟の薬でした。小《こ》玉葱《たまねぎ》、エストラゴン、粒胡椒《つぶこしょう》、クローブ、タイム、ローリエ、ニンニクを酢に漬け、広口瓶に入れて約一カ月置く。食事をなさる時、料理と一緒に味に合わせて食して御覧あれ。効果のほどを私に報告されよ……」

彼はジェーンの顔を覗《のぞ》き込むと、耳元でこう続けた。何やら脅迫している様子にもみえた。

「マドモアゼル、次のことを知らねばなりませんぞ。キャベツと米は合う。ピクルスと家畜の肉、あるいは野鳥の肉。トマトと魚。そして特に……忘れてはならないのが、葡萄酒とパン！　すなわち水と穀物の粉。水は天より来たる自然のエレメント。料理というものは、聖なる十二支族が移動したように西から東へと移動する」

「教えていただきたいことがあるの」ジェーンはメニューの一品一品をあげて、次から次へと押し寄せてくる波のような、男の言葉をストップさせた。

「たとえばこのクレーム・ドーベルジヌには何が入っていますの？」

「クレーム・ドーベルジヌですか。あなたが一度も味わったことのない素晴らしい一品ですぞ」彼は言った。「焼き茄子《なす》と二本のエシャロットをベースに、ニンニク四片、赤ピーマン、種を抜いた黒オリーブ、ミントの葉を三切、ビネガー・スープを一さじ、オリーブオイル・スープを四さじ、塩、そして胡椒」

「作り方は？」

「あらかじめ数カ所に穴をあけた茄子とピーマンを炭火でグリルする。そしてまだ熱いうちに茄子もピーマンも皮を剝《む》く。すりこぎ棒でエシャロット、ニンニク、ミントの葉、そしてオリーブをすり潰《つぶ》す。そこに件の茄子とピーマンを加え、さらにすり潰す。すりこぎ棒を回しながら。それを続けながら、ほんの少しずつオリーブ油をたらす。最後に塩、胡椒、そして酢を加えます」

「あの料理は？」ジェーンが隣のテーブルの客が食べている料理について尋ねた。

「カッスーレ。大鍋の中に、あらかじめスパイスを加えた塩水を五リットル入れる。羊と豚のスネ肉四切。牛の上バラ肉二切。牛の骨四本。牛の尻尾《しっぽ》一本。羊の肩肉。人参《にんじん》四本。セロリ一本、小ぶりのキャベツ一つ、長葱《ながねぎ》二本、クールジョ〔カボチャの一種〕

の小さなもの。インゲン豆。黒インゲン豆。小豆。ヒヨコ豆。以上の豆はすべて乾物。量はインゲン豆が五百グラム。あとは適量。玉葱四個。ニンニク四片。辛子の葉数枚。塩。胡椒。各適量。お酢カップ一杯。オリーブオイルカップ四杯。練り辛子一さじ」

「クレーム・ドーベルジヌをもらおう」私が決めた。「それから」演説が続いてはかなわないので、私は目的を果たすことにして、こう言い加えた。「近所の人々とは交友があるのですか？　通りの中ほどにある赤い家の住人とは？」

「ああ、あそこの家の住人ですか。変人ですよ！　ポーランドの貴族らしい。実のところ、私も知らんのです。どうも、哲学……及び詩の大著に取り組んでいるとか！」

急いで食事を済ますと、我々はカフェを出て、件の家へ向かった。正面は暗かった。二階にだけ明かりが点《とも》っていた。

ジェーンと私は互いの考えを確かめ合う必要もなく、二人で例の木の重い扉を押し、中へ入った。昨夜と同様、暗闇の中に廊下がのびている玄関……と、その時だ。突然、暗闇から一人の騎士が剣を振りかざして現われた。反応する間もなく、剣の切っ先を鼻先に見つめる羽目に陥った。顔の両側にプロテクトがある中世の兜《かぶと》。我々に向かって突きつけている尖った剣はもろ刃。刺しても、はらっても、殺傷力が高そうだ。逆二等辺三角形の二辺が緩やかな曲線を描いている、木製で革張りの盾。肩当てがついた鎧。私は悟られぬような動きで騎士との距離をつめた。そしていきなり右手を手刀にして相手の肩に叩き付けた。同時に左手で剣を奪い取った。鈍重な動きをみせて騎士は私の足下に倒れ込み、ぴくりとも動かなかった。

私は横たわった騎士の体にかがみ込んだ。動かないはずであった。鎧帷子《よろいかたびら》と股引《ももひき》をつけた人形だった。ジェーンと私は顔を見合わせ、安堵《あんど》の微笑みを交わした。足音を忍ばせ、再び廊下を進んだ。今夜は一階の別の部屋もさぐることにした。どの部屋も物置きになっていた。鎧や、印をほどこした家具。新聞や雑多な品物。昨夜、集会があった大きな部屋を最後に調べることにした。

部屋は真っ暗だった。ジェーンが鞄《かばん》から懐中電灯を取り出した。様々な書類が所狭しと置かれた机を照らした。一枚の皮紙が浮かび上がった。フランス語で書かれていた。《聖なる老人は私に言った。私はそなたの旅を助けるために遣わされた。この旅を完遂するために、この庭をめぐれ。さすれば神の光線により、よりよく上げられるであろう。私の熱愛する聖母マリアが恩寵《おんちょう》を与えてくださろう。私はあなたの忠実なる僕《しもべ》、ベルナール》

「そのベルナールとは第二回十字軍の提唱者、聖ベルナールのことだ。『そのテキストは神殿騎士修道会規則』である」くぐもった声が暗闇に響いた。私とジェーンは向き直って身構えた。

「一一二八年のトロア宗教会議において、聖ベルナールが初めての騎士修道会規則を定めた。そして、この私は神殿騎士修道会パリ修道院の院長にして騎士修道会の総長である」

闇から現われ、我々の前に立った男は、他ならぬヨセフ・コズッカであった。

「どんな修道会なのだ？」私が尋ねた。

「我々は愚かな迷信と、いわれなき信仰を人心に押しつけた『教会』を告発する者である。我々の教義は当初、正々堂々と国中に広まった。しかし、やがて地にもぐらねばならなくなった。教会が闘いを挑んできたからである。彼等は我々をキリスト教を否定する徒と決めつけた。我々は個人としての自分にこだわらず、神の騎士として仕える者達のみに語りかける。服従の高貴なる鎧を決して脱ぐことはない、勤勉なる者達に！」

ヨセフ・コズッカはそう言うと沈黙し、我々に近寄ってきた。懐中電灯の光が彼の顔を照らし、恐ろしげにみせた。

「一一二八年一月十四日。聖イレールの日……。『教会』のロウソクや大ロウソクが灯され、宗教会議の開会式が行なわれた。書記が皮紙に、何人もの演説者や神学者の声明を書き取っていた。司教や大司教はその大いなる日に参列した騎士達と親交を深めていた。議長は教皇の使節であるマチュー・ダルバノ大司教。ユーグ・ド・パイヤンという一人の騎士が設立されたばかりの新しい組織の規則を決定してほしい、と発言した。その組織とは、聖地エルサレムに赴く巡礼者達の旅の安全を実現するために発足したもので、ユーグ・ド・パイヤン自身が設立者であった。こうして神殿騎士修道会が生まれた。彼等は並外れた活躍ぶりを世に示すことになった。ところがだ……ところがある日、『裏切り』が起こった。総長が火刑に処せられた。口にするのも忌まわしい犯罪の数々がでっち上げられ、告発されたのだ！」

コズッカは壁の方へ歩き、そこにかかっている絵を示した。

「ヴェラスケスの『ラス・メニナス』の模写……」

ジェーンが呟いた。

「ヴェラスケスがサンチャゴの支部に入会を許された際、描き変えたものだ。修道会の十字架が入った神殿騎士修道士の衣装をまとっているのがわかるであろう。私の剣を見よ」コズッカは、今度は私に向けて、こう続けた。「我々が携えているこの剣も、神殿騎士修道士の剣、『ノートル・ダム』だ……。黒いマントの戦士がイニシエーションを受け、白いマントの着用を許される時、この剣を授かる……」

「創世記にこう記されている。神は人を追放した。そして『生命の木』に近付く道を守るため、エデンの園の東にケルビムと燃える剣を置いた……」私が呟いた。

「実際、我々の剣は『勇者の剣』、『火の天使の剣』！　敵に対しては凄まじい力を発揮する……だが、あなたは、我々の味方だ。私はそう理解している。我々の同志を殺した犯人を探してくれている。だから警告しておこう。我々を見張ったり、跡をつけたりはするな。さもないと大いなる不幸が訪れる」

「あなた方の教団におけるエリクソンの役割は何だったのですか？　フリーメーソンと神殿騎士修道会はどんな関係にあるのですか？」

「フリーメーソンの」コズッカが答えた。「起源は古代に遡る。トットモシスの信徒教団、サマリアの魔術師達、そしてクムランの禁欲的共同体に……。フリーメーソンのエンブレムの一つに石工の使うつるはしの印がある。それはエッセネ人のつるはしだ」コズッカがじっと私を見つめながら言った。「そして現在のフリーメーソンは神殿騎士修道会の末裔……」

「つまり？」私が尋ねた。大きな家具のガラス扉に視線をやりながら。そこには箱があった。昨夜の集会で『銀の巻物』をコズッカが取り出した箱であった。

コズッカは私の視線に気付くと、遮るように家具の前に立ち、こう言った。

「我々はフリーメーソンの中に神殿騎士修道会を再建したのだ。神殿騎士修道会は今やフリーメーソンの軍事部門である。わかるだろう。あなた方には危険過ぎる話なのだ。最後に警告しておく。命が惜しければ、身を引くことだ。事件も、ここで見たことすべても忘れることだ」

「常軌を逸した話ね」ホテルに戻るとジェーンが言った。「神殿騎士修道会の総長……」

「エリクソン教授を巻き込んだのは彼だと思うわ……そして、多分、自分のミッション達成のために教授を利用した」

「なぜ教会は『神殿騎士修道会』を追放したのか？」

「異端と告発する根拠として、彼等独特の儀式をあげつらったのよ。たとえば『接吻』とか」

ジェーンが部屋のドアを開け、入るように私を促した。

「『接吻』」私は言った。「どんな接吻だい？」

「こう言われているわ。共同体に入団する際の通過儀礼的儀式で、『接吻』を交わし合うの。それも場所が正確に決まっていた。まず両肩に。そして腰のくびれに。最後に唇に」

「接吻は」私は用心深く話し始めた。「ユダヤ教のカバラ研究者が秤《はかり》の神秘、と名付けている、カバラ的実践の一つなのだよ。それにより『知恵』と『知性』を活動させる。『基礎』の世界においては、両肩がその二つを表徴する。そして『基礎』は腰のくびれによって表徴されている」

「そうなの……」ジェーンが言った。「『神殿騎士修道会』がカバラを実践していた、とあなたは思うの？　だとすれば、どこで学んだのかしら？」

「カバラは様々な秘密結社に影響を及ぼした。通常の知とは逆に、カバラは神秘に向かう知なのだ……文字のカバラ的解釈を例にあげよう。ヘブライ語の文字の説明を知る者はすべて在る者を知る。初まりから終末まで。そう言われている。また、こうも言われている。トーラーに書かれているすべては、ある精神的本質、つまりある観念、あるいはある思考を表徴している。一つ一つの文字が数価を持ち、筆跡や符号にも意味があるからだ。ユダヤ教徒にとって文字は偶然の産物ではない。天に源を発する。次のような聖伝がある。モーセがシナイ山を下りると、イスラエルの民が黄金の牛を崇拝していた。モーセは激怒して、彼等を罰するために聖なる石板を砕いた。真実はこうだ。まず神の『意志』により、石板の文字が一文字一文字、螺旋《らせん》を描いて天に昇るのを皆が見た。石板がものすごく重くなり、モーセは持っていられなくなった。地に落ちた石板が砕けた。重い石板を軽くしていたのは文字だったのだ」

「書《エクリチュール》」ジェーンが呟いた。「エクリチュールにこそ神秘を解く鍵があるのね……」


彼女はベッドに腰掛けた。そしてパソコンのキーを叩き始めた。何か疑問をいだくと直ちにキーを叩いてみる。私は彼女の傍に座った。検索に集中する彼女を見つめた。

神殿騎士修道会＝テンプル騎士団は一一〇〇年頃、聖地エルサレムに向かう巡礼を守るために結成された騎士修道会。その後二世紀に亘って教皇、王侯、領主の顧問、外交、そして銀行機関の役割を果たす。特に銀行業における彼等の力は強く、パリの本拠地は西欧金融界の中心となった。その彼等がなぜ、最後には、異端、冒瀆の疑いで審問会にかけられたかについては、謎が多い――イスラム教徒との外交活動において、キリスト教徒の信義に反する協定を結んだというのが告発の理由ではあるが……。フランスでは二千名にのぼる騎士達が拷問により偽りの自白を強いられ、有罪判決を受けた後、火刑に処せられた。こうして十四世紀初頭、前教皇クレメンス五世が出した暫定的な判決を、ヨハネ二十二世が確定することで神殿騎士修道会はとどめをさされ、消滅した。

ジェーンは再びキーを叩き始めた。深夜になっていた。私は窓の傍のソファにぐったりと体を横たえていたら、いつの間にかまどろんでしまった。

「アリー?」

顔のすぐ傍に息吹を感じた。

夜中にジェーンの部屋で、彼女と二人きり。彼女の上に知恵と知性の息吹、忠告と力の息吹、そして知識の息吹があった。いかなる人間も四つの息吹は得ることができない。メシアを別にして。神の『息吹=霊』は四つの息吹よりなる。私はとても怯《おび》えていた。欲望に怯えていた。ジェーンの唇に愛の接吻をして、彼女の息吹に私の息吹を重ねようか。永遠に。彼女の傍に行きたい。訪れそうもない、そんな瞬間をどれほどまぶしく感じたことか。

〈心が溜《た》め息をもらしている〉私は思った。〈魂が彼女を欲している〉彼女はあんなことを言った。私を拒んだ。しかし、今、私は彼女の傍にいる。私の恋心が彼女の心を開き、唇を封印するには、ほんの一つの動作で足りる。なのに、なぜいつもこの逡《しゅん》巡《じゅん》があるのか!

結び合いを求めず、傷のような欲望は私の内部を引き裂き続けた。私を憔悴《しょうすい》させた。私の恋は傷口のように開いたまま、癒《いや》されることがなかった。そしてこの私はこう言う。〈患っている。恋を患っている。永遠に治りはしない。心を無傷に保ち、ジェーンと分かち合う?〉会えば会う程、ますます深くなる傷を負った心の底から、私は彼女を見つめてしまうのだった。思考不可能な非理性的力をますます感じてしまうのだった。私を彼女の方へ引きつける強い引力のような力。欲望と名付けられている力。

〈ああ、彼女が〉私は思った。〈ユダヤ教徒でありさえすれば〉あんな近くにいたのだ。私は手を差し出したであろう。ジェーンは、私の方によってきただろう。口を向け、私の接吻を受ける。私は高き唇に接吻する。永遠の方に向いた唇に。このような言葉がある。《彼はその口で幾つもの接吻を私にする》

我々は体を寄せ合う。愛を込めて抱き合う。愛の中で一つになる。至上の感触をもった彼女の肌は「最初の光」より「発出」したもの。アーメン。

彼女の肌は愛撫《あいぶ》。そして彼女の愛撫は歓喜の葡萄酒のように美味だ。彼女の肌は愛撫。類希な優しさ。葡萄酒よりも柔らかい。肉の愛が私の魂を強くする。葡萄酒が熟成するように、魂が熟成して強くなる。彼女はその口で幾つもの接吻を私に与える。葡萄酒より美味なる愛撫、うっとりさせる香りを私は受ける。ムスク、ナルドの香油、サフラン。彼女の奥には七つの接吻がある。七つの接吻は七つの強度。ヤコブの接吻のようにそれぞれ異なる強度をもつ接吻の集合のような、ある接吻を彼女と私は交わす。ヤコブの接吻は七つの言葉に含まれる。そう言われている。

高きところで『(聖体の)ランプ』が輝き始めるであろう。天の炎のすべてが現われ、輝く。たった一筋の光線によって。アーメン。

〈ああ〉私は思った。私はいつまでも、どこまでも、彼女を追うであろう。私の住処《すみか》を彼女の中に定める。私は彼女に会いに来る。彼女に手を差し伸べる。そしてよく見る。受け入れる。抱きしめる。おいしそうな香りを放つ火の中で。アレフに似た彼女を。アレフには幾つも秘密がある。アレフは彼女。優しい光。清らかな炎。あらゆる秘密の秘密。〈ああ〉私は思った。彼女の肌の聖なる香りを私は引き継ぐ。幸せと情熱で自分を忘れた私は、自分が誰であるか知るだろう。なぜなら、私は彼女の中に存在し、彼女は私の中に存在するから。そのようにして、二人は一つになる。〈ああ〉私は思った。魂が溜め息をもらしていた。

目覚めると、夜明けだった。ジェーンが私を見つめている。当惑したような様子であった。

「徹夜したのかい？」私が尋ねた。

ジェーンがうなずいた。

「そうなの。『神殿騎士修道会』についていろいろ調べたわ。すると妙なことに気付いたの。あなた方はまことに似通っているのよ」

「あなた方？」

「エッセネ人と『神殿騎士修道会』、どちらも修道士と兵士という一見矛盾する二重の資質をもって生きている。エッセネ人も神殿騎士修道士もまったく同じ『規則』を採用しているの。神に対する絶対服従。いかなる妥協も許さず、前進あるのみ。そして最終目的は『神殿』の再建。偶然、では片付けられない一致だわ」

「わかったよ」私は言った。「コズッカも暗示していたが、『神殿騎士修道会』はエッセネ人の共同体規則を知った、と君は考えるのだね？」

「おそらく、そうだわ」

「……ならば、彼等も『審判の日』の生け贄の儀式に精通しているといえる」

ジェーンは立ち上がり、ジャケットに腕を通しながらこう答えた。

「私はそう思うわ」


ポルト・ブランシオンの館《やかた》の前に車をつけたのが、およそ朝の四時だった。町はまだ暗がりの中で眠っている。人影はなかった。我々は三度、重い木製の扉を押した。例の廊下でしばらく様子を窺《うかが》った。警報の類《たぐい》はなさそうだった。

「銀の巻物」が置かれていた広間に忍び込む。ジェーンが懐中電灯を取り出した。細い光で暗闇を薙《な》いだ。

細心を要する作業が待っていた。昨夜見た家具のガラス戸を開いて「銀の巻物」を盗み出す作業が。黒の胴着、同色のタイツとシューズを着用しているジェーンが作業を担当した。彼女は爪先立って、背伸びしながら、ガラス戸を開きにかかった。私が彼女に準備してきた道具を渡す。それを受け取ったジェーンの作業にはいささかの淀みもなかった。戸を開き、木製の箱を取り出し、蓋《ふた》を開いて巻物を手にすると、私に差し出した。私は細心の注意を払ってそれを受け取り、布に包んだ。

その時だった。暗闇に足音が響いた。誰かが階段をのぼっている。すんでのところで我々は身を隠した。隠れている我々の前に現われたのは、昨夜会った居酒屋の主人だった。手に剣を握っていた。神殿騎士修道士の剣を。ケルビムの剣を。剣は、アレフベート第七番目の文字ザインの形ז《ザイン》をしていた。戦いと力の文字。戦いに欠かすことのできない力の象徴。

第六の巻物　神殿騎士修道士の巻物

あなたが私を高めてくださったことを彼等は知りません、
巣から鳥を追い出すように彼等は私を追放しました。
私の友達や親族を私から遠ざけました。
私を迷える魂にしたてました。
彼等は嘘を並べたてる散文家であり、
虚偽の幻視者であり、
陰謀の計画者であり、
あなたが私の心に刻みこんだ「法」を、
まやかしの言葉に変える、
ベリアルの子であります。
人を取り囲んでは人から知の飲物を奪い、
酸っぱくなった葡萄酒《ぶどうしゅ》で我慢させるのです。
この罠《わな》にはまった人達は、彼等の思惑通りになるのです。

クムランの巻物
《讃歌》

学校で一度も、私は「歴史」をならった覚えがない。「西洋」とその謎についてはは、ぼんやりとした観念があるだけだ。というのも、私は「歴史」を生きているから。そして儀式により「歴史」の方も私の中で生きている。つまり私の言う「歴史」とは「私の民」の記憶のことである。私は過去、現在、未来の区別をしない。普通に考えられている歴史は私にとって存在していないのである。
だが、この事件においては、現在が関係していることを私は承知していた。キリスト教的現在だけでなく、我々の現在、そして未来も。私は時制の区別はしないから、今、言った現在とは未来である。そして未来とは過去が転換したものなのである。なぜなら、我々が成就する「行為」は、過去の事象の一つの解釈から導かれる関数において常に未来であるから。だから、過去の勢力との戦いといっても、私は驚きもしないし、訳もなく恐れることもなかった。シモン・デラムが私にこのミッションを頼んできた本当の理由は、そこにあったと言えよう。

ホールの窓を閉じた。窓は通りに面していた。ジェーンを先に出し、私が続く。ホテルに逃げ戻った。ジェーンの部屋で、貴重な獲物をじっと二人で眺めた。長さが二十センチ程で、両端から真中に向かって巻かれている。時の長い流れをくだって、古色をおび、輝きをしずめた、銀箔《ぎんぱく》を思わせる光沢があった。未だ千年の沈黙に包まれて休息している。私はそっと触れた。銀の柔らかい光沢に反し、多少ざらざらした感触があった。「銅の巻物」が太陽なら、「銀の巻物」は月であった。昼と夜だ。我々の聖なるテキストにはこう記されている。神が二つの大いなる光を創った時、二つの星は等しく同じ秘密を共有していた。そして太陽は月を熱愛していた。だが常にすれ違う悲劇の運命にあり、恋を語ることが永遠にできなかった。

「この巻物であるのは偶然ではないのね」ジェーンが呟《つぶや》いた。「財貨としての銀が神殿騎士修道会の大きな謎の鍵《かぎ》であることを知れば尚のこと……。歴史家が一人として解明できなかった彼等の財源の謎を象徴する巻物ね」

キリスト教徒が行なったイスラム教徒との戦いにおいて、神殿騎士修道会がどのように戦費を都合したのか？　十二世紀にプロバンス地方を、そしてスペインを侵略したサラセン人と戦った神殿騎士修道会の財源の秘密について、ジェーンは言及した。とにかく、二百年もの長きに亘《わた》り、神殿騎士修道会こそが全ヨーロッパの経済をほとんど支配したのである。その信用は絶大で、教会及び王侯貴族から彼等の国庫と見做《みな》されていたのだ。王侯貴族は外交費のすべてを預けておける場所として、神殿騎士修道会を信頼していた。神殿騎士修道会はいわば封建領主銀行だったのである。

「さあ」とジェーンが銀の巻物を示して言った。「調べ始めましょうか？」

「ちょっと待て」私は答えた。「その前に、シモンに連絡しなければ……そういう約束なのだ」

「本当にそうなの？」ジェーンは言った。「実はこの巻物に記されていることを知るのが怖いのではない？」

図星であった。実を言えば、巻物を読むのが怖かったのだ。とにかく、ここまでの経過をシモンに報告しようと思った。真実を知る前に、いわば心の準備をしておきたかった。

シモンのテレホン・ナンバーを押した。手がわずかに震えていた。

「私だ……」

いつもの少々しわがれた声が聞こえた。私はコズッカのこと、神殿騎士修道会のこと、そして銀の巻物のことを話した。

「そうか……」シモンが言った。「実は、こっちでは『神殿の広場』の地下で、小規模な戦争といっていい事件が勃発《ぼっぱつ》した。例の、コンクリートで塞《ふさ》がれた秘密の地下道を爆薬を使って貫通させようとした連中がいた。イスラム教の聖地管理当局がすぐさま軍を配備し、周辺はかつてないほど緊張が高まっている。爆破を企てたのは、ある結社のメンバーであることが判明した。コンクリートを吹っ飛ばして、『至聖所』につながる通路を復活させようとしたらしい」

シモンも私も沈黙した。

「コズッカを追ってくれ」シモンが沈黙を破って言った。声に深刻さがうかがえた。「重要だ。ポルトガルのトマールで集会があるのだろ？」

「ええ」私が答えた。「ジェーンと立ち聞きしてわかったことですが」

「集会はいつだい？」

「じきだと思います。正確な日付はわかりません」

「早速、明日、出発してくれないか。切符は予約しておくから、飛行場で受け取ってくれたまえ」

「実はシモン」私は言った。「私には事の次第がわからないのです。もしかしたら、とんでもない冗談である可能性も……」

「それから、巻物の内容がわかり次第、報告してほしい。もっとも、巻物に謎を解く鍵が記されているとは、私には思えんがね……中世の代物が一週間前に起こった殺人事件を解決する、など馬鹿げた話とは思わんかね。では、また」

「おそらく」私が言った時、シモンはすでに電話を切っていた。

シモンの考えは間違いであることが、やがてわかった。シモンタイプの人間には、一週間前の殺人事件の情報が、千年も前の「銀の巻物」に記されているなど想像を絶するに等しかった。実際、シモンでなくとも誰が想像しえたであろうか？

ジェーンが私に近寄った。彼女が巻物を広げ始めた。私の身体に震えが走った。聖なるものに接した時に感じる震えが。まるで一人の男が我々のもとにやってきて、何かを語ろうとしているかのようであった。諸時代の奥底からやってきた男が。


私はフィレモン・ド・サン＝ジル、二十九歳、シトー派の修道士である。前の年の一三一九年十月二十一日、あの恐ろしい夜に聞いた話をこれから語る。

話たのは明け方に火刑に処せられることになった一人の殉教者である。聞いた私の命も危険にさらされる告白であった。そして今、これを巻物に認《したた》めることによって一層の危険をおかしている。それでも認めねばならない……この巻物によって人類の歴史が変わるかもしれないのだから……。

それが写字生、そして書記としての私の仕事である。私の仕事は細心の注意を要求される。貴族の高官や上位聖職者より命ぜられるからではなく、聖なる義務がそう命ずるからだ。神の気に召せばよい。神だけの。ペン、インク、軽石二つ、二本の角、錐《きり》、普通のものと細いもの。というのも皮紙に書くのではなく、銀の巻物を認めるからだ。消せないように。パリンプセストできないように。消えないように。書体はカロリヌ体を使うことにした。とてもはっきりとしている。とても堂々としている書体だ。大文字も小文字もカロリヌ体にする。小文字は繊細で角張っている。なによりこの書体であれば銀に刻みやすい。

オジーブ穹窿《きゅうりゅう》のような、そして美しい僧院の窓の尖塔《せんとう》アーチのような、なめらかな文字でこの巻物を私は刻む。そう、美しい僧院で私は平和な日々を送っていた。私の運命の流れを変えた、あの出会いがあった日まで。この巻物が教会や聖職者や貴族の手に落ちませんように。そんなことになれば、ただちにこの物語は削りとられてしまう。掻《か》き消されてしまう。遠い未来、こんな世の中ではない時代が訪れた時に、誰かがこれを読んでくれることを私は願う。では始めよう。

一三一九年十月二十一日、ルーブル宮の牢獄《ろうごく》である男の告白を私は聴いた。その男の聴罪司祭に任ぜられたからであった。異端として告発され、死刑を言い渡されていた男は、人類の歴史の流れを変えてしまう重大な事実を私に告げたのである。男は騎士であると同時に修道士であった。忍耐として盾を、謙遜《けんそん》として鎧《よろい》を、慈善として槍《やり》を携え、いかなる人々の助けにも馳《は》せ参じ、神のために戦っていた。

その日の昼、つまり十月二十一日の昼、ルーブル宮にある独房に私は呼ばれた。その日を永遠に忘れはしない。ネズミが這《は》い回り、また、その死体が転がっていて、松明《たいまつ》から出る油煙が立ち込めていた。どっしりとした机の前に数人の男がいた。憎しみを宿して全員が顔を強《こわ》ばらせていた。彼等は教皇庁の異端審問官達だった。彼等の前に男がいた。若く、雄々しい騎士だった。見る者を圧する程の品格があった。背が高い。戦いで鍛えられた身体、それでいて驚くほど繊細な顔立ち、黒曜石のように黒い髪。その眼が放つ光は普通の眼光とは異なった輝きがあった。それがアデマール・ダキテーヌだった。当時、私も異端審問会の一員であった。だから、そこにいられた。煮えたぎった油を手足にかけられる拷問の現場に。突き出た腹、スチールブルーの眼、歯の抜けた口の審問官、レジ・ド・モンセギュルが被告の顔に松明を近付けている。ダキテーヌの表情が苦痛に歪《ゆが》んだ。

「それでは、アデマール・ダキテーヌ」レジ・ド・モンセギュルが言った。「神殿騎士修道会の一員であることに間違いはないいな」

「間違いない」アデマールは言った。

「アデマール・ダキテーヌ、神殿騎士修道会はグノーシスであり、またキリスト仮現説信奉者か？」

「グノーシスでもキリスト仮現説信奉者でもない」

「お前達騎士団は、キリストを天のキリストと地のキリストに分ける二元論者であるのか？」

「我々は二元論者では毛頭ない」

「お前達は略奪主義者であるのか？」

「いや」

「ヨハネが黙示録で非難しているニコライ派か？」

「我々は神殿騎士修道会だ」

「お前達は自由奔放なある分派と組んでおるのだな？」

「我々はキリスト教徒だ」

「神殿騎士修道会はキリスト教徒であったのか？」わざとらしい驚きの表情をつくってモンセギュルが言った。「マホメットの宗教に与《くみ》している、という専らの噂だが」

「いかなる協約も我々はイスラム教と結んではおらぬ」

「イエスは偽の預言者、さらには犯罪者、とまで言ってはおらなかったか？」

「イエスは我等の預言者であり主だ」

「イエスの神性を否定してはおらなかったか？」

「否定していない」

「しかしながら、修道会であるにもかかわらず、独自の師や、教義や、内々の目的をもった結社をつくったではないか？」

「つくった」

「十字架をふみにじろうとする輩《やから》がお前達の修道会に入るのでなかったのか？」

「そういうことは、すべて中傷だ」拷問のひどい苦痛に苦しみながら、アデマールは言った。

「お前達の修道会の儀式では、世界征服を誓いはせぬのか？」

「そんな目的など我々は持っていない」

「入会式が秘密会の形式で執り行なわれることを我々は承知しておる。騎士領の教会や礼拝堂で真夜中に……」

「その通りだ」アデマールは呟いた。

「もっと大きな声で」モンセギュルは命じた。「何も聞こえはせぬぞ」

「その通りだ」アデマールは繰り返した。「入会資格獲得のためのイニシエーションは秘密会で行なわれる」

「志願者は神、神の子、あるいは聖母、そしてすべての聖人を否定せねばならないのではないか？」

「それは偽りだ」

「イエスは本当の神ではなく、偽の預言者だ、彼が十字架で苦しんだのは、人類の罪をあがなったからではなく、自分が犯した罪を罰せられたから、と教えているのではなかったか？」

「我々はそのようなことを教えはしない」

「騎士が差し出す十字架に三度唾《つば》を吐きかけることを、入会者に強要しておらぬか？」声を強めて男は言った。

「すべて中傷だ」アデマールはあえいだ。

「……衣服を脱いで、淫《みだ》らな接吻《せっぷん》を交わしてはおらぬか？　初めは口に、次は肩に、最後にへそに！」

「淫らな接吻などまったくしていない」

「清貧を生きたキリストをお前達の巨大な富をもっ

て否定してはおらぬか？」審問官は尋ねた。同じ質問をすでに二度も重ねていた。

アデマールは超人的意志をふるい、頭を上げ、姿勢を立て直し、こう言った。

「会の修道士が死んだ場合、四十日間に亘り、一人の貧者を養い、死後一週間は百の『主の祈り』を唱える。

戦いに巨費を投じ、余裕がない時も、騎士修道会のすべての『神の家』が、週三度の無料宿泊を実行している。訪れる貧者すべてに対して」

「もう一度、尋ねるが、お前達は我々の信仰を否定してはいないのか？」

「ならば、我々の熱き信仰の証《あか》しの一つを示そう」アデマールは言った。「サフドの要塞《ようさい》にいた騎士達が、要塞がサルタンにより落とされた時、首を切られたのは承知であろう。その数八十名。キリスト教を棄てたなら、極楽の生活を約束したサルタンの言葉に耳をかしたはずだ」

「世界征服を目論《もくろ》んで、『神殿』の再建を実現しようとしてはいまいか？」

「『神殿』の再建に関しては、イエスの言葉に従っているだけだ。万人が入ることのできた『異邦人の庭』で、イエスは商人達に立ち向かったではないか。彼等を鞭《むち》打ったではないか。換金商のテーブルをひっくり返したではないか。鳩売りの屋台も。そして皆に向かってこう言ったではないか。『聖なるテキストにはこう記されている。《我が家は祈りの家と呼ばれよう》それをお前達は悪党の巣窟《そうくつ》にしてしまった』そしてイエスはこう言った。『人の手で建てられたこの神殿を私は破壊する。そして三日後に、人の手によらない別の神殿を私が建ててみせる』」

審問官達はなんとか囚人を罪に陥れようとやっきになった。

「イエスは苦しまなかった」審問官の一人が質問した。「イエスは十字架の上では死ななかった、とそなた等は言ってはいないのか？」

「我々はこう言っている」アデマールが答えた。「イエスは苦しんだ。そして十字架の上で死んだ」

「そなた等は、シャツの下に隠した腰紐《こしひも》につりさげた偶像をこっそり触ったりしてはいないか？」

「そんなことはしていない。我々は腰に麻紐やベルトを締めているが、シャツの上からだ。そこに偶像などつけてはいない」

「なぜ麻紐を腰に巻く?」

「肉体と精神を分けるためだ。下半身と上半身を」

「イエスの神性を否定してはいないか?」

「私は主イエスを愛している。崇《あが》めている。我々の修道会、神殿騎士修道会は『聖座』によって聖なる組織として認定されている!」

「しかしながら、どのメンバーもイニシエーションの際には、キリストの否定を、時として十字架の否定を強要されている。すべての聖人達、そして天使達の否定もな」

「それは恐ろしい、悪魔の犯罪だ。一度もそのような罪を我々は犯していない」

「イエスは偽の預言者だ、と言ってはいないのか?」

「私はイエスを信じている。受難に苦しまれた我が救世主を」

「十字架に唾を吐きかけることはないのか?」アデマールの手足に煮えたぎった油をかけるよう、拷問人達に合図しながら審問官は言った。

「ない!」恐ろしい呻《うめ》き声をあげながら彼は答えた。

「誓え!」

「誓って答えている! 受難に苦しまれたキリストを敬うからこそ、騎士修道会の白いマントを私は着けている。十字架の上でイエスが流された血を忘れぬよう、赤十字を縫い込んだ白いマントを」

「白いマントは、死海の畔《ほとり》に住みついていたユダヤ教のセクトを忘れないためではないのか? セクトのメンバーは白麻の衣をまとっていたと言われておるからな」

「我々の主、イエスは、もとはと言えばユダヤ教徒だったではないか!」

その言葉を耳にすると、審問官の面々は視線を交わし合った。同じ一つの視線を。

「とうとう正体を現わしたな。この者は異端だ!」

審問官達は満足そうな顔で見つめ合い、中の何人かは、よくぞ隠された異端の顔を暴いてみせたとばかりに、審問を主導したモンセギュルを誉めそやしていた。レジ・ド・モンセギュルは一同の前に進み、宣告を下した。

「アデマール・ダキテーヌ、聖なる審問会の名において、そなたを有罪とし、明朝、火刑に処す。最後に言うことはないか？」

「ある」アデマールは呟いた。「懺悔《ざんげ》をしたい」

レジ・ド・モンセギュルは聴罪司祭に私を任じ、私がアデマールの告白を聴くことになった。風の吹く、寂しい夜であった。ルーブルの陰気な監獄の暗い部屋で、私は見た。受けた試練に打ちのめされながらも、高きところからやってくるかのような炎の輝きを発散し続けている、誇り高き一人の男を。ネズミがはびこる、腐敗臭に満ちた牢獄の暗い片隅から、傷に苦しみ、火刑を待つ身でありながらも、男は私に微笑みを投げかけた。一瞬、私を混乱させる程に善意と感謝に満ち溢れた微笑みであった。

私は当時、修道院を出たての修道士で、外のことは何も知らなかった。あの日、初めて審問会に出されたのである。そして、人間が人間に対してなす悪を目の当りにしたのであった……。

「近くに寄ってくれたまえ。怖がることはない」ダキテーヌは言った。

私は彼の近くに寄り、土の床に座った。そばで見ると火傷《やけど》の酷《ひど》さがよくわかった。そこら中の肉が露出していた。

「聴きましょう。我が子よ」私は言った。

「話そう、君は善良な人のようだ。私の話を理解してくれるであろう。君の瞳《ひとみ》がそう語っている」

部屋は暗かった。窓を閉め切っていたからだ。ジェーンと私はベッドの脇にある小さいランプの弱い光に銀の巻物を照らして読んだ。月光色の地に浮かんで並ぶ黒い文字を。私は時々、中断し、彼女に視線を投げかけた。ジェーンは無言だった。

「今から八年前の一三一一年、私は神殿騎士修道会の一員として死を覚悟で、聖地奪還のため、エルサレムに向かってフランスを後にした」ダキテーヌが語り始めた。

バス＝ロレーヌの公爵ゴドフロワ・ド・ブイヨン、その兄弟のボードワンとブーローニュの伯爵ウスタシュに、そしてフランス王の兄弟ユーグ・ド・ヴェルマンドワ、エチエンヌ・ド・ブロワ伯爵、ギヨーム・ル・シャルパンジェにならって私は遠征に加わることにした。彼等は皆、白い軍旗を掲げ、白馬にまたがった勇ましい戦士軍団をつくり、エルサレムへと向かい、聖都奪還に身を投じたのである。彼等はキリストにより遣わされ、聖ゲオルギウス、聖メルクリウス、聖デメトリウムによって指令を受けていた。件《くだん》の勇者達に鼓舞され、「主」と聖人達の栄光に抱かれ、私は思いを馳《は》せていた。〈砂嵐、地震、嵐も、とるに足らない。聖戦を戦うのであるから〉巨大な衝突がすでに二世紀続いていた。登場人物をあげれば無数といえた。獅子《しし》王リチャード。敵のサラディン。そして神殿騎士修道会の二十二名の代々の総長。騎士修道士達はキリストの敵から聖地を奪還するため、命はつるまで戦い抜いた。アンチオキアの攻囲は凄《すさ》まじかった。一年以上も続いた。その後、トルコ人の要塞を次々と落とした。マラスの後はイコニウム、ヘラクレア、カエサリアと。

私は乗船した。赤十字を縫いつけた白いマントを着けて。冠をとって。あらゆる戦闘術、槍試合、狩りの達人である、高貴な戦士として私は乗船した。

いいですか。私は乗船した。馬八頭。数人の盾持ちと共に。頭から膝《ひざ》まで鎖帷子《くさりかたびら》に身を包んで。頭には、さらに鼻当てのある兜《かぶと》をかぶった。そして腰にはどっしりとした剣。片時もはずさない。寝る時も傍らに置いた。剣のほかには、いざ攻撃という時に必要な斧《おの》、短剣、長槍も持参した。単身の旅立ちではなかった。同志と一緒であった。彼等も私同様、装備に怠りはなかった。そして全員が緋色の十字架を縫いつけた白いマントを着用していた。全員が司令官に、そして司令官は騎士修道会「規則」に絶対服従であった。だから全員の結束は絶対「服従」であるといえた。我々の組織は独特であった。騎士修道会自体が神のごときものであった。従って、極めて厳しいその「規則」は神の言葉と同等であり、絶対服従は必然的といえた。主はこう言われているではないか。「彼は〈私の言を〉耳にするなり、私に従った」その言葉通りに、そして反論や不承不承は一切なく、「規則」に絶対服従。私にはたやすかった。なぜなら、この地上に私が生まれたのは、私個人の欲望を実現するためにではなく、神の愛が命ずる意志＝欲望を成就するためであるから。この意志＝欲望は我慢強く、使命感にあふれ、嫉妬を知らず、そして消滅することがない。私が属していた騎士修道会は神殿騎士修道会である。話は前後するが、神殿騎士修道会の修道誓願を立て、永遠に共同体の一員として生きようと決意した私は、ポルトガルのトマールに赴いた。修道会の総本山ともいえる修道院がトマールにあったからだ。入会式の日、私は「規則」を受け入れ、文字に認めた。「規則」を勝手に解釈しないこと、反論しないこと、破らないことを。「神殿騎士修道会規則の規則」といえるものがあった。「秘密」である。

　ヤッファへと向かう神殿騎士修道会の大帆船は数隻の護衛船に守られていた。海賊の襲撃の恐れがあったからだ。聖地へ向かうこの艦隊の偉容は素晴らしく、帆船はみな二本マストに六枚帆、中の何本かは三十メートルの高さにまでそびえ立っていた。帆船のほかには、囚人や捕虜が漕《こ》ぐガレー船や小型快速ガレー船等々。言い換えれば、それだけ海路は長く、危険に満ちていたのだった。何が起こるかわからなかった。

　アデマールはしばし黙った。苦痛の表情にかすかな微笑みが浮かんでいた。希望の船出を思い浮かべていたからか……。実際、その記憶が彼をいくらか元気づけたのであった。再び話を始めた。

　予想していた海賊の襲撃はなかった代わり、大海原の真中でひどい嵐に襲われた。我々は必死で嵐と戦った。やがて嵐は去った。静まった海を眺めていて、私はキリストを思った。彼の幼年時代、彼の生涯、彼の受難を。そして彼と切り離すことのできない「神殿」を。マリアが「お告げ」を聴いたのは神殿の「聖獣の池」のそばであった。祭司達に祝福してもらおうと、彼女が訪れたのも神殿であった。その時は、生け贄《にえ》の祭壇の近くだった。禊《みそぎ》の儀式と第一子の贖罪《しょくざい》を成就すべく赴いたのも神殿であった。イエスが教えたのも神殿であった。そしてイエスがオリーブの山から、夕べに静観したのも神殿の美しさだった。

アデマールは言葉を止めると、私の方へ手を伸ばした。

「もっと近くに寄ってくれたまえ」彼は私に言った。「立ち聞きされているといけないから」

私はさらに彼の近くへ寄った。闇の中で彼の眼が輝いているのを私は見た。苦痛に苛《さいな》まれた顔の中に、生命の強い輝きを見た。

イエスが子供の時、ヨセフとマリアはエルサレムに上った。神殿を訪れるために。大祭司が執り行なう儀式のある日であった。イエスは「北」から十二名の祭司がやってきたのを見た。祭司達は頭に冠をかぶり、身体をぴったりとした長いチュニックで包んでいた。彼等の前には「生け贄の導師」がいた。「生け贄の導師」は生け贄の場である「祭司の庭」の北の正面に体を向けた。彼は生け贄の動物の頭に手を置いた。ほふる者が短剣で子羊の喉を裂いた。何人かのレビ達が子羊の血を水盤に受けた。別のレビ達が皮を剥《は》いだ。血と肉がほふる者のもとへ運ばれた。ほふる者は少量を祭壇に注いだ。脂肪を火にくべ、内臓を抜いた。祭壇の火に肉を置いて焼いた。

至聖所で大祭司が最後の行為を成就する段となった。その前に、彼はまず子羊の血を青銅の洗面器状の容器に注ぐ。そして香をふる。祭壇の前に注いだ血に向かって祈りを唱える。最後に生け贄の体に、指で七つの血痕をつける。大祭司は「庭」に向き直り、祭司達に集まった信者を祝福せよ、と命じた。レビ達が「アーメン」と答えた。祭司の一人が聖なる詩を読む。大祭司が至聖所へ入った。一人で。彼は神と語った。神の名を発音した。四つの子音〈ヨッド、へ、ヴァヴ、へ〉に母音をつけた。それが審判の日の生け贄の儀式であった。


ジェーンと私は同時にテキストから眼を離し、頭を上げた。そして見つめ合った。

「エリクソンを殺した犯人は」ジェーンが言った。「このテキストを読み、審判の日の儀式を知ったのかしら？」

「ありえるな」私は言った。「とにかく先を読もう」

「そなたは『審判の日』の生け贄の儀式を見た」イエスは振り返った。一人の老人が彼に近寄ってきていた。

「ええ」子イエスは答えた。白ずくめの老人を観察しながら。

そばに別の男達がいた。彼等も老人同様、白い麻の衣をまとっていた。

「『最後の審判の日』が近い。『天の国』の到来も。メシアがやってくるからだ！」

「あなた方は誰ですか？」イエスは尋ねた。

「我々は神殿の古き祭司だ。今は荒野《あれの》に隠遁《いんとん》しておる。そなたが見ているこの神殿、生け贄の儀式が執り行なわれるこの神殿は、ローマ人によって汚されている。だから、この神殿は破壊されることになる。そして再建の実現の前には長い待望の時が必要となろう」

「しかし、そのことを何故あなた方は知っているのですか？　あなた方はどこから来たのですか？」イエスは尋ねた。「あなた方は誰ですか？」

「我々は死海の近くの、荒野の奥に住んでいる。家族と離れ、そこに隠遁し、祈りと禊の日々を送っている。『終末』が間近、と考えているからだ。今や世間の者にも、その日に向かって『悔いること』を説かねばならない。万人が悔いて初めて『天の国』が来る。そして万人が救われる。天の国の到来を伝えねばならない」

「あなた方のことを耳にしたことがあります」イエスが言った。「エッセネ人と呼ばれている方々ですね」

「我々もそなたのことを耳にしている。幼くして律法を解釈する神童であろう」

こうしてイエスはエッセネ人と出会った。彼等はイエスに彼等の信仰をイニシエーションした。こうしてエッセネ人はイエスと出会った。彼等が長らく待ち望んでいたメシアに。

後になって、イエスがエルサレムに上り、神殿で商いをしている商人達を、生け贄の動物達を繋いでいた縄をひき千切って鞭打った時、「荒野の男達＝エッセネ人」が教えた通りのことを彼は言った。

〝ローマ人が汚した神殿を破壊する〟と。「聖なる時間」と世俗的時間を一緒くたにしてつくった偽の暦に従って、偽の祭儀を行なっているサドカイ人が汚した神殿を。

「理解できました」苦しそうなアデマールに一息入れさせようとして私は言った。「今や、その神殿が神殿騎士修道会により崇められている。独自の修道会、独自の共同体を設立したあなた方によって。そうですね」

「そうなのだ。我々がエルサレムへ赴いた本当の理由はそこにある。遡《さかのぼ》って話そう」

トルコ人からエジプト人の手に渡った聖都エルサレムは、その五世紀に及ぶイスラム教徒の頸木《くびき》から解放され、ついにキリスト教徒のものとなった。キリスト教植民者や巡礼者がエルサレムに赴くようになったのも、その時からであり、その数は増え続けた。ところが旅路で彼等を待ち構える盗人が出没し始めたのである。巡礼者等から金品を奪った上、皆殺しにする凶悪な連中だった。神に愛され、神に仕える神殿騎士修道士はキリストに身を捧げるために世俗をあとにした。エルサレムの総大司教の前で誓いを立て、「至高の王」の騎士として、件の強盗や誘拐犯から巡礼者を守ることになった。当初、この聖なる誓いを決意したのはたった九名だった。彼等は布施により口を糊《のり》していた。やがて、「至高の王」は彼等に特権を与え、主の神殿の傍らの宮殿に住まわせた。とは言え、清貧のうちに九年が過ぎた。そして一一二八年に、やっと教皇ホノリウス、及びエルサレムの総大司教ステファヌスより、「規則」を受けた。白衣が授与された。さらにその後、教皇エウゲニウスの治世に、騎士修道会は赤十字を用い始めた。無垢《むく》の象徴である白に対し、殉教の象徴である赤。

こうして神殿騎士修道会が生まれた。だがその役割は巡礼者の保護に限られたものではなかったのである。あらゆる修道会の中で最も雄々しく、そして勇気ある修道会が神殿騎士修道会であった。聖都におけるフランスの安泰は彼等のお陰といえた。「(天の）王国」の最も熱心な守り手である彼等は、相手にしてみれば最も恐ろしい敵であった。決して情けを請わず、金で命を購うこともしなかった。だから、生きて、敵の手に落ちた時は死が待っていた。イスラム教徒は彼等の首をはね、それを杭に突き刺し、さらしものにした。

大変長い航路がついに終わり、――そう、話を続けるアデマールには一夜の命が残されているだけであり、希望の曙《あけぼの》は今の彼にとって大いなる恐怖と化していた――私は聖地に到着した。奇蹟を見た思いだった。嵐のせいで旅が長引き、水が日に日に少なくなっていたし、旅の終わりの方では、非常用の食糧でしのいでいた次第だった。それが突然、眼前に、ナツメヤシ、リンゴ、レモン、イチジクがたわわに実る豊穣《ほうじょう》の土が広がったのである。そして大きな力の象徴であるレバノン杉が果樹をはるかに凌駕《りょうが》して高くそびえ立っていた。ひとたび上陸すると、バルサム、没薬《もうやく》等の馥郁《ふくいく》たる香りが漂っていた。ミツ竹やサトウキビ、チョウジ、種はナツメグになるニクズク、胡椒《こしょう》も植えられていた。幾つもの城があった。パティオや泉の水で潤うバラの庭があり、タイル張りの床にはトルコ絨毯《じゅうたん》が敷きつめられていた。騎馬部隊が編成され、私は馬、ロバ、ラバ、牛類、羊類、犬や猫まで何頭も用意した。ラクダやヒトコブラクダまで買い、重いチュニックを脱ぎ、アラビア人が着用する袖無《そでな》しのガンドゥーラに着替え、頭にはターバンを巻き、足には爪先がとがって、反ったバブーシュを履いた。

朝になった。出発の時間だ。電話が数回鳴った。六時出立を告げておいたフロントからのモーニングコールであった。

空港へ向かうタクシーの中でも、二人とも、銀の巻物の読解を続けずにはおれなかった。

エルサレム近郊に設営されていた神殿騎士修道会のキャンプに到着すると、いかにも戦地用の寝具が与えられた。粗末なマット、シーツ、寒さから、雨から、そして日差しからも、身体を、さらには馬も守るための毛布、各一枚。袋を二つ。一つは寝具や替えの下着用。もう一つは肩当てや鎧の上に着る袖無し上着用。鉄の網製の袋も渡された。そこには武具を入れる。布二枚。一枚は食事用、もう一枚は体を洗った時、拭くためのもの。

　私が到着した夜、訓育責任者である「管区長」が騎士達を点呼して、夕食に集まるよう命じた。戦闘の間、集結の合図にのぼりを掲げるのはこの管区長であった。「肉の修道騎士」もいた。財務管理の役目を担う修道騎士である。彼がいる、ということは、たっぷりの食事が供されるしるしであった。

　我々は集会所に入った。第一テーブルで食事をする者と別のテーブルで食事をする者に分かれる。後者は下士官達である。しかし全員が食事の前には、祈りと六十の「主の祈り」に耳を傾ける。三十は善行に生きる生者、三十は死者のため。席につく。修道騎士全員がそろうまで待つ。食卓にはすでに料理が並べられていた。メニューに予告されていた皿とパン、葡萄酒、水。欠けているものはなかった。司祭が祝福をする。各修道士が「主の祈り」を唱えた。案の定、たっぷりの食事であった。牛肉や羊肉に私は大満足だった。数カ月近く肉を口にしていなかったからだ。食事の終わりに管区長から私に伝言があった。別のホールへ来るようにとのことだった。管区長は陽に焼けた、なめし革のような顔肌に顎鬚《あごひげ》をたくわえた、白髪の男であった。

「アデマール」二人きりになると管区長は言った。「兄弟達により、そなたが聖地に遣わされたのは、実は巡礼を守るためではなく、あるミッションを成就してもらうためなのだ。そなたはおそらく知るまいが、ここでは多くの血が流された。多すぎる血が。数万人のイスラム教徒とユダヤ教徒を十字軍は殺しているのだ。

　流血で獲得したエルサレムを今度は我々が血を流し、奪還せねばならなくなろう。すでにカエサリアは再びトルコ人の手に落ちた。そして、今度はアルシォールの城が彼等によって攻め落とされた。我々が『エルサレム王国』と呼んでいるこの王国は、サルタンのベイバールが遠征して来て以来、縮小する一方だ。シリアにおける、ヨハネ騎士修道会の難攻不落と言われていたクラク同様、複数の神殿騎士修道会の城、ボーフォール、シャステル・ブラン、サファドが敗北を見た。

　管区長＝分団長であるこの私は、今、潰走《かいそう》を余儀なくされている我が軍の衰えを目の当たりにしている。複数の騎馬部隊が撤退した。また召集兵の弱体化が顕著だ。あちらこちらで城は落ち、キリスト教徒が虐殺されている。身近にいた何人の兄弟のために私は涙したことか。皆、サラセン人に吊るされたり、首をはねられたりして、非業の死を遂げた。やがて、サン＝ジャン・ダクル〔アッコ〕が包囲されよう。そして、その後はエルサレムだ。私が聖地にやってきて三十年が過ぎた。そして今日、命果つるのを感じる。いや、歳だからではない。恐ろしく歳をとっているように見えよう。しかし、それは戦闘につぐ戦闘、幾度の怪我、そして敗北という苛酷《かこく》な人生を送ったからだ。今や、そなたは真実を知らねばならない。少し前まで、我々はこの国を所有していた。今日、我々は多くの敵に囲まれた少数の人間にすぎない。敗北が大きすぎる。もう二度とオリエント〔エルサレム〕王国が立ち直ることはないであろう。シリアはこう誓った。聖都にも、我が国にも、一人のキリスト教徒も残しはしない、と。彼等は我等の聖なる場所にモスクを建てるであろう。我々の本拠、テンプレウム・ドミニがある神殿の広場に、そして聖マリア教会のある場所に。援軍が来ないとあれば、もはやどうすることもできない。援軍を拒まれたのだ」

「何ですって」私は言った。「フランス本土の兄弟達が支援をやめる、というのですか？」

「我々が奪取した『十字架』を我々に与えることを拒んでおる。もっとも、並みの援軍ではどうにもならない。そなたをこの地に呼んだ理由もそこにある。そなたは若く、勇ましい。優れた戦士である上、芸術と文学に精通している。明日、エルサレムへ赴くのだ。そなたの到着が待たれている。行くのだ、アデマール。そしてそなたが救えるものを救え！」

「私に何ができると言うのですか？」私は言った。「何を救え、とおっしゃるのですか？」

　管区長はしばらく無言で私をじっと見つめた。激しい視線だった。そして答えた。

「我々の宝物を」

まったく理解のできない答えであった。

翌日、夜が明けると、ただちに私はエルサレムへ上った。夢であった都をこの目で見ることが叶《かな》うのかと思うと、管区長の言葉で乱れていた心も弾んだ。しかし、馬はきつい上り坂で四苦八苦し、聖都に接近するには長い時間を要した。

喜びはそのために減じるどころか、ますますふくれあがりながら、躍り出る瞬間を待っていた。そしてついにその瞬間が訪れた。聖都が視界に入った。エルサレム――平和の都《イエルシャライム》が！　二つの谷の間にある山の頂から、すでに神殿の壁を認めることができた。私は歓喜した。

アデマールは言葉を休めた。聖都を眼前にした時空を静観しているかのようであった。しかし、彼の肉体は逆に、せわしない呼吸に喘《あえ》いでいた。呼吸がどんどん苦しくなってきているようであった。火傷による激しい苦痛が窺《うかが》い知れた。だが、アデマールはそれを一切口に出さず、あたかも永遠の都を眼前にしているかのように、感嘆のため息を吐いてこう言った。

「ああ、エルサレムよ！」

第一回十字軍最高指揮官にしてエルサレム王国の王に宣言されるも、それを辞退し、聖墓の守護者の称号に甘んじたゴドフロワ・ド・ブイヨンが再建した聖都。彼の気高い感情が実現した、「絶対的な力」の場である王国。フランス、イタリア、ドイツ、ロシア、北ヨーロッパ、スペイン、ポルトガル、全ヨーロッパのキリスト教国から、その王国にあるキリストの墓を静観すべく、何万もの巡礼者がやってくる。

私はエルサレムの城壁を見た。荒野に近い城壁と山頂の城壁を。そして、風に押され、光に引きつけられたように、私は白い都に入った。聖都は薄暮の光に静まりかえっているように見えた。私は幾つものドームを見た。聖都は私の目を眩《くら》ませた。蜃気楼《しんきろう》を見ているようだった。私の背後には荒野と青い山並み。私の目前には輝く石と散在する背の低い灌木《かんぼく》。ベドウィンの羊が草をはむ。

私はダマスカス門より入った。十字軍によって建てられた大きな建造物が幾つもそびえ立っている。神殿騎士修道会、ヨハネ騎士修道会、ベネディクト修道会の区別が一目でわかる。まるでそれぞれの会が、それぞれの神殿、それぞれの至聖所を立ち上がらせようとしたみたいであった。向こうの方に聖都に君臨するかのような二つのクーポールが見える。東側のクーポールは、以前モスクであったものを教会にした「神殿と主のクーポール」である。西側のクーポールは聖墳墓教会のロトンダであった。ゴルゴタの鐘楼が礼拝堂をしのいでそびえている。その中間の高さに、「施療院」の鐘楼が立っている。この三つの尖峰《せんぽう》の麓《ふもと》には無数の小塔、銃眼、鐘楼、屋根が広がっていた。そしてその広がりから神殿の広場を囲む四つの主要な塔が立ち上がっていた。四本の大通りがその四つの塔と、その周辺の無数の教会、修道院、そして狭い道に潜り込むように建っている市民の家を結んでいる。件の狭い道は網目状に広がっていて、四つの地区を形成していた。最も重要なのはユダヤ地区である。聖都の大門と聖ステファァヌス門に面して十字軍の基地があった。南北に通る二本の通りは聖ステファァヌス通りとシオン通りである。両方とも聖ステファァヌス門からはじまり、一本は神殿の方へ、そして「なめし作業の門」の方へと走る。もう一本は「シオン門」の方へ至る。四本の通りのうちの他の二本は、神殿と聖墳墓教会を結ぶ神殿北通りとダビデ通りである。同名の門から聖都に入ると、この通りを進み、サン＝ジル教会を通りすぎ、大広場に達する。昔の「神殿の広場」に。

私は聖墳墓教会を通りすぎ、「香草通り」の方へ向かった。その通りには香料商や果物商の店が並ぶ。「香草通り」から「ラシャ通り」に入った。幾つもの屋台に万色の布が並べられていた。それから「神殿通り」に入った。ここでは貝や巡礼者のシュロを買える。そして私は「広場」に到達した。我々の騎士修道会設立当初、「神殿の司教座聖堂参事会員」達より、清貧の騎士達に与えられた領地がそこにあった。岩のドームの方へ続く階段を上ると、ついにテンプレウム・ドミニに出た。エルサレムの壁と「黄金門」の間に、神殿騎士修道会のエルサレム修道院はあった。「エルサレムの神殿」が建っていた同じ場所に。目前に光輝く白大理石のうっとりするほど美しい建物があった。そう、ここにこそ「神殿」が建てられたのだ！

神殿騎士修道士は「ソロモンの宮殿」と呼ばれている宮殿に暮らしていた。大厩舎《だいきゅうしゃ》には二千頭を超える馬、千五百頭のラクダが繋《つな》がれていた。彼等は宮殿に隣接した幾棟もの建物に住んでいた。その建物の真中には彼等の教会があった。サント＝マリー＝ラテラン教会だ。


そろそろ着陸の時間だった。トマールで何が待っているのか？　不安を隠しながらジェーンは窓に寄りかかるようにして座っていた。そして私はそんな彼女を見つめていた。

白いシャツにジーンズ。ゴム紐で束ねた髪。サングラス。その下には暗い輝きを放つ魅惑の視線が隠れているはずであった。

飛行機を降りる時、私はジェーンの手荷物、バッグ、そしてノート・パソコンを棚から降ろした。男なら誰でもするそんな動作に、私はなぜか突然の幸福感を覚えた。イスラエルの地を離れて以来、その幸福感を泉のように飲んで生きていたことを理解した。

「銀の巻物」の続きを読みたくて仕方なかったが、さすがにバスの中ではやめにした。

「しかし、どのようにして五百年以上も神殿騎士修道会は生き長らえたのだろう？」私はジェーンに尋ねた。

「ある説では、一三二四年にまで遡ることができる『後継文書』なるものがあるということよ。騎士修道会、最後の総長のジャック・ド・モレーが後継者として、イスラエル本部のジャン＝マルク・ラルメニウスを指命し、ラルメニウスは彼の番に、アレキサンドリア本部のフランソワ・テオバルドを指命したの。その際、ラルメニウスが件のマグナ・カルタ〔後継文書〕に署名した。その後、十四世紀から十九世紀まで代々の総長がそこに花押を記したのですって」

「彼等の財力の出所は？」

「それこそ、有名な謎だわ。彼等の財産は通貨ではなかったらしいわ。宝石とか、聖具……そして、それを崩壊寸前に隠した」

「答えは、この『銀の巻物』の中にあるな」


私はエルサレムの神殿騎士修道士達に迎え入れられた。彼等は私を部屋に案内した。驚いたことに、共同寝室の一カ所ではなく、廊下に面した個室であった。部屋には椅子、長持、ベッドが備わっていた。ベッドには長枕、シーツ、毛布、さらにベッドカバーまで掛けられていた。私は長らく、こんな豪勢な褥《しとね》に身を休めたことはなかった。野営用の鉄のベッドか、さもなくば荒野の土の上に、星の下で寝起きしていたからである。

食事の前に、「参事会」に召喚された。「参事会」は騎士修道会の最高権威であり、毎週開かれる会であった。場所は決まっておらず、騎士修道士が四人集まれば、どこでも開かれる。「規則」に違反した者の裁判や、修道院の日常的諸事の決定は「参事会」においてなされる。だがその夜の「参事会」は通常の「参事会」ではなかった。その夜はいつもの夜とは異なった夜と言えた。その夜の「参事会」で総長選出が行なわれたからである。生涯で最も緊張した時を私は迎えようとしていた。


トマールに着くと、我々は小さな宿屋を見つけ、二つ部屋をとった。飛行機とバスで座りっぱなしだったので、部屋に荷物を置き終えると、散歩に出掛けることにした。

二人並んで歩きながら、ポルトガルのこの小さな町を見て回った。その幸せな時間をどう語ったらよいだろうか。夕べの薄暮、夕べとその空。グレーと黒のイメージがとばりとなって静かに二人の上に降りてきて、清らかな神秘に満ちた優しさで二人を包んだ。夕べ。そう、現在も過去もなかった。ただ夕べであった。恋はおぼろげな記憶には似つかわしくはなかろう。恋は未来、純粋な未来なのでは？ 彼女が現われた以前にあったすべては今や存在していなかった。私は沈黙へと向かっていた。彼女をもっとよく静観しようと。そしてその瞬間、私は高く掲げていた。愛の旗を。とても高く。

「アリー」ジェーンが私と腕を組みながら突然言った。「やはりつけられているみたいだわ」

「え？　なんだって！」

「パリの空港からよ。男が私達を見張っているの。今もつけているわ。聞こえるでしょう。あの足音」

背後にせわしなく足音が聞こえた。

「なぜ、もっと早く言わなかったのだ？」

「確信がなかったからよ」

「宿に戻ろう」私はジェーンの体をとらえながら言った。


宿に着くと、ジェーンを部屋まで送った。

「なに、これは！」ドアを開けるなり、戸口で彼女が叫び声をあげた。

言葉を失う散らかりようであった。侵入者に荒されたのが一目瞭然《りょうぜん》だった。ジェーンは駆け込むなり荷物を調べ、懸命に何かを捜し始めた。

「『銀の巻物』よ」彼女は言った。「どこなの？」

スーツケースが刃物で切り裂かれていた。中のものがあたり一面に散らかされていた。

「ないわ！」ジェーンが叫んだ。「彼等は『銀の巻物』を狙っていたんだわ！」

ジェーンのスーツケースに入れてもらっていた「祈りのショール」を私は取り上げ、そっと胸に抱いた。

「アリー」ジェーンががっかりしたような表情で私を見つめて言った。「あなたって……信じられないわ。私達にとって一番大切なものを盗まれたというのに、最初に確かめたのが祈りのショール……本当に……本当に、私、あなたが理解できない」

旅行に持ってきた様々な品々が散らかっており、切り裂かれたスーツケースが横たわっているベッドにジェーンは体を投げ出した。そして枕をとり、頭の下にはさんだ。

「アリー……！」突然、彼女が囁《ささや》き声で言った。

二人ともが恐怖の眼差《まなざ》しで見つめ合っていた。ジェーンの目蓋《まぶた》が痙攣《けいれん》しているのがわかった。短剣はヿ《ヌン》の形をしていた。否定的な意味において、ヌンは「五十の汚れの扉」の象徴である。エジプトにあって、イスラエルの民は「五十番目の汚れの扉」に入るところだった。そこをモーセが救った。そして奴隷状態からイスラエルの子達を脱出させた。エジプトからの解放は、「五書」で、五十回繰り返し言及されている。ヘブライの民が神に出会うにはエジプトを離れねばならなかったからである。

第七の巻物　戦争の巻物

立ち上がれ！　英雄よ、敵をとらえよ！
栄光の男よ、そなたの獲物を積み上げよ！
敵のうなじを殴れ、
おお戦士よ！
死体で埋まった敵の塚を踏みにじれ、
敵の民族を粉砕せよ、
そなたの剣で彼等の肉を苦しめよ、
そして栄光をそなたの国へ持ち帰れ、
そしてそなたの後継を祝福で満たせ。
さすれば、そなたの領土は数え切れぬほどの家畜にあふれ、
そなたの神殿はことごとく、金と銀、宝石の財宝をかかえることになろう。
喜べ、おおシオンよ、
そなたの門をすべて開けよ。多くの異邦人達をもてなせ。

クムランの巻物
《戦争の規則》

ジェーンと私は無言で見つめ合った。

私は祈りのショールを広げた。そして、中に隠しておいた銀の巻物を取り出した。

恐怖のさなか、悲嘆のさなかに、すべてが突然、浄化された。すべてが二人だけの絶対的孤独の中へ落ち込んで消えた。二人だけが存在していた。危険を目前にしながら。だが、試練に立ち向かって一つになっていた。二人は二人の存在の永遠性を強く感じた。目前の危険が消えたほどであった。私は恋を知った。あらゆる危険に毅然《きぜん》と立ち向かうその感情を。件《くだん》の危険の明らかな存在は恋を通して知るだけだった。

最悪の殺され方が待ってはいまいか？　蛮族を相手に戦っているのか？　歴史とその悲劇に弄《もてあそ》ばれ、暗黒の質量に飲み込まれ、姿を消そうとしているのではないか？　にもかかわらず、彼女と一緒で私は幸福だった。たとえ危険の直中《ただなか》にいることがその幸福の条件であっても。それがこの世界で占める私の場所であった。ついに！　私は彼女をこの腕に抱いた。胸に強く引きつけた。私の心臓はものすごく強く打ち、波動となって私の胸と彼女の胸を貫いた。私は彼女を抱きしめた。頭に手をやり、そっと身体から離し、眼の底を見つめた。彼女は唇を差し出した。口づけを受けるために。額と額をつけ合い、それから唇と唇を重ねた。帰ってきた青春のみなぎる力と全霊を込めて、すべてを込めて、私は彼女に恋の接吻《せっぷん》を与えた。

二人の試練に不安を抱いたのか、巻物の文字のすべてが飛び出してきた。（狼の群れに送り込まれた子羊達の数と同じ）七十二の文字は、流される時間を生きる人間の神秘を嘲笑《ちょうしょう》していた。すべての文字が私に向かって上ってくる。形は様々だが、一様に憤って、こう詰問する。「語れ、おお、私の魂が愛するお前」「おお、文字達よ、これが私の話だ」恐ろしく、そして謎に満ちた話だ。私は同志のもとを離れた。我々のミッションとなった私のミッションを成就すべく。だが、文字達は静まらず、私を嘲笑し続けた。各々が各々の解釈を加えた。無論、無音の子音א《アレフ》は別であったが。

　私を嘲《あざけ》る文字達よ、これが私の話だ。私は、そんな訳で今、私の愛する女人とこの部屋にいる。この喜びの前に私は喜びを知らなかった。この喜びには知恵さえも住み着いている。ほんの僅かな者だけが知る知恵が。文字達よ、というのも、それは秘密の秘密であるからだ。それは母音符号、典礼文の朗誦《ろうしょう》、の秘密の秘密。この秘密は恋する知恵者達にのみ伝えられる。私は喜びにさらわれ、幸福の深淵《しんえん》にいる。帰ってきた全き存在として、私は今、完全に在る。私が知らなかった、否、未だ未知の全き存在として。アーメン。この瞬間、私は世界で一人だった。私の愛が欲望する人とともに。高ぶった文字達が上る。下から上へ。上から下へ。そして、私は、未開の栄光に包まれ、「女」を賛美する。この存在は上がる、そして私を上げる。恋人達の世界へと。文字達が息を吹きかける。息を吹きかける。燃え上がる火に息を吹きかける。恋の大火に。《幾つもの口づけでもって彼は私に口づけをした》

　そして私は見る。「名の文字」を。心を震わせながら。私の胸にジェーンを抱きしめながら、安心させようとして強く抱きしめながら、私は見る、深淵に、私の命の一番深いところに、「見えないもの」を。（なぜなら神の数価二六は男の数価四五と女の数価一九の間に在るはずだから）

　二人が同じ褥《しとね》にいる。身体をすり寄せ、額と額をすり寄せて。私の手は彼女の胸に。私の足は彼女の足に。至高の愛の口づけが敏感になっている心臓と魂を満たし、燃え続けさせる。だから、このように記されている。《幾つもの口づけでもって彼は私に口づけをした》そこには平和があった。そして、すべての文字達は今や、ある完全な合意のもとに集まっていた。高貴な文字達も、小さな文字達も、下から上に舞い上がったり、上から下に下りてきて列をなし、情熱と感謝を込めて、二人の抱擁に倣って結び合い、ある言葉を形成しようとしていた。唯一の言葉を。

薄暗がりで、唇に唇を重ね、身体に身体を重ね、二人が抱き合っていたその時、部屋の鍵穴《かぎあな》に鍵を入れる音がした。すべての文字達が慌てふためき蒸発した。

影が我々に近付いた。影に向かって私は飛びかかった。床にねじ伏せ、あたりにあった瓶を侵入者の頭上に振り上げた。

ジェーンがランプをつけた。驚きの叫びが彼女の口からほとばしった。侵入者がヨセフ・コズッカであったからだ。

「いったい何をしに来たのですか？」私はコズッカに手をかしてやりながら言った。

「私の方が尋ねたい。何があったのだ」

部屋の荒れようを見回し、コズッカが答えるかわりに言った。

「知らないわ」ジェーンが言った。「あなたではないの？」

「なぜ君達はこんなところまで私をつけてきた？」

「捜査をしていると申し上げたはずよ」

「私を調査しても」コズッカは落ち着き払って言った。「見当違いだ。何を知りたいのだ？」

「そうではないの。私達はあなた方を手助けするために来たのよ」

沈黙が訪れた。コズッカは心配そうな様子で我々を見つめていたが、こう言った。

「よろしい。明日、夜の七時ちょうどに、トマールの教会に来たまえ。大外陣の下で待っている」

「そこで何があるの？」ジェーンが尋ねた。

コズッカはベッドの上にあった短剣に視線を投げかけた。

「我々の敵は恐ろしい連中だ。我々に関わる者は誰であれ、危険に陥る」

「誰であれ？」ジェーンが繰り返した。「あなた方が危険に陥っているの？　それとも、あなた方が危険に陥れるの？　近付くものは誰であれ」

「(断じて後者ではない。) 我々の騎士修道会は常に自由を尊んできた。その存在理由は『慈しみ』。なぜなら、《私達ではなく、主よ、私達ではなく、あなたの御名《みな》こそ栄光に輝きますように、あなたの慈しみと真《まこと》によって》と記されているから」

「それはあなた方の格言？」ジェーンが言った。

「エリクソン教授の格言だった」

「詩篇百十五、第一句だよ」私が言い加えた。

「エリクソン教授は」コズッカが打ち明け始めた。

「我々の会のアメリカ支部支部長だった。支部は合衆国憲法を至高の法と認めている」

　コズッカは部屋を数歩、歩き、立ち止まった。

「アメリカ支部は成長のさなかにあったのだよ、ジェーン。エリクソン教授を殺したことで、彼等は一つの世界的組織を骨抜きにしたのだ」

「あなたのミッションは何なの？」

「イスラエルの外交政策への介入だ。安全保障政策の確立のための研究を組織化している。アメリカ、カナダ、オーストラリア、イギリス、その他のヨーロッパ諸国、さらには東洋の国々の外交官との合意の上で。イスラエルの首都エルサレムを守り、そして調査資金を集めること……」コズッカはフレーズを終える前に一度、言葉を区切り、こう続けた。

「神殿の再建の実現を目指して……」

「何故あなた方が？」私が言った。

「明日」コズッカが答える代わりに言った。「夕刻、七時ちょうどに、トマールの教会で」

　翌日の夕刻、ジェーンと私は教会へ赴いた。町を見下ろす丘の向こうに、「キリスト修道院」の城壁の間に滑り込むように太陽が沈もうとしていた。子を抱く、熱い心をもった母のように、夕陽が大地を抱擁し、黄土色、金褐色、ライト・ブラウン、ピンクがかったオレンジへと変化させながら、やがて彩度を落として眠りにつかせようとしていた。

　我々は、静かに、神殿騎士修道会のかつての領地へ足を踏み入れた。丘の頂は狭い台地になっており、そこに「キリスト修道院」の教会は建っていた。敵の侵略を妨げると同時に、天に届かんとしているかのように、見事な物見の塔のてっぺんに、槍のような尖塔《せんとう》が立ち上がっていた。仰ぎ見る者の眼には、自然の地形を征服して誇らしげに映るそのシルエットに、大雲がかかり始めていた。まるで、このリバート、大空に向かって立つこの宇宙的神殿を守るかのように。

十六世紀に建てられた修道士達の墓地を横切った。そして広大な領地の中央にある巨大な「キリスト修道院」へと向かった。アーチ、縦溝のあるピラスター、荘重な柱頭……、巨大でありながら練りに練られた美が細部にあった。〈これは一つの神殿だ。騎士修道会の進むべき道の純粋性を証言する神殿だ〉私は思った。なぜなら、すべての細部が要素となった、くっ形と完全な直線と天に立ち上がる切っ先の集合体が、「ソロモンの神殿」を思わせたからである。神殿騎士修道会は「城壁」を建設したのである。その中に複数の要塞《ようさい》をつくり、中央に城と八角形の教会を建立したのだ。

要塞＝修道院の内庭回廊は静まりかえっていた。正面や側廊の窓から夜の光が天の声のように忍び込んでいた。自然光のもつ生硬さをすべて取り除いた、間接的で、無限の優しさを湛《たた》えた光だった。イスラム神秘主義者の修錬所、リバートに住む男達にも似た敬虔《けいけん》な神殿騎士修道士が、ここで祈りと軍事活動を統一し、彼等の地上の務めを成就していたのである。

「五世紀の中頃から」ジェーンが説明した。「ポルトガルとスペインはイスラム教徒の支配下にあった。バルセロナ、コインブラ、レオン、サン＝ジャック・デ・コンポステラを奪取し、その勢力はイベリア半島の最北部に及んだわ。一一四五年になると、神殿騎士修道会がリスボンとサンタレムの奪還に積極的に馳《は》せ参じ始めた。ヨハネ騎士修道会の騎士達と聖アウグスティヌス信奉者達の助けを得て、神殿騎士修道会の騎士達は粘り強く領土を守った……。ポルトガルの建国の起源には神殿騎士修道会がいた、と言われているのよ。教皇クレメンスが修道会解散の勅書を書いた一三一二年の時点でさえ、ポルトガル王ディニスは、神殿騎士修道会こそが地上の永遠の喜びであり、この地上から彼等を消し去ることなど不可能である、と宣言しているわ。修道会解散後、ディニスは会を存続させようとして、あらゆる点で神殿騎士修道会と同質の修道会の設立を命じたの。その名は『キリスト修道会』。そしてその本部はこの『キリスト修道院』に置かれたの」

「それで、恐らく彼等はここに集うことにした？

彼等にとって歓迎の地に……」

教会の入口には、八本の柱に支えられたロトンダがあった。ゴチック様式の正面には巨大なバラ窓が彫られていた。そのバラ窓に印がつけられていた。先刻、墓地を通った時に気付いたのであるが、修道士達の墓にあった印と同じ印であった。

「これは」私はジェーンに言った。「ダビデの星ではないか？」

「シグナウム・ソロモニス。神殿騎士修道士の印よ」

「五弁のバラの中にダビデの星か」

「バラと十字架……」

「入らないの？」ジェーンが言った。

「禁じられている」私は答えた。「教会に入ることはできないのだ」

「どうして？」

「神の姿を描いたり、つくったりして、決して見えざる神を見えるように変えることは、ユダヤ教徒には禁じられている」

「それなら」ジェーンは言った。「どのようにして『見えるもの』から『見えないもの』へと移るの？」

沈黙があった。その間、彼女は不思議そうな表情をつくって私を見つめた。

「神の名を発音することによって」私が沈黙を破って答えた。

「ただそれだけ？」

「そうだよ。しかし、それこそが難しい。我々は『彼の名』の子音を知っている。ヨッド・ヘー・ヴァヴ・ヘーだ。だが我々は、それを発音するための母音を知らない。唯一、それを知る大祭司が至聖所で『名』を発音できるのだよ。『見えない存在』を表徴するイメージを我々ユダヤ教徒がもたないのは……神と関係を結ぶにあたって、感性的そして感情的跳躍を警戒しているからだ」

「ああ、そう」ジェーンが言った。「では、あなたがデヴクートに達するために、歌ったり踊ったりするのはなぜ？　イメージは写真とは違うわ。単なる現実の再現ではない、という意味で。イメージは複合体よ。意味をつくるテキストと同じ。イメージに関して四つの原理があげられるわ。一、出来事を表徴する文学的意味をイメージは形成する。二、イエスの到来を告げる寓話《ぐうわ》的意味をイメージは形成する。三、イエスにより明らかにされたものを、一人一人の人間がどのように成就するか、それを説明する比《ひ》喩《ゆ》的意味をイメージは形成する。四、アナロジー的意味をイメージは形成する。最後の意味は、神とともに在る完全な人間の最終的実現を先取りのかたちで出現させる。入口の上にある『テトラモルフ』を見てごらんなさい」

「いや」私は言った、「見たくはない」

「神を像で表わしたものではないから大丈夫よ」ジェーンが言った。

私は眼を開けた。預言者エゼキエルが見た幻視がテトラモルフ〔四つの形態〕で表わされていた。人、獅子《ライオン》、雄牛、ワシ。ジェーンがこう説明した。神学者はそのテトラモルフにイエスの顔を見る。人は彼の生誕。雄牛は彼の運命であった血生臭い生け贄《にえ》。獅子は彼の復活。ワシは彼の昇天。またこうも解釈される。人は知性の世界。雄牛は他者に対する献身。獅子は悪に打ち勝つ力。ワシは高き所と光に魅《ひ》かれる特質。

「これら四つの資質を得ることにより」ジェーンは言った。「人はイエスに似ることができ、一体となれるのよ」

私はテトラモルフを見つめた。すると突然、エゼキエルの見た幻視が現われた。その中央に輪郭があった。四匹の動物に似ていた。四匹の動物は皆、人の顔、獅子の顔、雄牛の顔、ワシの顔を持っていた。彼等の翼は上に向かって広げられていた。それぞれが四枚の翼を持っており、二枚は件の翼、他の二枚は体にそってたたまれている。彼等の頭上に丸天井があり、その頂に玉座のかたちをしたサファイアの石があった。その上に、否、その上に浮かんだように、とても高いところに、人の姿をした輝く存在が在った。まわりにはこうこうと輝く火が出現していた。

ロトンダの奥の廊下が「墓地の内庭回廊」へと続いていた。ゴチック様式のアーケード、フランボワイヤン様式のフリーズ、浮き浮きするような色、様々の花々があふれんばかりに咲き乱れるパティオ。我々はコズッカの言っていた「大外陣」の方へと向かった。すると「トマールの窓」に面した「大内庭回廊」があった。「トマールの窓」には植物を表現した苔むした彫刻があった。目眩《めまい》を覚えるような透かし彫り、螺旋《らせん》、無数の曲線、絡み合った根、そのすべてが植物の大王国といえる形態をつくっている。「大内庭回廊」の最上階テラスからは修道院全体と近辺が静観できた。どこまで見渡しても人影はなかった。約束の場所は本当にここなのだろうか？　私は自問し始めた……。

　とりあえず、一つの岩陰で時間を待った。もうじき七時になるところであった。


　私は出席していた。特別な参事会に。私に対して、決定されたことをもはや誰も覆すことはできなかった。これから執り行なわれようとしている儀式を妨げるような、如何なる言動も許されなかった。荘厳な瞬間を迎えるにあたり、全員が無垢《むく》と純潔の象徴である白い衣に身を包んでいた。騎士修道会の様々な管区を代表し、すべての管区長が列席していた。さらに下士官、司祭、修道士等、神の僕達がいた。

　沈黙が支配する中、エルサレム管区の管区長が私に近付いた。高い背、鋭い眼、尊者の皺《しわ》。先端が広がった赤十字を縫いつけた白い麻の大きなマントに身を包んだ管区長は印象的な人物だった。慣習に従い、私は彼の前で跪《ひざまず》いた。彼はゆっくりと王杖《おうじょう》を手にした。先端が螺旋型になっており、赤十字が型押しされている。管区長は私にそれを渡した。アバキュス。神殿騎士修道会総長のしるしであった。

「このしるしは」管区長は言った。「高き真実の数々の教化と同時に、その知識を表わす。しかし、何よりもまず、総長は軍の指導者であらねばならぬ」

　再び沈黙がもどった。

「確かに、お受けします」うつむいたまま、私は沈黙を破って呟《つぶや》いた。「しかし、理解できないのです。総長はすでに選ばれております。ジャック・ド・モレーが」

「我々はそなたの武勲をかねてより承知していた」管区長は言った。「そなたのたぐいまれなる知性も。そなたの戦功、そしてそなたの大いなる勇気を我々は報告で知った。確かにジャック・ド・モレーは総長に指名された……そなたには、闇の総長になってほしいのだ」

「その役割は？」私は尋ねた。「何をせよとおっしゃるのですか？」

「我等がフィリップ端麗王は我々に敵意を抱いておる」管区長は答えた。

「それはまたなぜ？」

「かつて我々は十万の兵と一万四千の騎士を有し、彼等は世界中に広がっていた。我々はいつのまにか、王も制御できない力となっていた。パリ市民反乱の折、王の身の安全を守ったのは宮殿ではなく、神殿騎士修道会の天主閣であった。だがアデマールよ、もうその時代は去った。我々はそなたを選んだ。今や、そなたは真実を知らねばならぬ。フィリップ端麗王が我々の騎士修道会の破滅を目論《もくろ》んでいるのだ。我々の力をこの世界から排除し、我々の宝物を奪おうとしているのだ！」

「しかし、それは不可能です！」私は言った。「教皇がおられるではありませんか。教皇クレメンス五世が我々を守ります！」

「いや」管区長は言った。「教皇は我々を守ってはくれぬ」

「それはどういうことですか？」その言葉にぎょっとした私は思わず大声をあげた。

「まことに悲しいことだ！　陰謀が企てられたのだ、よ。どうすることもできない。何一つ我々にはできない。だが、実は、別の騎士修道会があるのだ。闇の騎士修道会が。その使命は、たとえ何が起ころうが、神殿騎士修道会の法灯を絶やすことなく永遠に伝えることにある」

管区長は立ち上がり、そして私の方へ向き直り、こう言った。

「そして、今や、そなたこそが闇の騎士修道会の総長である」

時が来た。約束の時間になろうとしていた。

「城に入ってみるよ」私はジェーンに言った。「君はここで待っていてくれ」

「胸騒ぎがするわ」彼女が不安げな眼差《まなざ》しをあげて呟いた。「罠《わな》ではないの？」

「二時間後にここで落ち合おう。いいね？」

「いいわ」

だが、そう答えたジェーンの声には、どこか確信が感じられなかった。そして、彼女は心配そうに私を見つめていた。

「もし、あなたが二時間後に来なかったら？」

「その時はシモン・デラムに連絡を……」

私は城に入った。入口はアーチ型でヴォールト天井になっていた。どっしりとした石の階段をのぼり、二階へ上がる。すべてが死のような静寂に支配されていた。前方に観音開きの木の大きな扉が見えた。

突然、その扉が開いた。そしてコズッカが現われた。

「覚悟はいいかね？」

「ええ」

「よろしい」彼は言った。「状況は理解していると思うが、今、ここに世界中から同志が集まっている。とにかく私についてきてもらいたい。そして私の言う通りにして欲しい。そうすれば、何も心配はない。我々を恐れる必要はないが、暗殺者達が遠からぬ所に潜んでいることを覚えていて欲しい」

天井が高いが狭い廊下の石畳を踏みながら、まだ得体の知れないコズッカに私はついて行った。すると下にくだる螺旋階段があった。降りると城の地下に来た。丸天井の待合室があった。そこでコズッカが私に白いマントを渡した。コズッカも白いマントを手に取り、羽織った。私は彼にならった。部屋の壁の補強部分に小さな扉があった。扉には神殿騎士修道会の紋章があった。図柄は八角形の建物で、その上に巨大な金色のドームが突き出ている。そこに私は目を引かれた。『オマールのモスク』の金色のドームにそっくりであったからだ。

ロウソクの灯ったシャンデリアと松明《たいまつ》の照明に照らされた小さな礼拝堂の祭壇が見えた。その前に一人の男が跪いていた。手を合わせている。顔は見えない。彼の前に神殿騎士修道会の正装姿の男が立っていた。コズッカに続いて私はホールにすべりこんだ。誰にも気付かれないことを期待しながら。

「さあ」地に平伏した私の前に立つ管区長が、参事会の出席者全員に向かって言った。

「今、我々の兄弟が新たなる世界へ導かれた。より高き人生へと。古き罪の数々は贖《あがな》われ、我々の会を救うことになった」

そして管区長は声を強めてこう付け加えた。

「この支配者を受け入れることについて異議ある者がおれば、申せ。さもなくば永遠に黙れ」

管区長の言葉は深い沈黙をもって迎え入れられた。

すると管区長は強い声でこう言った。

「彼は神が遣わされた者であることを望むか？」

すると全員が声を一つにして答えた。

「神が遣わされた者であれ」

私は身を起こし、管区長の前に跪いた。

「閣下」私は言った。「私は神の御前にまいりました。あなたの御前にまいりました。すべての兄弟の御前にまいりました。故に、神の名により、聖母マリアの名により、あなた方に懇願いたします。あなた方の《そばにいて、神殿に利益をもたらす、神殿の永遠の僕》として私を受け入れてくださることを」

再び沈黙があった。そして管区長が言い加えた。

「今より死が訪れるまで、毎日神殿に献身することをそなたは望むか？」

「はい。それが神の望みとあれば」

「ならば、兄弟よ」管区長は続けた。「我々の言葉によく耳を傾けよ。今より死が訪れるまで、一生を神殿騎士修道会に捧げることを、神と聖母に約束するか？ 個人の欲望は捨て、如何《いか》なるミッションも成就することを願うか？」

「はい。それが神の望みとあれば」

「今より死が訪れるまで、個人的に如何なる品物も所有せずに生きることを、神と聖母マリアに約束するか？」

「はい。それが神の望みとあれば」

「神殿騎士修道会の『規則』を絶えず遵守することを、神と聖母マリアに約束するか？」

「はい。それが神の望みとあれば」

「神がそなたに与えた力を使い、聖地エルサレムを救い、またキリスト教徒が占めるあらゆる聖地の防衛に貢献することを、神と聖母マリアに約束するか？」

「はい。それが神の望みとあれば」

　すると管区長は全員に跪くよう合図した。

「神と聖母マリアと最初の神の使者と神殿騎士修道会のすべての兄弟に誓い、永遠に変わらぬ『規則』に則《のっと》り、我々はそなたを総長として迎える。そなたもまた、そなたが為《な》した、また今後為すことになるあらゆる善行において、我々を迎え、導け」

「それが神の望みとあれば、承知 仕《つかまつ》ります」

「素晴らしき兄弟よ」管区長は言った。「これまで会がそなたに求めてきた以上のことを、今後そなたは求められることになる！　というのも、そなたが我々の『戒め』となることを、我々はそなたに要求するからだ。全員を導くそなたは、他者の僕《しもべ》であり、そなたはもはやそなた自身ではなく、『戒め』としての存在であることによりそれが叶う。

　今後、自分の欲望をそなたは持てない。陸におりたくとも、海に遣わされるであろう。アッコにおりたくとも、トリポリあるいはアンチオキアに遣わされるであろう。眠りたくとも、夜警を強いられるであろう。夜警を務めたくとも、褥に休まねばなるまい。食事中であっても役目が呼べば、果たしに食卓を離れねばなるまい」

「はい」私は答えた。「承知仕りました」

「素晴らしき兄弟よ」管区長は言った。「総長になっても特権や富はない。安楽も名誉もない。我々がそなたに、会の運命を託するのは、この世の悪を避け、かつまたそれと戦って欲しいからだ。主に仕え、我々を救って欲しいからだ。以上を承知の上で役目を引き受けて欲しい。さすれば、そなたは『選ばれし者』となる」

　私は頭を垂れ、承知の意を表わした。

　すると管区長は神殿騎士修道会のマントを取り上げ、荘厳な動作で私の肩にかけ、紐《ひも》を結んだ。その間、礼拝堂付き司祭が「詩篇」を唱えた。

「兄弟として、皆で住むことは良きかな、楽しきかな」

次に司祭が「聖書の祈禱《きとう》」を唱えると、修道士一人が「主の祈り」を一つずつ唱えた。

彼等が唱え終わると、管区長が全員に向けてこう言った。

「素晴らしき領主達よ、この勇敢な男は本修道会に尽くし、これを率いる願望を強くしている。神殿騎士修道会の総長として一生を捧げたいと言っている。各人に再び命ずる。神のおかげにより、事なきを得て、彼がそのミッションを成就することに異議があれば、申せ、さもなくば永遠に黙れ」

全員が深い沈黙で答えた。すると管区長は再び質問を繰り返し始めた、

「彼は神が遣わした者であることを皆が望むか？」

重苦しい沈黙が会衆を支配していた。その数は百人ほどになるだろうか。全員が赤十字のついた白いマントを着用していた。議長は五十代と思われるスマートな男であった。顎鬚《あごひげ》は灰色だが、髪の毛は黒い。会衆の前に立ち、彼等に向けて質問を繰り返した。

「彼が神により遣わされた者であることを全員が願うか？」

その時、突然一人の男が進み出た。私は顔を見られぬよう目を伏せた。例の居酒屋の主人であったからだ。

「管区長よ」彼は言った。「この儀式は規則に則っていない。従って同志が叙階を受けることはできません」

「訳を説明せよ」

「管区長よ、ここに裏切り者がおるからです。部外者が入り込んでおります」

強い不安を表明する呟きが、そこかしこで聞こえた。管区長が静粛を命じた。すぐに沈黙がもどってきた。

「説明して欲しい。『経理兼肉の責任者』よ」管区長は言った。

すると、居酒屋の主人は指をあげ、私の方を指した。全員の後ろ、扉の傍にいた私を。全員が私の方へ振り返った。すぐさま、私と扉の間に二人の男がすべりこむようにして立ち塞《ふさ》がり、私が逃げ出すのを阻んだ。

まるで息を殺しているかのように全員が沈黙を守ったままだった。そして私から視線を離す者も、誰一人いなかった。傍らにいたコズッカは身じろぎ一つしない。管区長が来い、と私に合図した。

私は彼の方へ進んだ。彼は私を頭の天辺から爪先まで観察していた。彼は私に跪くよう命じた。私は従った。

「兄弟よ、ここは神殿騎士修道会の騎士修道士だけが集う場である。よって部外者のあなたは尋問を受けねばならない。真実を語れ。さもなくば、厳しい罰が待っている」

私は真実を語ることを約束した。

「結婚しておるか？　あるいは婚約をしておるか？　女性に呼び求められるおそれがあるか？　その女性に対して大いに破廉恥《はれんち》なことをした故に、責任をとらされるおそれが」

「いいえ」

「返さねばならぬ借財があるか？」

「いいえ」

「心身ともに健全か？」

「はい」

「聖職売買によって神殿騎士修道会に入ったのか？」

「いいえ」

「そなたは司祭か、助祭か、それとも副助祭か？」

「いずれでもありません」

「破門を受けておるか？」

「いいえ」

「もう一度言うが、たとえわずかな嘘もついてはならない」

「ついてはいない」私はわずかに声を震わせて答えた。エッセネ人からは破門されたも同然であったからである。

「イエス・キリストを敬うことを誓うか？」

その質問には答えることはできなかった。エッセネ人の「共同体規則」が許さなかったからである。背後で異様な物音がした。私は頭をあげて振り向いた。全員が盾を取り出した。金、銀、銅の紐を三つ編みのようにした縁取りがついていて、鏡のように磨きこまれた盾であった。様々な色の宝石もはめ込まれていた。まるで悪から身を防ぐかのように、彼等は私に向けて盾をかざした。

目前の管区長の手には剣が握られていた。その剣で彼は私の頬を撫でた。

すると管区長は、そばに来るように言った。接吻の儀式が行なわれるのである。管区長はまず私の顔に顔を近付け、唇に接吻した。「言《ことば》の息吹《いぶき》の中心」に対する接吻であった。次に両肩の間に接吻をした。「天の息吹の中心」に対する接吻であった。最後にベルトを締める腰の窪《くぼ》みに接吻をした。「地上の生の活力」に対する接吻であった。三つのどの次元から見ても、神殿騎士修道会に、そして同会にのみ、私が献身することを意味する接吻であった。接吻の儀式が終わると、私は小さな一室に連れて行かれた。そこで夜更けまで一人にさせられた。それから三人の修道士がやってきた。彼等は三度、私に告げた。大きな困難を伴う役目をどうあっても引き受けるか、と。どうあっても引き受ける、と私が答えると、再び参事会へ連れて行かれた。私を待っていた管区長が私にこう言った。

「これは総長の白いマントである。神との絆《きずな》及びこれをまとう者の不死を象徴する。そして、これは神殿騎士修道会の赤十字を打った盾である」

次に、私の右の手に、金と宝石をはめ込んだ重い剣を置き、管区長はこう宣言した。

「父と子と聖霊の御名において、この剣をとれ。そなたの身と神殿騎士修道会を守る剣であり、そなたに対し、悪をなす者以外何人たりとも傷つけてはならない」

管区長は剣を鞘《さや》に納めた。

「この剣を身につけよ」彼は続けた。「だが聖人達が『王国』を導くのは剣によってではないということを知れ」

私は剣を手に取り、鞘から抜き、右手で三回、左手で三回振りかざし、再び鞘に納めた。すると礼拝堂付き司祭が私を抱擁しながら、こう宣言した。

「平和を尊び、神に忠実で、神に従順な総長であれ」

　私は身動き一つできなかった。管区長は私の答えを待っていた。罠にかかったといえた。独身で、借財もなければ富もないのは事実であったから答えられたが、イエスに誓うことはできなかった。

　落ちてくる雹《ひょう》がたてる恐ろしげな音、ひゅーひゅーという風笛の音、ぎしぎしというきしみ音、といった苛立ちや怒りを表わす様々な音が私を囲み始めた。

　すると頬に触れていた管区長の剣が喉元《のどもと》に下りた。もはや逃げることは不可能となった。私は彼等の「規則」を承知していた。私の「共同体規則」と同じであったから。《下位の者は上位の者に対し、服従せねばならない。苦痛を強いられる時も、幸福に浴する時も》

　先輩や上位の者に対しては絶対服従。だがその上位者もまたその上位者に絶対服従が規則である。破ればひどい罰が待っている。今、ここにいる者達は全員、誰かに服従している。管区長にしても総長に服従している。私を救えるとすれば、それゆえ……総長である。私は頼みの綱のコズッカをさがした。しかし、ヨセフ・コズッカは相変わらず、集団の後ろにいた。しかも平然とした表情を顔にたたえて。

　彼が仕組んだ罠か？「大勢」の会合に私をおびき出し、処刑させようと企んだのか？

　私の内側で風が渦巻き、竜巻となって私を死の淵《ふち》に運んだ。ベリアル〔聖書およびユダヤ教におけるサタンの別称〕につかまってしまった。悪の企《たくら》みにまんまとはめられた。私はすさまじい怒りにかられようとしていた。彼等の怒りの激発の道連れになりかけていた。

　しかし、私は突然、求めた。今、殺されようとしている生け贄の動物のように、喉元《のどもと》に刃《やいば》を当てられ、どうしようもなくそうした。心を空にして、ה《ヘー》の文字を求めた。

へー。霊の長い息吹。生命の息吹。世界へと開く窓。思考。魂を形成する言と行動。へーが私に現前した。十の言により、世界を創った神の息吹の如きへーであった。私は深く息を吸い込んだ。へー、それは「初まり」のようであった。神が天と地を創造した時の。その時、地は混沌であり、そして、闇が深淵のおもてを包んでいた。だが、すでに天も地も在ったのに、なぜ世界の創造なのか？ 創世の謎を人は解明できない。だが人はインスピレーション（創世を可能にした息吹）により導かれることは可能だ。その起源は心臓である。蒸気と霧。怒り、生命の息吹が燃え上がること。深い呼吸の言。レーアハ＝嗅覚《きゅうかく》によって体の中に入ってくる空気の香り。人は困難な状況に陥った時、息を切らす。だが心穏やかな時は、体の中に入ってくる空気を吸うことができ、リフレッシュできる。だから息をつく＝ほっとするという表現がある。

私は「息吹」を吸い、深々と呼吸した。物質的で感覚可能な「息吹」を。乱れた脈拍を静めるために。私の心の底に吹き込んで渦巻いている困難な次の問いを黙らせるために。彼等は私をどうしようというのか？ 何が望みなのだ？「待ち伏せ」にまんまとはまった私は、どうすればよいのか？ どうすれば脱出できる？

私は神の息吹が水面の上を飛んで回っているのを思い出した。空と水を分けた神の息吹のことを。私は息を吸い込んだ。

すると突然、「ある痕跡《こんせき》」が私の魂の中で形成された。否、私の魂から形成されたと言っていい。突然、ある身近な体験が私の心に蘇った。それは「崇高な意志」から発し、愛の法則のように、瞬間的で自発的な動きで動く二十二の火花となった。そして光が現われた。炎の発する光であった。

松明《たいまつ》の明かりの中で儀式は終わった。兄弟達が解散した。すると管区長は私を彼の前に腰掛けさせた。神殿騎士修道会のエルサレム修道院の大広間の床に、顔を突き合わせた管区長と私の影が映っていた。巨大な影であった。二人は見つめ合った。今し方、自分の身に起こったことに対し驚きを隠せない、若く、頑健な騎士の影は、戦闘準備はすでにできているとばかりに身を乗り出していた。その私を前にした管区長は、戦いの連続に生きた騎士の常でやせ細った体をしているが、その眼差しには、どんな人間の本質も見抜いてみせる鋭さがあった。

「総長」管区長は言った。「神殿騎士修道会に尽くす統治者となった今、会に関する複数の事実をあなたは知る必要がある」

管区長は前置きして、地位剝奪《はくだつ》に結びつく過ちを挙げ、強いられる義務を詳細に説明した後、こう言った。

「あなたが為さねばならないこと、為してはならないことを申し上げた。言い忘れがあるかもしれぬ。何か尋ねたいことがあれば、お尋ねあれ。お答えしよう」

「管区長の要請を感謝して私は受けた。そこで尋ねたい。何のために私を呼んだのか？　私を選んだのか？　どんなミッションを私に与えようとしているのか？　私は若いが、間抜けではない。たとえ、管区長の手の中にある道具であっても」

私のその言葉に管区長は思わず微笑んだ。

「我々のたどる運命は理解したと思う。だが、あなたのまだ知らないことがある。それは、神殿騎士修道会の根本原理と至高の知識を永続させるべく、我々の秘密を守り抜く方法について、である」

「お話しくだされ」

「あなたの知性と聡明さを私は知っている。だからこそ、あなたに伝える。我々が秘密として守っている数々の謎について。だがその前に誓って欲しい。『最後の審判の日』まで神殿騎士修道会を存続させることを。その日には、『宇宙の大建築家』の御前で報告を求められようぞ」

「誓おう」私は言った。「さあ、話していただこう。我々に対して陰謀が企てられている、と先刻、管区長は言われた。確かにパリの三分の一を我々が所有している。まだ我々の教会は、天に挑むがごとくそびえて空を隠している。それも王が住むルーブル宮のすぐそばで！　あなたが言われたように、王が恐れているのは我々の財力でしょう。確かに神殿騎士修道会には力と富がある。ならば、我々の修道会が独自で勝ち得たその富は、我々を不可侵の存在にしているではありませんか？　ロンバルド族やユダヤ教徒から略奪したようには、神殿騎士修道会から略奪はできますまい」

「ところがそうではない。私が入手した情報によれば、すでに修道会の財産は押収され始めている」

「我々が仕えるのは地上の独裁者ではありますまい。王が悪意を抱いたところで、我々には聖職者特権があります」

「ところで、こうしてあなたに打ち明けるのも、また我々が頼みの綱としてあなたを選んだのも、神殿騎士修道会が危険に陥っているからこそである。それも、重大な危険に。我々に対して恐ろしい陰謀が企てられている」

「誰が企てているのです?」私は大声で言った。

「本当は誰が我々を恨んでいるのですか?」

「教皇クレメンス。地上における神の代理人の」

「教皇クレメンス」私は繰り返した。信じられぬことであった。

「アデマール、このことを知りなされ。教皇クレメンスこそが王を説得したのだ。火刑が行なわれている。教皇に説得された密使達がフランス国中の火刑台の薪に火をつけている。総長、ジャック・ド・モレーが異端審問会にかけられ、告白させられた。同じく、ポワトーとダキテーヌの管区長、ジョフロワ・ド・ゴナヴィル、ノルマンディーの管区長ジャフロワ・ド・シャルネイ、そして巡察係長ユーゴー・ド・ペイランドも。夜を徹して行なわれた審問の後、枢機卿《すうききよう》委員会がノートル・ダム寺院前の広場に火刑台を建てさせ、全員に刑の宣告をした。まず、異端審問官達が神殿騎士修道士達を広場に連れ出し、跪かせた。枢機卿の一人が彼等の告白内容を読み上げた。そして最後に刑が宣告された。《犯した大罪と過ちを彼等が告白したことにより、火刑は免れた。よって、ここに終身刑を宣告する》

「なんですって」私は仰天して大声をあげた。「いつ、そんなことがあったのですか?」

「フランス本土からの密使により、我々も知った。

あなたが本土を出立した直後に起こった」

「続きを聞かせてください。総長ジャック・ド・モレーはそれで、どうなったのですか？」

「総長とノルマンディーの管区長が判決に抗議して立ち上がった。判決の読み上げが中断された。〝質問責めにされたうえ、拷問にかけられ、無理矢理告白させられたのであり、すべて虚偽の告白であった〟と公衆の面前で二人は暴露した。〝告白すれば自由にしてやる、と王が約束してくれた。そうしたのだから、終身刑は無効にしてくれ〟と彼等は審問官達に要請した。すると審問官はこう答えた。『神と王と枢機卿達の御前で、そなた等は虚偽の告白の罪を犯した』自由になれるのであれば、嘘など彼等騎士修道士達にとってなんでもなかった。自由の身になりさえすれば、神殿騎士修道会の目的に向かって、各自が再びその役目を遂行できるからだ。ところが、墓穴のように湿った壁に囲まれた暗黒と静寂の独房生活が待っていた。それが死ぬまで続く。彼等、騎士修道士達にとってそれこそが極刑であった。異端審問会で虚偽の告白をした科により、火刑に処せられた方がまだましだ。彼等はそう思い、火刑は覚悟のうえで真実を暴露したのである。

総長ジャック・ド・モレーは彼等を裁いた者全員に向かってこう宣言した。

『言葉巧みに誘導尋問し、加えて拷問にかけて得た告白などに何の意味もない。従って我々の告白はすべて嘘であったことをここに宣言する』

すぐさま、審問官達がパリ教会参事主事を呼んだ。主事は囚人達を神殿騎士修道院の独房に連れていった。フィリップ端麗王はただちに議会を招集した。夜には総長とノルマンディーの管区長の火刑が宣告された。『王の庭』と『アウグスティヌス修道院』の間にある『イル・デュ・パレ』が刑場となった。フィリップ王と教皇クレメンスの目前で、『年が終らぬ前に、お前達を神の法廷に出現させる』と呪いながら彼等は死んだ」

私は衝撃を受けていた。とんでもない不正の犠牲となった兄弟達の苦しみに思いをめぐらせて苦悩した。同じ苦しみがこの身にふりかかろうとは知らなかった……。

「アデマール、あなたを選んだ理由が、これではっきりしたと思う」管区長は言った。「我々はほどなく消滅する。その後、神殿騎士修道会を密《ひそ》かに存続させるのがあなたに与えられたミッションだ」

「そのために私は何をせねばならないのですか？」

「ここ数世紀にわたり、ユダヤ人は繰り返し彼等の都エルサレムを追われ、一度など、主神ジュピターに捧げられ、『アエリア・カピトリア』と聖都が名まで変えられた。国を失ったユダヤ人は『ディアスポラ〈離散〉』に生きることになった。世界中に散ったユダヤ人共同体は彼等の希望を、聖なる書の研究に繋《つな》いだ。しかるに我々はそのユダヤ教徒から出ている。神殿騎士修道会はキリストの真の言葉に基づいて設立されたからだ。キリストがエッセネ人の弟子であったからだ。以上のことは、すでにあなたも知っている。だがあなたの知らないことがまだある。死海のほとりのキルベット・クムランの要塞で、数人の十字軍の騎士がエッセネ宗団のある巻物を発見した。その発見時に、現在の神殿騎士修道会が創られたのだ」

「何が記された巻物だったのですか？」

「その巻物はめずらしいことに、銅の薄板でできていた……中には巨大な財宝の在処が記されていた。ヘブライ語が読み書きできる数人の修道士の助けを得て、騎士達は巻物を解読した。隠し場所を一つ一つ彼等は訪ね、宝物を掘り出した。金や銀の延べ棒の一部が神殿騎士修道会の資金として使われた。聖具に関してはそっくり残されている。我々の巨大な富の謎がこれで理解できたでしょう。これまで誰にも明かされなかった秘密です。あなたにやってもらいたいのは、その宝物を取りに行き、隠すことなのだ。早速、明日、ガザにある我々の城に赴いてほしい。一人の男があなたをそこに迎えに来ることになっている」

「どんな人物ですか？」私が尋ねた。

「サラセン人だ。すべてのサラセン人が我々の敵ではないことを覚えておいていただきたい。その男があなたを然るべき場所に案内する。さあ、今夜にでも出立願いたい。囚《とら》われの身となっている兄弟、病に倒れたり、戦死を遂げた兄弟、そして火刑台にのぼった総長やノルマンディーの管区長のことを忘れないでいただきたい。彼等の苦痛や死を無駄にはしないと約束してほしい」

　私は立ち上がった。

「私、アデマール・ダキテーヌは」私は言った。「騎士として、そして総長として、永遠の従順と忠実を、新たにイエス・キリストに約束する。言葉だけではなく、武力に訴えて、新約・旧約の聖なる書を守り抜くことを約束する。我等が父、聖ベルナールが定めた規定に基づく神殿騎士修道会規則に従い、行動することを約束する。

　必要とあれば、大洋を渡り、戦いに赴く。不信の王や家臣に立ち向かう。常に戦闘態勢をとり、三人の敵と切り結んでもひるまない。修道会の財産は一銭たりとも使わない。私物は持たない。生涯純潔をまっとうする。修道会の秘密は絶対に明かさない。宗教者ことにはシトー派の宗教者の、武力面もしくは物質面もしくは言葉による奉仕を拒まない。神の御前で、自ら進み、以上すべてを守ることをここに誓う」

「兄弟アデマールよ、神と聖なる福音の伝道者達があなたを助けてくださらんことを」

　城の地下の大広間に突然、火の手が上がった。そして恐ろしい速さで広がった。まるで壁も、床も、そこいら中が火元であるかのように炎に包まれた。すでに木材部分に火がつき、煙が充満し始め息が苦しくなった。全員が走り出した。火と煙から逃れようとしてパニック状態に陥っていた。あまりの息苦しさに、呻《うめ》き声をあげる者もいれば、すでに失心している者もいた。

　私はあわてなかった。燃える火の中に主の存在を感じていたからである。私は思考した。〈現われよ、現われよ、おお主よ、力をみせよ。主の腕よ、かつて祖先に示されたごとく、現われよ〉

《この部屋に火を放ったのはあなたではないのですか?》

「共同体規則」にはこのように記されていた。悪しき者達は追放されることになる。悪が根こそぎにされ、煙が立ち上る。すると、太陽のように正義が再び世界の面を照らす。世界中が神を知り、堕落は止む。しかし、未だ苦しんでいた私は、どうしてよいかわからず、理性を超えた法悦から抜け出し、混乱のうちに逃げ出した。息を切らして闇の中を走った。感情のほとばしりをかき立てる文字達に突き動かされるように。

ג《ギメル》。アレフベート、第三の文字。善行と慈愛の象徴。מ《メム》。数価四十。約束の土地に至るまでにヘブライの民が荒野で過ごした年数。ס《サメフ》。この形はたえず動く運命の車輪を喚起する。

第八の巻物　消滅の巻物

女は人の目が届かぬような隅に潜んでいる。
女はまた町の広場に立っていることもある。
女はまた町の門に立っていることもある。
女に怖いものはない。
女はあちこちに視線を投げかける。
淫《みだ》らな目で賢者を観察し、誘惑しようとたくらむ、
その目で強者を観察し、衰弱させようとたくらむ、
その目で正義の裁き手を観察し、その能力を奪おうとたくらむ、
正義の男を観察し、恋しき者にしようとたくらむ、
正しい男を観察し、道を踏み外させようとたくらむ、
慎ましやかな男を観察し、過ちを犯させようとたくらむ、
彼等を正義から遠ざけ、善から遠ざけ、
虚栄に生きさせようとたくらんでいる、
男達をことごとく深淵《しんえん》に沈ませようとたくらんでいる。
「人の子」を迷わせようとたくらんでいる。

クムランの巻物
《女の罠《わな》》

私は絶望から目覚めた。そして私の記憶の底にある思い出の状景を見た。今までまったく忘れていた状景であった。すると、あっという間に私の内側はその状景でいっぱいになってしまい、どうすることもできずに笑うほかなかった。私は哄笑《こうしよう》した。私は三歳になっていた。父が私の名を呼んだ。《アリー》父が私に獅子《ライオン》の話をしていた。負けを知らない獅子だった。

私は目を開けた。畑の中だった。特定不能な場所の真っ只中にいた。天地がひっくり返っていた。私は地面に倒れていたのだった。自分は誰なのであろう？　どこにいるのであろう？　いつの時代をさまよっているのか？　何歳なのであろうか？　不安げな視線が私をのぞき込んでいた。土地の人間達だった。死人を見ているような目付きで私を見つめていた。仰向《あおむ》けで、首をかしげ、顎《あご》が胸に触れている。白目を剝《む》いている。まるで沈没船の残骸《ざんがい》に横たわっている水死体だ。彼等はそう思ったに違いない。ある波動を強く感じた。外側からも内側からもやってくる波動であった。何か別のことが起こったことは知っている。だが思い出せない。記憶をさぐっても見つけることができなかった。

とても長い道程を旅して疲れた旅人のように、私はゆっくりと起き上がった。永遠の音楽が聞こえた。私だけに聞こえていた。一匹の鷲《わし》が翼を広げ、私の上を空高く飛んで行った。私が昨夜のことを思い出したのは、その時であった。神殿騎士修道会の集会で私は捕まったのだ。喉元《のどもと》に剣の刃をあてがわれ、死の淵《ふち》にいた時、広間が出火した。そして、私は逃げた。

今は、すべてが「空《くう》」のようであった。すべてが消えたようであった。驚くほど静かだった。夢から覚めたようであった。まるで昨夜の世界は蒸発してしまったかのようだった。念のため、トマールの教会へ戻ることにした。あの時、二時間後に落ち合う約束でジェーンと別れたからである。

　教会にはやはり誰もいなかった。公衆電話から宿に連絡を入れた。フロントの話では、ジェーンは何時間か前に戻ってきて、再び出掛けた、ということだった。行き先は告げなかったらしい。私はとりあえず宿に戻った。彼女の部屋の鍵《かぎ》をもらって上にあがった。ジェーンの荷物が散乱していた。祈りのショールはあった。注意深くショールを広げた。「銀の巻物」は無事だった。私がそこに隠したのを真似て、ジェーンが隠しておいてくれたのだろう。私は腰をおろし、彼女を待った。夜がふけてもジェーンは戻ってこなかった。朝方になってうとうとした。疲労と心配で心身がまいっていたのであろう。

　目が覚めた。ジェーンはいなかった。疑う余地はなかった。拉致《らち》されたのだ。どこに連絡すべきか？　ポルトガル警察か？　フランス、アメリカ、それともイスラエル警察？　まわりのすべてが揺らいだ。すべてが不確かであった。誰が誰なのかわからなくなってしまった。エリクソン教授は誰？　ヨセフ・コズッカは誰？　そして何を欲している？　ジェーン？　ジェーンもだ。それぞれが心の内に何かを隠しているのか？

　シモンに連絡をしかけたが、思いとどまった。ジェーンの身に危険が及ぶのが怖かった。気を落ち着けるために、洞窟《どうくつ》を出てから今日までの出来事をまとめてみることにした。意味をあぶり出してみることにした。まず集中することだ。世界を一度括弧に入れてみることだ。真実の深い声を聴くために。

　私は銀の巻物を開いた。しかし、読まずに文字を静観した。

　Cがある。ヘブライ語のכ《カフ》にあたる。カフは掌を思わせる。自然の力を馴らそうとする人間の努力の成就を想起させる。「審判の日」の生け贄《にえ》の儀式にならって祭壇で殺されたエリクソン教授の顔に、生前、カフが記されていた。フリーメーソンであった彼はある秘密結社アメリカ支部のリーダーでもあった。その結社とは「石工信心会」すなわちフリーメーソンの軍事部門であり、十四世紀に解散させられ、もはや存在するはずもないと思われていた神殿騎士修道会であった。総長のヨセフ・コズッカとともにエリクソン教授は「神殿」の再建を目指した。そして「神殿」は《見えるもの》から《見えないもの》への移行を可能にする場であった。別の言い方をすれば、神と出会う場であった。エリクソン教授の役目は「神殿の宝物」を発見することであった。そこには儀式に用いられる聖具のすべても含まれている。「審判の日」に必要な禊《みそぎ》に用いる「赤い牛の灰」も。

教授のミッションを助けた存在がいた。娘のルツ・ロスベルクと彼女の夫アロン・ロスベルクであった。二人ともハシディムに属していた。二人には「神殿」の敷地の割り出しというミッションがあった。「神殿」の中心=神との再会の場=「至聖所」の正確な位置を確定せねばならないからであった。施工はフリーメーソンの仕事であった。その財力と政治力で「神殿」の再建に必要な資金を集めることになっていた。

そう、「神殿の再建」が目的なのだ。その目的に結集した各人の役割は今やはっきりしつつあった。パズルのピースが嚙み合いつつあった。サマリア人は「赤い牛の灰」を所有している。ハシディムは「神殿」の敷地を承知している。フリーメーソンは建設を引き受ける。神殿騎士修道会は聖具を用意する。だが、「銅の巻物」に記されたその聖具を含む宝物の在処に、もはや宝物はない。だが一人の聖職者により中世に書かれた「銀の巻物」に新たな指示があった。ところでなぜ、「銀の巻物」はサマリア人のところにあったのか？　エリクソンは「銀の巻物」を読み、はたして宝物を見つけたのか？　もし、そうならば、彼は宝物をどうしたのであろうか？

またエリクソンはなぜ、終末に登場する大祭司メルキゼデクに興味を示していたのか？　私はカフについてもう一度考えてみた。自然のいかなる力をエリクソンは馴《な》らそうと試みたのか？

私はNを静観した。ヘブライ語のנ《ヌン》である。ヌンは正義と「報い」の文字である。ヌンはシモン・デラムの額に記されている。彼は、本当はなぜ私をこの事件に飛び込ませたのであろうか？　エッセネ人の存在の暴露まで匂わせて。私に何をシモンは期待しているのだろうか？　暗殺者達をおびき寄せるためのおとりとして私は彼につかわれているのであろうか？

　私はl《エル》に注意をひかれた。ヘブライ語のל《ラメッド》にあたる。ラメッドは修錬と教育の文字だ。私の父ダビッド・コーヘンの文字である。父は私に何を教えようとしているのか？　また何を私に知ってもらいたくはないのであろうか？　エッセネ人であったことを、なぜ長い間、私に隠していたのか？　本来であれば荒野《こうや》の「幕屋」と同様に、神の現前が実現する聖都であらねばならないはずが、皆がその神性を嘲《あざけ》っている今日のエルサレム。そんなエルサレムに暮らすことが、なぜ父にはできたのか？　エッセネ人である父がなぜ、自らを清めようとしない人々と一緒に暮らすことができるのか？　別種の動物を一つところに繋《つな》いだり、麻と羊毛を区別せず一緒くたに織り込んだり、別種の作物の種を一つの畑に蒔《ま》いたりする者達と、どうして一緒に暮らせるのか？　死者との接触も平気で、血を汚らわしいとも考えない者達とコーヘン＝大祭司の血統にある父が、なぜ生活をともにできるのか？　しかし、この事件における父の役目は何なのか？　本当はどんな理由で洞窟にいた私のところへシモンの依頼を告げに来たのか？

　私はqを見た。ヘブライ語では聖性、あるいは汚れを示す文字ק《コフ》にあたる。私の額に記されている文字である。父とは反対に、私はエルサレムを後にしてエッセネ人共同体に入った。共同体で強いられる修行のステージを一つ一つ私は修めて、三つのステージを終えた。その間、教師役のレビが私の性向や振る舞いを確かめた。私は聖性の方へ進んだのであろうか？　それとも汚れの方へ進んだのであろうか？　それとも汚れの落とし穴にたえず落ちていたのであろうか？　律法の遵守という点においては各ステージの修了時試験でパーフェクトを得ていた。光の子の共同体のメンバーでいるためには、「光の王国」において多くの任務を果たさねばならなかった。

　しかし、私の任務はどうしてこんなにもきついのか？　イニシエーションの一部なのか？　祝福や呪いの言葉を祭司やレビ達が私に言う時に限り、なぜ「人の子」が受けた言葉まで用いるのであろうか？

私は精神を集中しようとしたが、文字達が、まるで私から意味を与えて欲しいかのように私を呼び、静観を妨げた。今や見つめているのは私ではなく、文字達の方であった。文字達は某《なにがし》かの言葉をつくっては私を見つめ、まるで私は彼等に質問をし、彼等が答えを出してみせようとしているかのようであった。

私は最高身分証明を与えられていた。一つは「神殿の扉の飾り鋲《びょう》」。もう一つは騎士修道士の姿を彫った印鑑。一頭の馬に乗った二人の騎士が、槍で敵を阻止する姿勢をとっている図柄であった。こうして私はガザへと向かった。ガザの港近くに神殿騎士修道会の要塞《ようさい》があった。要塞から見て遠方からでも正体がわかるように、修道会の白と黒の軍旗をかざして近付いた。白は友に対する信頼ともてなし、黒は我々に好意を感じない者に対してみせる我々の恐ろしさを表わしていた。要塞に到着した。多くの警備兵がいると思っていたが、一人もいなかった。私が馬をおりると、やっと一人の騎士が駆けつけてきた。なぜか怯《おび》えた顔をしていた。とにかく私は自己紹介をし、来城の理由を告げた。

「あなたが会うことになっている男の名前を御存じですか？」若い騎士が言った。

「サラセン人とだけ聞いている」

「そうですか」若い騎士は言った。怯えていた顔が安堵《あんど》の表情を浮かべた。そしてこう語り始めた。

「申し上げねばならないことがあります。実は大変な状況に陥ってしまったのです。このガザの要塞はもうじき息絶えるでしょう」

「何があったのだ？」私が尋ねた。

「十日前にガザの港がトルコ人に占領されたのです。陸路からの攻囲戦を我々は率いなければならなくなりました。港の高く長い防壁が災いし、直接むかえ撃つことができなかったからです。この要塞の分団長（管区長）が神の助けを得て、攻囲戦を開始しました。戦いが四日間続きました。我々があきらめようとしていた矢先に、トルコ人達の援軍が海からやってきたのです。彼等は恐ろしい戦士です。司令官の『恐怖のムハマト』は味方の有利に勢いづいて、我が軍の戦争機械を焼き尽くす命令を出しました。

件の壁の近くに据えてあった投石器や破城槌《つち》に火がつけられました。しかし炎が壁に燃え移ったのです。一夜で壁に開口ができました。すかさず、そこから我々は突入しました。

　しかしながら多勢に無勢で、トルコ人は情け容赦なく我々に飛びかかり、激しい戦闘の末、味方の四十名が命を落としました。ついでトルコ人達は件《くだん》の開口部に大量の兵を配置し、木材やら船やらを運んできて塞《ふさ》いでしまいました。そして、彼等が殺した味方の死体四十体を、なんと壁に沿って上から吊《つ》るしたのです！　兄弟よ、命からがら地獄の罠から逃げることができたのは私ともう一人のみでした」

「もう一人はどこにいるのだ？」私が尋ねた。だが若い騎士は答えなかった。「どこにいるのだ？」私は詰問した。「ぐずぐずしていると、トルコ人がやってくるぞ」

「ナセル＝エッダンのキャラバンが到着するまで、ここを離れてはならぬ、と命令されているのです。それでここに留まっていたのです」

「もう待ってはいられまい」私は馬にまたがりながら言った。

「いいえ。命令は命令です。そのナセル＝エッダンこそがあなたが会わねばならない人物なのです。我々に命令を出した分団長がそう言っていました」

「もう一人はどこにいる？」私は繰り返した。すると若い騎士は私に近寄り、震える声で言った。

「トルコ人がやってくる恐怖のあまり、首を吊《つ》りました」

　私は言葉が出なかった。

「新たに、私が命じよう」騎士に総長のしるしを示して私は言った。「私についてこい」

　我々は馬を駆り、全速力で要塞を後にした。その時である。遠方にキャラバンが見えたのは。キャラバンに近付くと先方も止まった。先頭の男が馬からおり、我々に挨拶《あいさつ》した。砂漠の民が着る青い服をまとった若者だった。

「ナセル＝エッダンと申します」男は言った。「あなたのお名前は？」

「神殿騎士修道士のアデマール・ダキテーヌと申す。トルコ人に追跡されている」

「追跡されているとあれば」ナセル＝エッダンが言った。「御連れの方ともども、このキャラバンに御《お》匿《かくま》いしよう。第一、あなたが会うはずの人間はこの私なのですから。とは言え、実は、この私も追跡されておるのです。カイロのカリフの妹に。私が彼を殺《あや》めてしまったからだ。噂では百人の男達を引き連れ、私を追っているとのこと。生きていようが死体であろうが、私を引き渡した者には賞金を与えると約束したそうです」

「それは大いに心配なこと」私は言った。「なぜまたカリフを？」

「彼の妹の美しきレイラによそ者の私が会うのを拒んだのがそもそもの原因。ある夜、彼女に会いに行こうとしていた私を待ち伏せし、彼は私を襲った。正当防衛で私は彼に致命傷を負わせてしまった……そして二度と彼女には会えなくなった。彼女は心を鬼にして私への復讐を宣言した。きっと、私と離れるよりは、むしろ私の死を見ることを選んだのです！　その話を知った神殿騎士修道会が私の身の安全を約束したのです。ただし、条件付きで……」

「どんな条件で？」

「神殿騎士修道会に奉仕することで」

「いかなる奉仕を？」

「今にわかります。それよりも急がねば。道程はまだ遠い」

　借りた砂漠の民の青い服に身を包み、私は、ナセル＝エッダンの足早のキャラバンに加わった。

　数日経つと、私は、誰が見てもキャラバンの隊員と区別がつかなくなっていた。陽に焼けた肌は砂漠と同色の黄土色。砂をよけて絶えず目を細めているためにできた目尻《めじり》の皺《しわ》。水の倹約で常に渇いている喉《のど》。私は砂漠の民になっていた。

　カエサリアやヤッファの、神殿騎士修道会の「巡礼城」を通り、巡礼大街道に入った。ボーフォールのチュートン騎士団の城がそびえていた。ラ・フェーブ、レ・プララン、そしてカコの三つの神殿騎士修道会の大要塞にたどりついた。しかし行く先々で味わったのは安堵ではなく絶望感であった。難攻不落であったはずの拠点がいずれも無人か、さもなくばトルコ人に占拠されていたのである。長く危険な道程を終え、ついにキャラバンは目的地に到着した。イスラエル北部の港町サン＝ジャン・ダクル〔アッコ〕である。エルサレムに向かう巡礼者はこの港で下船する。

神殿騎士修道院はピザン通りとサン＝タンヌの間にあり、サン＝タンドレの小教区教会に隣接していた。修道院からはサン＝ジャン・ダクルの素晴らしい岸辺が見渡せた。修道院といっても要塞に近い。四角い大きな天守閣、大きな壁、広い部屋。建物の角ごとに望楼が張り出している。歩く姿の獅子を象《かたど》った真鍮の風見が望楼の上に乗っていた。建物の面構成が均一で、四隅に四角か円筒の塔があり、まるでイスラム教徒の修錬所、リバートのようであった。要塞であると同時に避難所修道院として、この上ない確かさを表現していた。地下には、ゆったりとした静かな広間が幾つもあった。我々はそこに匿われ、もてなされて過ごすことになった。

ナセル＝エッダンは若く、華麗と表現してもよいぐらいの美男振りであった。黒い髪。沈んだ顔肌に明るい眼。君主の雰囲気があった。肉体的魅力に加え、高い知性も備えていた。彼を迎えたことは神殿騎士修道士達にとっても喜びであった。彼等は進んでキリスト教の主なドグマを伝授したり、フランク語を教えたりしたほどであった。ある日の夕暮時にナセル＝エッダンと私は港に出掛けた。港は騎士修道士達により築かれた防壁で囲まれている。防壁から海を見た。背後の町にはモスクの尖塔と十字軍のアーチ型建造物が幾つも併存して建っていた。防壁を越えて大地に侵入するかのように波は高かった。だが、怒濤《どとう》の向こう、水平線の彼方には、故郷フランスのたおやかな大地があると思うと、海の激しささえも優しく感じられ、胸一杯に潮の香りを私は吸い込んだ。

「悲しそうだね」ナセル＝エッダンが言った。

「故郷に思いを馳《は》せている」私は言った。「再び故郷を目にする日が来るとして、それが何時になるかはわからない」

「あなたは友達だ。私の存在が少しでもあなたの慰めになればと思う」ナセル＝エッダンは言った。

「私はあなたの命を救ったが、まったく同様にあなたに私は救われた。あなたのおかげでキリスト教もわかってきた。今や二人の友情は固い。そこで、私の正体を知っておいてもらいたい」

「聞こう」私は言った。

防壁を洗う波頭の上で無数の星が輝き始めていた。鋭利な半月刀のような月もかかっていた。星明かりの下でナセル＝エッダンが彼の正体と、果たさねばならない彼のミッションについて明かし始めた。

「私はある秘密の信心団体に属している。指導者の名を『山岳の長老』と言う。あなた方同様、我々もサラセン人と戦っている。また、あなた方同様、指導者には絶対服従だ。盲従せねばならない。我々はハガルの子イシマエルを始祖として、マホメットの第二子より派生した。だが、イスラムの真の戒律を守るために一般のイスラム教徒とは袂《たもと》を分かった。我々は恐ろしい戦士として知られているが、神殿騎士修道士やヨハネ騎士修道士達を襲うことはしない。我々にはこういう格言があるからだ。《彼等が新たなるあるじを持つを承知で、彼等のあるじを殺して何になるか》私の話に興味がもてるだろうか？」

「聞いている」私は言った。

「そう尋ねたのも、アデマール、ここから先、話はかなり複雑になるからだ。しかし我々の世界を理解してもらうためには重要な話なのだ。預言者マホメットの死後、イスラム共同体は彼の従士の中の四人により率いられた。彼等は民により選出され、カリフと呼ばれた。四人の一人がマホメットの義理の息子アリであった。アリには忠実にして熱烈な、彼自身の弟子がいた。彼等は『シーア』すなわち『信奉者達』と呼ばれた。マホメットの家族であったアリのみこそがマホメットの継承者であるべきだ、と彼等は考えた。バグダッドのスンナ派に対し、彼等こそが預言者の末裔《まつえい》であると言った。シーア派の六代目イマーム〔指導者〕には二人の息子がいた。本来であれば兄のイシマエルが父の跡を継ぐはずであったが、父より先に死んでしまった。そこで弟のムサが新たな後継者に指名された。しかしながらイシマエルにはモハメッド・イブン・イシマエルという長男がいて、生前、自らの次のイマームであることを宣言してあった。イシマエルの弟子達はムサと袂を分かち、モハメッド・イブン・イシマエルに従った。彼等はイスマーイール派と呼ばれるようになった。しかしイスマーイール派のイマーム達は身をひそめねばならなくなった。なぜなら、彼等はシーア派の革命主義者や神秘主義者をひきつけることになる運動の先導者だったからである。彼等はその数をどんどん増やしてゆき、軍隊を組織するようになった。そしてエジプトを征服し、ファーティマ朝をたてた。私はその末裔だ。話がわかるだろうか？」

「おそらく」私は言った。「つまり、そなたはファーティマ朝の末裔で、ファーティマ朝はイスマーイール派から出ており、イスマーイール派はシーア派から出ており、シーア派は預言者の義理の息子から出た」

「ファーティマ朝は」話を理解した私に満足して微笑みながら、ナセル＝エッダンが続けた。

「開放的で教養がある者達の集団だった。彼等のおかげでカイロが我々民の最も輝かしい都となった。だが他のイスラム人を改宗させることはできなかった。エジプト人の大半がイスマーイール派を理解しなかったせいだ。二百年前のある日、一人のペルシャ人の改宗者がカイロにやってきた。秘儀伝授に関しても、また政治的にも、イスマーイール派の最高ランクに彼はのぼりつめた。彼の名はハッサン＝イブン＝サッバハ。しかしながら、彼は最高権力の座にはつけなかった。カリフのムスタンジールが長男ニザールを後継者に指名していたからだ。しかしニザールは弟のアル＝ムスタリに毒殺された。

　ニザール側で策動していたハッサン＝イブン＝サッバハはエジプトを去るはめになった。ペルシャにたどり着いた彼は革命的運動、ニザールの先導者となった。彼はイラン北部のある山を所有した。その山の断崖《だんがい》に要塞アラムートを築いた。やがて、イスラム世界においてハッサン＝イブン＝サッバハの存在が伝説化した。その理由を教えよう。彼は弟子とともに、岩山にカイロの輝きを再生した。だが今度はアラムートを守る必要に迫られた……恐ろしい効果を発揮することになる防衛策が彼の頭に浮かんだのはその時であった。途方もなく恐ろしい、だが極めて簡単な防衛策。前代未聞であるが、是非、実行に移さねばならない策であった……その策とは、アデマール、《殺人》だった。

どんな支配者あるいは政治家であろうが、ニザール派の脅威とあれば、即座に殺される危険に陥ることになった。ただ殺すのではない。公開処刑のようにして殺すのである。ハッサン＝イブン＝サッバハの策の恐ろしさはそこにあった。公人達を公開で殺すのである。中でも、当時最も力のあったペルシャの首相を殺した時は、すべての人間を震撼《しんかん》させた。公開殺人の成功には彼のためであれば死もいとわない弟子達を無論必要とした。実際、実行犯のほとんどが命を落としていた」

「どのように弟子達を説得したのか？」私は尋ねた。

「キヤマートをつかって」ナセル＝エッダンがささやいた。「そのうちわかる時が来るかもしれないが、今は明かせない。我々の秘密だから……」

沈黙が訪れた。その間、ナセル＝エッダンは遠くを眺めていた。唇に不思議な微笑が浮かんでいた。

「とにかく」彼は再び話し出した。「ハッサン＝イブン＝サッバハの評判は高まった。殺人を実行せずとも脅迫だけで彼等に反抗する者はいなくなった。殺すに値する人間の枕の下に短剣を置く、というのが彼等の脅迫の手口だ……」

その言葉を聞いて私はぞっとせずにはおれなかった。

冷汗が背中を伝わった。ジェーンの枕の下に短剣が置かれていた。あれは一体どういうことなのか？胸騒ぎを覚えながら私は読み続けた。

「ハッサンは死の間際に」ナセル＝エッダンが続けた。「後継者を指名した。後継者は『山岳の長老』と呼ばれることになった。現在、我々が仕えている『山岳の長老』は五代目なのだ。教養をそなえた神秘的な人間だ。イスマーイール派と神秘主義スーフィーの深い教えを熱狂的に信奉している。だが、かつての時代と異なり、我々のセクトも今や脅威にさらされている。我々の城が一つまた一つとモンゴル人によって奪われているのだ。すでにアラムートは落ちた……『山岳の長老』はシリアに撤退することを余儀なくされた。私がエジプトへ行ったのは、ファーティマ朝に援軍を求めるためだった。だが、それも失敗に終わった。理由はすでにあなたの知るところだ……」

「そなた達の教団の名を教えてくれまいか」

「人は我々を『暗殺者教団』と呼ぶ……あなた方と我々は起源を同じくしている」

「なんだって！」私は言った。「どんな起源だ？」

「私は知っている」ナセル＝エッダンが言った。「あなた方が教えられている話を。それはこうでしょう。一一二〇年、ユーグ・ド・パイヤンという名の貴族にして、聖地に居を定めたシャンパーニュ人の騎士が、聖地に向かう巡礼者の長旅の安全を願い、自警団を設立する決心をした。巡礼者を襲う強盗どもと戦うのが彼等の目的ではあったが、『規則』に則《のっと》った宗教的生活に生きることもまた大きな目的だった。そこで、教皇ボードゥアンは彼等がエルサレムのソロモンの神殿跡に住むことを認めた。そして、エルサレム総大司教と司教座聖墳墓教会参事会員達の権能下に、教皇は彼等を置いた」

「まさにその通りだ」私は答えた。「我々の騎士修道会が生まれたのは巡礼達及び聖地を守るためだ」

「ところがそれは」ナセル＝エッダンが言った。「表向きの話だ。本当は神殿騎士修道会は神殿による神殿のための神殿の会として設立された」

「何を言いたい？」

「聖地の解放を目的として十字軍が企てられたのではない。それまでも聖地は万人に開放されていたからだ。友よ。このことを知っておいてもらいたい。神殿騎士修道会こそが真の十字軍を組織したのだ。ビザンティウムを攻囲し、エルサレムを奪取し、神殿を再建するために。知っておいてもらいたいのはそれだけではない。ある別の秘密を私はあなたに打ち明ける。死海のほとりに神殿騎士修道会の『修道騎士の館《やかた》』がある。キルベット・クムランと呼ばれている場所だ。その館は一一四二年に、三人の騎士修道士によって建てられた。彼等の名はランボー・ド・シミアヌ＝セニヨン、バルタザール・ド・ブラカスそしてポンス・デ・ボー。エッセネ人の要塞＝修道院を修復したローマ人の要塞があった場所に館は建てられた。初代管区長には騎士ブラカスがついた。何のために館が建てられたか、と言えば『神殿の宝物』を見つけ、そこに集めるのが目的だったのだ」

「神殿の宝物を？　だが、どういういきさつで？」

「それはあとでわかる。だがまず聞いてもらいたい。死海のほとりで彼等は男達に会った……人知れず、荒野の洞窟で隠遁《いんとん》生活を送っていたエッセネ人に。巻物を写字することに彼等は人生を捧げていたのだ！　イエスの生涯に関する真実が記されている何巻もの巻物だ。騎士達も巻物を読み研究した。そして、その内容を公にし始めた。教会が恐れた。現在、教会が神殿騎士修道会を葬り去ろうとしている元々の理由はそこにある」

「私には理解できない」私は言った。

「あなた方と我々は」ナセル＝エッダンが説明した。

「同じ、ある古代のミッションを遂行している。遠い昔、西暦七〇年にそのミッションは遡《さかのぼ》る。皇帝ティトウスの軍団がエルサレムを攻め落とし、略奪の挙げ句に神殿に火を放った。その直前に、抵抗していた神殿の者達が、『宝物管理人』のハコツ家の男の提案で、神殿の宝物を隠すことにした。宝物と隠し場所のリストが五人の男によって巻物に記された。耐久性を考えたのか、銅の巻物だった。巻物は死海のほとりクムランの近くに住むユダヤ教徒に預けられた。神殿は汚されてしまったと考え、神殿を出て、隠遁《いんとん》生活に入ったかつての大祭司達だった……」

「エッセネ人」私は呟いた。

「そうだ。それから千年以上が経った。十字軍の騎士が何巻もの写本の隠された洞窟を発見した。一巻の巻物に注意が引かれた。銅製だったからだ。そこに記されていたのは、かの有名な神殿の宝物とその在処《ありか》にほかならなかった。彼等は修道会を設立する決心をした。修道会の名を『神殿』にちなみ、神殿騎士修道会とした。宝物は巨大な財宝だった。だが一銀たりとも私利私欲のためには、彼等は手をつけなかった。優れた経済能力を持ち合せていた彼等は何十本かの金と銀の延べ棒だけを用いて、カテドラルと城の複数を建設した……」

「その通りだ」私が言った。「神殿騎士修道士達が神殿の宝物を発見したのは、そういういきさつであったか……」

「ユダヤの荒野に散在する、宝物の在処を一つ一つ発掘して、神殿騎士修道士達は宝物を取り出した。銅の巻物に記されている通りの場所にすべて在ったそうだ。それどころか宝は増えていた。すごい宝物なのだ、アデマール。想像を絶する素晴らしさだ。金や銀の延べ棒、ルビーをはじめ様々な宝石がはめ込まれた聖なる食器の数々、金無垢《きんむく》の燭台や聖具の数々！」

一部は管区長から教えられてはいたが、ナセル＝エッダンの話を聞いて、私は混乱を禁じえなかった。十字軍遠征ではなく、神殿再建を目的として創立された神殿騎士修道会が、ユダヤ教徒の秘教的科学の隠された教義についての知識を得て確立された！思えばその証《あか》しはいろいろあった。秘密を彫った印鑑の使用。特別の数や色の選択。そして身体の象徴的部分になされる口づけ等。

「あなた方、神殿騎士修道士は」ナセル＝エッダンが言った。「新たなるエッセネ人だ。彼等同様、神殿再建をめざし、終末を待つ修道戦士だから……」

「それで納得がゆく。だからこそ、我々は、別の聖伝に従う信仰者とも通商関係をもった。秘密のうちに力を結集し、神殿を再建すべく……」

「ことには我々『暗殺者教団』と……。敗北を予想したエルサレムの管区長は『山岳の長老』と同盟を結んだ。そして、アラムートの要塞で守ってほしいと、件の宝物を預けたのだ。だが、アラムートは落ちた。『山岳の長老』は宝物をシリアへ運んだ。だが、そこも今や安全とは言えない。先刻、話したように、モンゴル人に脅かされているからだ。だがもっと悪いことがある。『山岳の長老』が武器購入のために宝物を横領しているのだ……。アデマール、神殿騎士修道会を救わねばならぬとあれば、あるいは、その名を絶やしてはならぬとあれば、宝物を回収することだ。そして隠せ……」

「終末の時まで」私が呟《つぶや》いた。

「『山岳の長老』のところへ私があなたを案内する。だが警告しておかねばならない。彼は尊敬に値する人物である、と同時に、恐ろしい人間だ。行く先々で恐怖を振りまく。《真実はない。すべてが許される》これが彼の持つ唯一の行動原理だ。セクト内における彼の絶対的権能は、恐怖による支配にある。そして、彼に盲従を誓う彼の配下こそは万人を震え上がらせる。なぜなら彼等は何ものも恐れないからだ。自分達より力のある存在は『山岳の長老』のみ、と信じている。『山岳の長老』は食べることも、飲むことも、寝ることすら必要ない、と信じられているほどだ。日の出から日の入りまで、彼は断崖絶壁にある城にいて、自らの力と栄光について説いている。そうして殺人者軍団を束ねているのだ。軍団の全員が情け容赦を知らない。何だってする。自分の命を投げ出すことも含めて」

　翌朝、早朝の祈りを終えると、我々は出発した。海岸沿いを北上し、シリアへと向かった。草木も生えていない丘や、荒野の山を幾つも越える。我々は三日三晩、旅を続けた。馬に水を飲ませたり、必要なものを調達したりするために、時々、小さな村で止まった。また、隊商達と話をすることもあった。アラビア語、ペルシャ語、ギリシャ語、スペイン語、あるいはスラブ語まで彼等は知っていた。アジアからアフリカ大陸まで、交易の旅をする彼等は十字路とも言えるパレスチナを必ず通るのである。エジプトからインドあるいは中国まで足を延ばし、帰りには馬やラクダの背に、ムスク、樟脳《しょうのう》、シナモンや、他の東洋の産物の数々を積んで、彼等は同じルートを戻ってくる。行きに連れていった奴隷と交換して。

　ついに我々は緑の繁る肥沃《ひよく》な大地に着いた。空気は澄み、どこまでも静かだった。ポルトガルに似ていた。山の頂に、四隅に塔をもった巨大な要塞が見えた。『山岳の長老』のリバートが。

　疲れている馬を励まし、我々は山を登り始めた。周囲の谷の向こうには、シリアの山並みが草木の生えない地肌を見せていた。広い外堀にかかった橋を越えると、リバートの城壁が見えた。ローマ人の建てた円柱が土台がわりになっている恐ろしく高い城壁であった。

　武器を警備兵に預け、我々は要塞に入った。城の入口の大きな前庭で、二人のレフィーク〔修道士〕が我々を迎えた。裾《すそ》や袖口《そでぐち》に緋色《ひいろ》の帯状飾りのある白い服が、どこか神殿騎士修道士の制服を思わせた。

　彼等は我々を白い麻の衣をまとったダール〔管区長〕のところへ案内した。八角形の恐ろしく広い広間に彼等は集まっていた。壁掛け。金糸で刺繍《ししゅう》されたクッション。中央に金の盆。その上には茶器とガラス製の茶碗《ちゃわん》。ダール達が我々に挨拶をし、座るようにすすめた。そして、我々は茶のもてなしを受けた。私はガラスの茶碗に口をつけた。茶は妙な味がした。飲むのがためらわれた。

「ためらっているね」ナセル＝エッダンが私の茶碗を取りながら言った。毒味をしてみせ、こう言って私に返した。「さあ、これで飲めるだろう！」

　円陣をつくって我々の周りに座っているダール達は静かに茶を飲んでいた。そのうちクッションに横になるダールが何人かいた。茶から立ち上る甘ったるい香りの湯気と部屋の四隅で焚《た》かれている香のせいか、まどろんでいるようであった。

　何分か過ぎると私も不思議な幸福感をともなったある種の夢うつつの状態に入り始めた。笑おうと思っていないにもかかわらず、口元が自然とほころびた。何かを話し、笑い、歌いたい欲求にかられた。だがその時、ダール達が立ち上がった。ナセル＝エッダンと私を彼等は誘い、暗い廊下を通って、明るい大きな部屋に連れていった。宝石がはめ込まれた何脚かの椅子やテーブルがある部屋だった。フィダーイヤーン＝兵士達がそこで我々を待っていた。彼等は我々に深々と頭を下げ、よくおいでになった、と言った。彼等が部屋の扉を開けた。扉は庭に面していた。

　私は庭に足を踏み入れた。そして私は奇蹟を見た。夕陽を浴びた壮大な光景の中に、人間の目が見るすべての美、すべての魅力を私は見た。もうじき沈む太陽が輝度を落とした金褐色の光で無数の綿雲をバラ色に染め上げている。微風《そよかぜ》が夜の涼気を運んでくる。草木が知を秘めた無秩序をみせ、溢《あふ》れかえるばかりに繁っている。神々しいまでの茂みの足元にはせせらぎがあった。ターコイズグリーンのあくまで澄んだ水がメロディーを奏でて流れている。その周りには無数の開きかけたバラ。食べてしまいたいほどのみずみずしさであった。山の頂にあるこの庭からは大地が見える。丸い大地だった。球形が、ここにいると同時に別のところにいるような気にさせた。そして時間の外に。

　突然、大地が存在をやめた。私はたった一人で流れる水の前にいた。水のか弱さに私は感激していた。美しさがまぶしくて、私の眼が微笑んだ。成就。驚き。幸せ。夢中。快楽。幸福そして浄福の扉を私は開いていた。

　微風にふかれて静かにたたずまう緑や青の背の低い木々。画家が描いたような繊細な輪郭。完全なる木々だった。無数の枝が抱擁し、絹の織物になって光沢を放っている。緑の絵の具を地につかったタブローに描いた緑の木々だ。木々が様々な色のベールで顔を覆い始めた。暁にこそ相応《ふさわ》しい金とブロンズのベール。青リンゴのようなブロンズと金のベール。夏の深い眠りから目覚めた秋の色と火の色のベール。錯綜《さくそう》し、やがて溶け合う優しい万色に染まる木々。火の色と青いプラムの色のベール。熟した果物とサクランボ色のベール。恍惚《こうこつ》の物質と化したこの夕方は私が私のために描いた絵のようだった。熟した果実の色とグリーンと紫が混じったサクランボ色のベール。暗い雲の色のベール。グリーン・グレーの空の色。刻々と伸びてゆく影のグリーン、茶を入れられてブロンズに染まったガラス製の茶碗が放つグリーン、錯綜し、やがて溶け合う、優しい、優しい万色に染まる木々よ。囁《ささや》き、祝福し、叫ぶ、大きな大きな空の影に立つ、息吹の賜《たまもの》である木々。緑の宝石箱の庭。

「見よ」私はナセル＝エッダンに言った。「完全なる木だ！」

　マンドリンの音に合わせて歌い、踊りながら、物憂げな表情をたたえた女達がやってきた。菓子ののった盆を我々のところに運んできた。空腹をおぼえていたので我々はそれを食べた。あんな香りを嗅《か》いだことも、あんな味を味わったこともない菓子だった。それは《美味》の意味そのものであった。女の一人が私の傍に来た。そして唇を私の唇に重ねた。どのくらいの時間そうしていたであろうか？　一時間？　二時間？　あるいはそれ以上？　にこやかで、とらえどころがなく、曖昧《あいまい》なその女は、絹のような黒い髪の毛に、せせらぎのような明るい眼をしていた。「一緒にいかが」女は何度も私に繰り返した。

「恋人よ、眼はお前をむさぼるが、お前を見る勇気は私にはない」私は言った。「お前の眼差《まなざ》しを探しているのだが、お前を見つめることができない」私は言った。「幻のようなお前の姿に私は耐えられない。眼がくらくらする」私は言った。「感覚がおぼつかない」私は言った。「お前の瞳《ひとみ》の色がわからない。だが、表情の高度は知っている」私は言った。

「お前の口の形がわからない。だがお前の微笑みの深度は知っている」私は言った。「高貴で誇らしげなお前の鼻梁《びりょう》のことは知っている」私は言った。

「お前の手が大きく広く動いていることは知っている。だがその手の大きさはわからない」私は言った。

「お前の身体はたえず動いて静まらぬ」私は言った。

「恋人よ、私はお前の身体のリズムと痙攣《けいれん》を知っている」私は言った。「だが、お前はすべての女でもある。そしてどんな女もお前に似ている」私は言った。「お前はすべての女、そしてお前の態度だけがお前を区別する」私は言った。

「私はお前の形を知らない」

「私はお前を正面から見ることができない」

「私はお前を動かしている生命を感じる」

「私は恋する瞳でお前を知る」

　水の上に身体が上がり、水面を飛んでいる感覚があった。至高の息吹によって上げられているようであった。燃え上がり、幻視し、感じ、叫んでいた。その間ずっと快楽を見ていた。私はまた熱い塵《ちり》の上を飛んだ。優しい声が歌う「雅歌」の上も飛んだ。「言」のない旋律の上を飛んだ。凄《すさ》まじい稲妻が光っていた。優しい旋律、喜びに満ちた旋律、悲しい旋律の上を飛んだ。きつい原色、強度をはらんだ色、雑多な色がついた旋律であった。息を深くつきながら、限界まで熱望した。揺らぐ柱のような自由に向かって。自由はベールをまとっていた。私はベールを一枚一枚はいでいった。自由には力があった。私はその力に立ち向かった。自由には肉体があった。際限のない肉体だった。私はその限界を探した。自由との接触、そして自由が放つ強い快楽に動揺しながら。優しい航跡を流している女のバラの上で、ため息をもらしながら、私は永遠になっていた。女の創った天国で私は幸福だった。そうして別の世界に埋没しかけた時、レフィークが私を捜しに来た。腕をとられ恋人から離されて、私はそれに気付いた。

私はテキストの読解を中断した。一つの点に出くわしたからだ。文字の中の文字を喚起させる点。初まりの文字アレフを喚起させる点のような文字י《ヨッド》が目に飛び込んできたからであった。長い間、私はヨッドを眺めた。すると突然（今まで漠然としていたこと、また思いもよらなかったこと）すべてが意味をもち始めた。私は茫然《ぼうぜん》となった。何時間、茫然自失の状態に陥っていたのだろうか？　銀の巻物が教えてくれた現在の出来事に思いを馳せ、私はそこに没頭して時の経つのをまったく忘れていた……ヨッドはジェーンの額に記されている文字だ。好きではない人々を好きになる理由を探そうと思えばいくらでもあげられるが、それが一個人となると話は別である。ある人間を好きになる理由は見つかるものではない。ある人間を好きになるには理由がないからである。暗い光を放つ彼女の瞳を忘れようと思えば、いくらでも方法がある。なのに私は忘れられない。なぜなら彼女の瞳が私をすでに遠いところ、別の世界へ連れていってしまっていたからだ。立ち上る煙にならねば行けないような世界だった。そこではすべてが暗く、美しかった。私はその世界を飛んでいた。心を動揺させながら。あの日、荒野で彼女の瞳に見られ、彼女の声に名を呼ばれ、私は心臓を高鳴らせて、この眼差しに応えねば、この声を再び耳にせねば、と言い聞かせ、高揚感を使命感に変えてしまった。そして、その使命感の前では、もはや何も存在しなくなった。あの瞬間から私は待望を生きている。つまり、彼女が欲しいのであった。以前からそうであったように。

そして、私は与えた。すべてを与えた。私の心を与えた。時間を与えた。夢を与えた。私の本来の使命も理想も与えた。私が持っていないものですら与えた。私は自分を失った。あまりに与えすぎて、もはや在る者ですらなかった。私に残されているものといったら、《無》だけ。’《ヨッド》という点だけだった……。

彼等は難渋していた。私が庭を離れたがらなかったからだった。要塞に来た目的を思い出させようとするナセル＝エッダンの説得にも、私は聞く耳をもたなかった。心身ともに魅《み》せられてしまった強い悦楽から、結局彼は力ずくで私をひきずり出した次第であった。

我々は長い廊下を通り、はてしないトンネルを進んだ。トンネルがやっと終わった。「山岳の長老」の宮殿があった。剣や短剣で武装した二十名の弟子が宮殿の入口を守っていた。レフィークに付き添われて、宮殿の広間へ入った。幾つもの宝石がはめ込まれた木の王座に「山岳の長老」が座っていた。

とても歳をとっている。髪や髭《ひげ》は真っ白だ。髪は肩までのばしていた。肩は赤と黒のモワレ地の衣に包まれていた。顔にはおびただしい皺が刻まれている。だが、その目は驚くほど若かった。

「そちを随分と待ったぞ。ナセル＝エッダン」山岳の長老が呟いた。

ナセル＝エッダンは彼の前で跪《ひざまず》くと、その手に口づけをした。

「お許しください。様々な困難に出遭ったのです。カイロで……」

「知っておる」山岳の長老は言った。

「実は、友を連れてまいりました……」

「紹介の必要はない」山岳の長老は私の方へ顔を向けながら言った。「アデマール・ダキテーヌであるな。神殿騎士第二修道会すなわち闇の修道会総長。そして私が、そなたが会わねばならない人間だ」

私は深々とお辞儀をした。すると彼は座るように合図した。示された彼の正面の椅子に私は座った。ナセル＝エッダンも同様に従った。

山岳の長老が銀の箱を開いた。中には金の王冠が入っていた。そして七枝の金の燭台《しょくだい》も。

「よく見よ。アデマール」山岳の長老が言った。

「これを知っておるか?」

「彫物を見るところ、神殿の燭台のようですが!」

「それがなぜここにあるのか知っておるか?」

「ええ」私は答えた。「『神殿の宝物』をあなたが預かってくださっているからです。それを我々はいただきにまいったのです」

一瞬、山岳の長老は私をじっと見つめ、そしてこう答えた。

「取りにまいったと申すか。だがなぜだ? 神殿騎士修道会の永続は今や我々、暗殺者教団の肩にかかっておる。と言うのも、そなた等、神殿騎士修道会とまったく同様、エッセネ人より学んだ軍事的宗教組織を我々はもっておるからだ。そなた等同様、我々はエッセネ人の軍事宗団を踏襲している。我々の教団規則は彼等の『宗規要覧』に基づいてつくられた。制服をはじめとする衣類や白のマントの通過儀礼に関しても、そなた等の騎士修道会と我々の教団には共通点がある。階級制度についても同様だ。騎士修道会の総長や管区長は我々のラッシークに、修道士はレフィークに、兵士や軍曹はフィダーイヤーンにあたる。騎士修道会の、白マントに縫われた赤十字は、我々の白い衣の袖口や裾等の赤い縁取りにあたる。そなた等と我々は同じ規則をもつ。エッセネ人の『共同体規則』である。その規則にインスピレーションを受けてこそ、ハッサン=イブン=サッバハは我々のこの秘密の教団を創ったのである。そなた等と我々は同じ宗団より発しているのだ。エッセネ人の秘密の宗団より」

ジェーンの推理は当たっていた。規則制定にあたり、神殿騎士修道会はエッセネ人の「共同体規則」を採択したのであった……。「暗殺者教団」とまったく同様に。

私はナセル=エッダンに不安な眼差しを投げかけた。しかし、彼の眼差しは山岳の長老に釘付《くぎづ》けになっていた。ナセル=エッダンにはどんな計画があるのだろうか? 否、計画がはたしてあるのだろうか? 宝物は、はたして取り戻せるのであろうか?

「さあ、休息をとるがよい」山岳の長老は言った。

「長旅で疲れておろうからな」

「先刻、茶のもてなしを受けましたが、あの美味なる茶をまたいただけますまいか？」ナセル＝エッダンが尋ねた。

それを聞いて、私はナセル＝エッダンの心積もりがわかった。彼は山岳の長老にもてなしを乞うたのである。彼等にとってもてなしは聖なる価値をもつものであった。一度もてなした相手を殺してはならない掟《おきて》があった。

山岳の長老はナセル＝エッダンの要求をのんだようであった。すぐにレフィークの一人に茶の用意を命じた。レフィークが盆を運んできた。甘ったるい香を放つ茶の葉がのっていた。湯を満たしたティーポットの中に数つまみの葉をレフィークは入れ、山岳の長老に差し出した。

「さあ」彼は私に言った。

「いったい、どういう茶なのですか？」

「この茶の葉は」山岳の長老が答えた。「服従の秘密である。この葉は人を天国に連れてゆく。我々はこの葉をハッシッシと呼んでおる。この魔法の葉を煎《せん》じた茶を飲めるとあれば、我が手の者は私の命ずることは何でもする」

山岳の長老は戸口のところにいた少年の一人を呼んだ。少年はやってくると長老の前に跪いた。

「いいかな。私は十二歳になる子をこの宮殿に何人もかかえている。強勒《きょうじん》な暗殺者を養成するためだ。アリ」山岳の長老は少年に言った。「近《ちこ》う寄れ」

少年は近付いて深々と頭《こうべ》を垂れた。

「再び天国へ行きたいか？」

「たとえもう一度だけでも、あそこへ行けるのなら何でもします」

「一度だけでなく、永遠に行けるとあればどうする？」

「命を投げ出してもかまいません！」

すると山岳の長老は立ち上がり、戸口に行って言った。

「あそこに岩棚が見えるな？」

「はい！」

「あそこへ行って身を投げよ。永遠に天国へ行けるぞ」

「では、そういたします」少年は再び深々と頭を垂れ、そう言った。

少年は落ち着き払った足取りで岩棚に向かった。

「お止めにならねば、死にますよ」私が思わず叫んだ。

「止める？　無駄だ！　私でも止められぬ」

少年が岩棚に立っている影が見えた。影は何のためらいも見せずに奈落へ飛び込んだ。

沈黙が訪れた。私は茫然自失に陥っていた。

山岳の長老は何事もなかったかのように絹のクッションに横たわり、我々にもすすめた。我々も老人にならった。

「天国とは……」茶碗から立ち上る蒸気を吸い込んでしまった私は「……何ですか？」と、やっとのことで尋ねると、すでに現実を後にし始めていた。心地よい気怠さにとらわれた私の目前に、突然、山岳の長老の顔がクローズアップした。彼は話をしているのか？　声が届く前に話の内容が理解できる。彼は私を見つめているのか？　いや、私が彼の瞳に沈み込んでいた。瞳の中は陽気だったり、悲しかったり、とても深かったり、変化の連続だった。彼の言葉を何時間でも聴けた。私は彼と一つになっていたからだ。スローモーションのような時間の中で、私は山岳の長老の言葉の上を、栄光に満ち、にこやかに、そして親しげに飛行していた。彼の言葉には異様に鮮明な輪郭があり、聴こえるというのではなく、物のように見えるのであった。言葉＝物が彼の周りを取り囲んでいた。そしてすべてが完全だった。茶も、絹のクッションも、部屋も。見事な形を描いてゆっくりと天にのぼってゆく香の煙が部屋の直線や角度を消し去り、たおやかな形状に変えていた。

「天国とは」山岳の長老が言った。「そなたが先刻、庭で見たもの、そしてそなたの肉が体験したものである。我々は二つの原理をもっている。一つはシャリアすなわち神の法。もう一つはタリカすなわち精神の道。その法と道の背後に究極の現実がある。ハキカすなわち神、すなわち絶対存在。『現実』は、アデマール、人間の手の届かないところに在るのではない。実際に存在し、意識のレベルに現われる。まさにそれを、そなたは先刻、体験したのだ。今まで見たことも聞いたこともなく、あまりに強く、あまりに素晴らしい、あの体験の後では熱望はただ一つのことへ向かう。すなわち、もう一度あの体験をしたいという熱望だ」

「絶対存在に会うことが可能だというのですか？」

「イマームすなわち完全なる人にとっては可能だ。イマームの知識は『現実』を直接知覚することに拠《よ》る。我々の師ハッサン＝イブン＝サッバハは絶対存在に会うことが可能だ、と宣言した。キヤマートすなわち大いなる復活を宣言した際に……。すなわち『終末』を宣言した際に！　彼はベールをはがした。それまで信じられていた宗教的法律を撤廃した。キヤマートは地上の楽園における快楽を、彼に従う者、各人に体験させようとする誘いである。我々はそのように『終末』を見ている。アデマール、この世とはこの世を楽しむ快楽にほかならぬという意識こそが『終末』だ」

　山岳の長老は茶を一口すすると、立ち上がった。クッションに横たわると、我々にもすすめた。

「さて」山岳の長老は言った。「本当のところを話してもらおうか。何が目的でそなた等はここへ来た？」

「我々は神殿騎士修道会により送られてまいりました」ナセル＝エッダンが言った。「これから、彼等の伝言を申し上げます。

　神殿騎士修道会と暗殺者教団は平和な関係を維持して共存してきました……」

「神殿騎士修道会に守ってもらうために、我々が年に二千ビザンチン金貨を支払ったからな」山岳の長老が言った。「暗殺者教団を恐れるどころか、税金を取り立てておった。怖い者知らずとは彼等のことよ！」

「ところが、暗殺者教団は、はや五年もその税を支払っておりません。それでも騎士団が黙っていたのは、宝物保管料と差し引きで免税したからです。しかし、頑丈な金庫ともいえたアラムートの要塞が今や落ちたからには、宝物を返さねばならないでしょう。それが所有者の要求であれば尚のこと……」

　山岳の長老は何も答えず、ナセル＝エッダンを凝視していた。クッションに横たわっていた私は重大な話もうわの空で、甘美な眠りに落ち始めていた。

　夜がふけた。山岳の長老が出立の合図をした。私は夜の中に出た。夜明け前に行なう「朝課」の祈りを私は呟き声で唱えた。聖母マリアを讃《たた》えて、十三、さらに訪れる一日のために十三の「主の祈り」を唱えた。そうして祈りで心を支えた。さもなくば時間の感覚も、自分の正体すらも定まらなかったろう。無論、ここに来た理由もわからず終《じま》いだったはずだ。

　馬の手入れの確認と手配を命ずるために厩舎《きゅうしゃ》へ赴いた。用意はすでに万端整っていた。二十頭の馬がいた。一頭ずつに恐ろしく大きな袋が積まれていた。中にはおびただしい量の宝物が入っていた。ナセル＝エッダンがやってきたところで、城を後にした。数珠《じゅず》繋ぎにした馬を率いて、心穏やかに山を下りた。山岳の長老が二十名ほどの手下を従えて麓《ふもと》で待ち受けているのも知らずに……。

　我々は馬を降りた。ナセル＝エッダンに不安な眼差しを私は投げかけた。それを返した彼の眼差しには恐怖の色がありありと見えた。

「そなた等は何を期待しておったのだ」山岳の長老は言った。「暗殺者教団がキリスト教に改宗し、洗礼を受け、そなた等とともに戦う、とでも考えていたのか？　ナセル＝エッダン、お前のようにな」

　ナセル＝エッダンは山岳の長老の憎悪に満ちた眼差しに見据えられ、何も答えられず、体を硬直させていた。

「我々が望んでいるのは平和だ」私が言った。「あなたが言ったように、あなた方と我々は同胞ではないか」

「ナセル＝エッダン、そちは悪党だ。カリフを殺したのだからな。カリフの妹が六万デナーの賞金を前払いしてくれたわい」私の言葉には答えず、そう言うと、山岳の長老は手下の二人のレフィークに合図した。二人は剣を抜いてナセル＝エッダンに突きつけた。

「カリフの妹に引き渡されたお前にどんな運命が待っているのか知っておろうな。四肢切断の刑だ。挙げ句の果てに心臓を取り出され、それを町の城壁の門に吊《つ》るされる……」

山岳の長老は我々を出立させたことで、もてなしの掟は守った訳であった。そして憎悪に満ちた非情な心をあらわにする時の到来に歓喜していた。

　遠くの村々からイスラム教徒の祈りが聞こえてきた。ナセル＝エッダンは土下座して赦《ゆる》しを乞うた。私は、神殿騎士修道士であれば誰もがするように、赦しは乞わず、頭をキリッと上げて死に備えた。

「今夜」ついに覚悟を決めたナセル＝エッダンが私に言った。「天国で会おう！」

「さあ、それはどうかな」山岳の長老が言った。そして一人のラッシーク〔管区長〕に合図した。やがてラッシークが湯気の立つ茶碗を私に差し出した。

　毒なのか、ハッシッシなのか？　死を覚悟していた私はぐっとそれを飲んだ。そしてナセル＝エッダンを見て、彼に茶碗を渡した。すると山岳の長老が彼に近寄った。薄笑いを浮かべた顔に非情が読めた。彼は、ナセル＝エッダンの手から茶碗をひったくった。

「お前の友達に教えてやるがよい。ここでは、飲物を与えることができるのは、この私一人であることを」

　山岳の長老はぞっとする仕草で三日月刀を抜き放つと、ナセル＝エッダンに突きつけ、先刻茶碗を持っていた手を切り落とした。そして犠牲者の苦痛を満足げに見物した後、その首を斬った。ナセル＝エッダンの首が私の足下に転がった。私は山岳の長老をじっと見つめた。私はいささかの感情も表に現わさずに馬にまたがった。キャラバンを引いて出発した。

　私は目を上げ、天を仰いだ。だが何の徴《しるし》も現われなかった。逆に頭の中には数々のイメージが去来して止むことがなかった。エリクソン教授殺害。ロスベルク一家惨殺。ジェーンの枕の下に置かれていた短剣。恐怖感を覚え、身動きができなかった。しかし、教会での出来事は何だったのだろう？　なぜか、あの時の記憶は曖昧だった。あの火はどこから現われたのか？「彼」でないとすれば、「彼」がその素晴らしい力で私を救ってくれたのでなければ、あんなことは考えられないが……。しかし、それにしても何故私には「彼」が現われないのか？　終わることのない苦しみに身を震わせて、私は闇の中にいた。私は最悪の事態を想像していた。そうなれば私は無力だ。外から働きかけられねば、どうしようもない。私は「彼」からの働きかけを待っていた。徴が駄目なら、命令でも、たとえ脅迫でもよかった。だが何も訪れはしなかった。

　もう夜だ。天の奥に「彼」を見ようとした。垣間《かいま》見るだけでよかった。だが彼は、自らの住まいと人間の間に天空を置いている。無理だ、届かぬぞ、だから深淵に行くがよい。そう彼は私に命じているのだろうか？　天より降った水が溜《た》まった大海の深淵に私は潜らねばならないのか？「唯一者」に思いを馳せても沈黙があるばかりであった。謎が深くて「彼」には届かない。まるで存在することをやめたある土地を離れ、私は見知らぬ国へ行こうとしていた。私は「終末」に向かって独りぼっちで歩いていた。「最後の審判」に向かって。

　しかし、「彼」を見ようとする私とは一体誰なのか？　本当は誰なのか？「第八の巻物」に記されていた「獅子」という名の男が私なのか？　私は「彼の子」であるのか？　そうではないのか？　羊のように縛られ、だが死の瀬戸際で救われる者なのか？　神が言を成就して、その者を救うから。私は「幾本もの根から出《い》でた若芽」であろうか？「永遠者の霊」が私の上に在るのか？　闇の子達に対する光の子達の戦争が来る。ユダの子、ベンヤミンの子、荒野の子達と、ベリアルの軍団、ペリシテの住民、アスールのキッティーム達、さらには彼等を助ける裏切り者達との戦争が来ることになっているが、準備はなされたであろうか？　だが光の子達とはいったい誰なのか？　闇の子達とは誰なのか？　そして私は？　バルサムの香油を注がれた私は、荒野の子の血統であるダビデの血統である「人の子」か？　もしくは、乾ききった大地にあった切株から出た弱々しい芽にすぎなかったのか？　もうじき、世界中に戦争が勃発《ぼっぱつ》する。闇の子達や反祭司に対するこの戦争は休戦を知らない。しかし、この歴史において、私はいかなる役目を演じるのであろうか？　私がそこに登場するのはいつなのか？　荒野にありて神を迎える道をならせ、と彼等（エッセネ人達）は言っていた。そして今や、準備万端整っている、と彼等は言っていた。古代の神殿にあった数々の宝石と聖具が手元にあるから、栄光に包まれたエルサレムへ赴き、「神殿」を再建する、と彼等は言っていた。

　だが私は、彼等の信頼に値する人間ではない。荒野に水を、ステップに急流を出現させる奇蹟も起こせやしない。略奪にあったり、皆殺しの狂気を生き延びた者達等、すべての不幸な人間を癒《いや》す力はない。神が立ち直らせる、再び導いてくださる、と言える人間ではない。大雲が落とす影の下で「変容」する、山頂の「油を注がれし者」に私はなれない。私は「人の子」ではないのだから「彼の愛する子」ではない！　私は神の創ったアダムの末裔にすぎない。肉の存在、いつか死なねばならぬ肉の存在でしかない。私を告げる者は誰一人いない。私の到来を願う者も誰一人いない。私はメシアもどきなのだ。主の霊は私の上にない。それどころか、恐れとおののきの霊にとりつかれているありさまだ……なんと忌まわしいことか！　ジェーンは無事だろうか？　いったいどこにいるのか？

　絶望にうちひしがれ、私は酒を口にした。悲しみに溺れるほかは何の効果もないことを知りながら、ルームサービスでとったウイスキーをラッパ飲みにした。酔いが回ると、外界との関係意識が稀薄《きはく》になってきた。解き放たれた心が空中をひとしきり蝶《ちょう》のように舞って、私の運命の翼にとまった。「その名」を発話することが不可能な存在者の方へのぼろうとしても結局はこうだ。

　悪人が善人になることがある。死んだ後で天国へ召される栄誉を夢見て、悪人は善人になるのか？それとも、この世の罰はのがれても、あの世で永遠の罰が待ち構えていることを怖れて悪行にブレーキをかけるのか？　そもそも各々の人間が行き着くところとは何なのか？……私はそれを知らねばならなかった。誰が人間の行き着く先を決めるのか？　ある新たなる愛が私を大胆にした。今まで別にされていた、挫折《ざせつ》を知らない、些《いささ》かもしぼんでいない愛。気球のようなその愛に乗って、私は「単一存在」になった。私は純粋になっていた。形もなく、イメージもできない、完全に解放された存在、創造されずに存在する存在のようになって、限界のない静寂の空間にいた。しかし、苦痛があった。気を失いそうな苦痛だった。それは創造の苦しみであった。その苦痛は自己認識へと私を近付けていた。魂と身体が飛ぶ法悦があった。遊体離脱しているようだ。私は大気の中を飛んでいた。太古の時代だった。初まりの世界だった。神が天と地を創った。地は混沌としており、闇が深淵の表面をおおっていた。神の霊が水の上を円を描いて飛行していた。そして神は言った。光あれ。光が在った。神は光は良いと言った。そして光と闇を分けた。神は光を昼と呼び、闇を夜と呼んだ。夜と朝が在った。創造の第一日目であった。神とは何者なのか？「彼」が私を助けることがあるのか？　神殿騎士修道会の儀式で私が「彼の名」を念じた時、「彼」はあそこに現われたのであろうか？　全能者、荒ぶる者、慈悲深き者、思いやりある者、おお神よ、ジェーンはどこにいる？

知らねばならない。審判に居合わせねばならない。私が「義の教師」であるか否かを知らねばならない。光の子達は闇の子達、ベリアルの軍団、エドムの軍勢と、鎧《よろい》をまとい、武器を手にし、旗を掲げて戦う、と「戦争の巻物」に記されている。その戦争の中心には二枚舌の人物がいる。その名を「偽りの人」と言う。「偽りの人」が男ではなく、女であると仮定したら？　ジェーンがわざと身を隠したのであれば？

《明日の夕刻、七時ちょうどにトマールの教会で》コズッカのその言葉は無論、ジェーンも耳にしている……否、ジェーンに対しては別の意味をコズッカが伝えたのかもしれない……。

そして、すべてが計画ずくであったとしたら？　ジェーンも加担している計画であったとしたら？……

……

私は気が狂いそうであった。私は考えに考えた。考えすぎた。だが考えすぎは人間を弱くする。物事との距離をおきすぎて、後悔がつのるばかりである。なぜなら考えること、特に自分のことを考えることは、ある瞬間を生きていた自分を呼び出すこと、つまりは引き合いに出すことでしかなく、その自分たるや、考えることなどせずに潑溂《はつらつ》と件の瞬間を生きていたのだから。考えすぎた結果、私の身体と精神は、離れ離れになってしまった。精神は分離と試練の中に忽然《こつぜん》と置かれ、強い渇望状態に陥った。人は戻ることのできない身体を置き去りにすると、（いずれは身体は滅びるものであるから）精神は渇望の対象を未来の生に向ける。至高の力にさらわれるようにして、人間は未来の生へと向かう。真実を生きた結果であれば、そうもなろう。

だが、すべてが嘘であったとしたら？　仮面舞踏会であったとしたら？　私はメシアなどではなく、奇蹟など起こす能力はこれっぱかりもないとしたら？　もし私はアリーではなく、従って「人の子」ではなく、エッセネ人のメシアではないとすれば、私はダビッド・コーヘンの息子のアリー・コーヘンにすぎず、闇の子達に挑む光の子達の戦いを率いるのではなく、単に自分と戦っているだけ、ということになる。はっきりさせねばならない。従って考えていてはだめだ。行動を起こさねばならない。

ナイト・テーブルの上に電話がある。ジェーンの身を案じ、シモンへの連絡をためらっていたが、結局、疑心暗鬼がつのるばかりとなった。シモンに電話する決心をした。

シモンだって何を考えているかはわかったものではないが、彼が正義の人であることに間違いはない。何かにつけ、これまで難局を切り抜けてこられたのも、彼に負うところが大であった。

シモンの番号を押した。思い切ってジェーンの正体を尋ね、シモンの口から真実を告げられるかもしれないと思うと、手にかすかな震えを感じた。きっと声もそうであったろう。

「シモンですか」私は言った。「アリーです。アリー・コーヘンです」

「アリーか」シモンが答えた。「電話を待っていたよ」

「実は、ジェーンのことなのですが。ジェーン・ロジャースの」

「そうだと思ったよ」シモンは言った。

「彼女に関して教えてもらいたいのです」

「君にとってはそんなことが今、重要な問題なのか？」

「死活問題です」

「そうか」

煙草に火をつける音が聞こえた。

「ロジャースはただの考古学者とは違う、と考えているのだろう」シモンは言った。

「どういう意味ですか？」

再び会話が途切れた。そして私はこう教えられた。

「彼女はＣＩＡのエージェントでもある」

「どこのエージェントですって？」私は大声をあげていた。

「誰でも知っているＣＩＡだよ。君の父親と君に捜査を依頼した二年前の連続殺人事件を忘れはしまい」

「無論ですが？」

「途中からジェーンも捜査に協力しただろ。あの時の身分は考古学関係の雑誌社の記者だったが、あれは表向きだ。すでにあの時点でＣＩＡのエージェントだった」

「なぜ今まであなたは黙っていたのです」

「アリー、君も兵役の経験があるのだから、そこのところはわかるだろう……」

「わかりますよ」私は答えた。「よく知っていますよ」

「今回も、考古学者の身分でシリアで調査活動をしていた。エリクソン教授殺害事件が起きるまでね。マサダに行く途中、銃撃されたろう。彼女が狙われたのだよ。危険すぎるから身を引けと言った。だが聞かなかった。君を守りたかったのだ、と思う……」

「なぜそう思うのです？」

「昨日、ロジャースから電話があった。君へのメッセージを言いつかった」

「ジェーンは私にどうしろと？」

「問題が生じた際にはクムランに戻るように、と」

ナセル＝エッダンという友を失い、たった一人で深い絶望感にうちひしがれ、私は旅を続けた。死海のほとりのユダヤ砂漠にあるクムランという場所に向かって。

ジェーンがスパイ活動をしていたなんて……CIAから与えられたミッション達成のために、私が惚れているのをいいことに、彼女は私をひきずりまわしたのか。それも二年前から。彼女は私のことなど多分、一度も愛してはおらず、二年の間、嘘をつき続けたのだ。

罠を仕掛けておいたら、私が飛び込んだ。彼女が淫らな目蓋《まぶた》を上げる。私は魅了された。私に道を踏み外させることにまんまと成功した。私は盲目的に彼女を信頼し、彼女のためにすべてを捨てた。あらゆる危険にもひるむことなく、彼女の呼び声が聞こえるところ、どこであろうが馳せ参じた。

私は彼女を強く憎んだ。無事であるらしいことを知って、同時に嬉しくもあった。部屋の鏡に私の顔が映った。その眼が曇っていた。

額にはצ《ツァディ》の文字が記されていた。別の新たなるレベルでの存在、意識、またはサイクルに達するために、ある試練を受け入れることを表徴する文字である。試練のマイナス面を昇華して、プラスにする術《すべ》を知る者こそが正義の人である。

彼女のせいで、私はもはや「人の子」ではなくなった。彼女のせいで、心は貧しく、精神は孤独となった。だが彼女のおかげで、私は男となっていた。

第九の巻物　帰還の巻物

私は逆上し、怖れおののいた、
腰が震えた。
私のわめき声は「深淵《しんえん》」にとどいた、
シェオール（黄泉《よみ》の国）の奥まで、
なぜなら私は、勇者達と討論するあなたの声を聞いて、
聖者の軍団と言い争うあなたの声を聞いて、
恐怖に陥ったから。

クムランの巻物
《讃歌》

私はイスラエル行きの便に乗った。冷たい雪も荒野の凄《すさ》まじい暑さも関係のない空間が、大地を見下ろしながら移動している。「銀の巻物」を私はほとんど読み終えていた。今や、私は知った。

エリクソン教授とロスベルク一家を殺害した連中が誰であるのか、そして何故なのかを、私は知った。ヨセフ・コズッカが総長についている現在の神殿騎士修道会とフリーメーソンがどんな役割を演じているのかも知った。なぜサマリア人が「銀の巻物」を所有していたのか、また彼等がなぜエリクソン教授にそれを預けたのかも。この危険な捜査にシモンがなぜ私をつかせたのかも理解できた。誰が宝物を手に入れ、それをどこに隠したのかも私は知った。今や、私だけがそれを知っていた。なぜなら、その場所を知る者達は「銀の巻物」を読んでいないし、「銀の巻物」を読んだ者達は、その場所を知らなかったからである。《事件の謎を解くためには、学者であると同時に戦士であらねばならない》シモンは正しかった。

「飛行機は『主の国』へ向かっています。聖地に思いを馳《は》せ、瞑想《めいそう》にひたろうではありませんか」

その声を耳にして、腕に埋《うず》めていた頭を私はあげた。機内に二十人程のキリスト巡礼者がいた。一人の修道士が彼等に付き添っていた。声の主は彼だった。善良そうな肉付きのよい男だった。僧服をまとい、上から大きな木の十字架をかけていた。

「眼下の大海原はキリストの言葉を伝えるために使徒が渡った海です。カエサリアの港を出発し、順風満帆であっても目的地まで三週間を費やさねばなりませんでした。四世紀中頃よりこのかた、無数の巡礼者達が主の足跡をたどろうと熱い思いに駆られて聖地に向かいました。パレスチナの大地はすべてのキリスト教徒の精神的祖国です。なぜなら、そこは、救世主と母マリアの祖国であるからです。使徒言行録の最後を思い起こしてください……。ローマへ向かうパウロの旅が、ルカにより詳しく記されています。難破によりマルタ島に打ち上げられ、苦難にもめげずローマに着き、そこでパウロはミッションを遂行しました。旅の間の試練の数々を通し、パウロはイエスがよくおっしゃっていた言葉の真実性を我々に証明してくれました。《弟子達の歩む道は師が歩んだ道となるはずだ。なぜなら試練のないミッションなどはないからである》兄弟の皆さん、しかしその試練こそが実り多き収穫を可能にするのです。さあ、祈りましょう。使徒と宣教師達の信仰と勇気に近付くように。すべての宣教師達に祈りを捧《ささ》げましょう。エルサレムから地の果てまで、彼等と共におられた主に祈りを捧げましょう！

　パレスチナの地に赴き、死ぬまで聖地にとどまり、聖書を、民の言葉であるラテン語に翻訳した聖ヒエロムニムスを思い浮かべてください。エルサレム、ヘブロン、そしてサマリアを訪れた時の彼の驚き、イエスの足が触れていた地を踏んだ時の彼の感激を御存じですね。もうじきあなた方にもその瞬間が訪れます。聖地の風景は一つの『啓示』なのです」

　たった一日のうちで、私は人が一生をかけて生きる生を生きた。私は愛し、私は知り、私は悪を見た。そして今、地上で私は孤独である自分を見いだしている。ナセル゠エッダンは私にミッションを遂げさせようとして、自らの命を捧げたのだ。底の無い悲しみと憐憫《れんびん》に私の心は沈んでいった。だが、山岳の長老の酷薄さを思うと、沈痛は投網《とあみ》にかかったように驚愕《きょうがく》に変じた。そこをまた逃れて沈む。そんな繰り返しで、精も根も尽き果てていた。ミッションを終えて永遠の眠りにつくことを考えていた。

　今や、私は知った。エッセネ人がメシアを指名したことを。それがイエスであった。そして四十年後、ハコツ家の一員が宝物とその隠し場所を記した銅の巻物をエッセネ人に預けた。巻物は洞窟《どうくつ》に隠された。

　七十年後、バル・コクバ゠星の子という名の男が自らをメシアと信じ、エルサレムを奪回して、神殿の再建を試みた。だが失敗に終わった。千年が経った。十字軍の戦士が宝物を発見した。彼等は神殿の再建を決心した。しかし、彼等が発見したのは宝物だけではなかった。エッセネ人の信仰をも知った。神殿を奉ずる修道会を設立することにした。メシアはいなかった。そこで、前代未聞ではあるが、簡潔な、そして素晴らしい考えを思いついた。修道会そのものをメシアとしたのである。だが彼等の試みも失敗に終わった。イエスがローマ人によって磔《はりつけ》にされたと同様に、神殿騎士修道士達は異端審問会によって火刑に処せられた。

〈アデマール、あなたはきっと神殿を目にすることはない。だが、宝物を取り戻し、それを隠すことはできる。いつか誰かがそれを発見し、イスラエルの地に持ち帰るであろう〉

ナセル＝エッダンはそう言っていた。


私の隣を窺《うかが》うと、一人の女性が座っていた。つば広の帽子を深々と被《かぶ》っているせいで、顔は見えなかった。件《くだん》の巡礼には何か特別の動機があるのかどうか、私は彼女に尋ねた。女性は顔をあげた。面長で繊細な顔立ちをしている。しかし、唇のルージュが生々しいほどに赤い。どこかで見た顔であったが思い出せなかった。彼女の方は私のことをまったく知らないようだ。私の勘違いなのであろう。

「私はポーランドのジャーナリストです。巡礼のメンバーではありません。すべてのキリスト教会の母である聖なる栄光のシオンに赴き、キリストの足跡を辿《たど》り、あちこち見て回るのでしょうが、あの方々、明日はきっとエルサレムですわ」

「なぜですか？」私が尋ねた。

「一人の尼僧が企画した大集会があるのですよ」

「尼僧の名を御存じですか？」

「シスター・ロザリー。詳しく知りたければ、あの修道士にお尋ねになるとよろしいわ」

修道士は巡礼達によって占められている座席の中程に座っていて、一人で話を続けていた。

「主の生活、受難、そして復活の場所は」彼は言った。「まさに、教会が生まれた場所であります。何人も次のことを忘れてはならぬでしょう。神がこの地上で、選んだ国、家族、言は聖地にあった国とその民、そしてその言語であったのです。使徒達がキリストへの信仰を固めたのも聖地においてでありました。それは今もって変わりません」

「私のお守りを御覧になる?」女性は言った。

首からつるしていたお守りなるものをはずすと、開いてみせた。お守りの中身は皮紙の断片であった。それを私は手に取り、調べてみた。驚いたことに死海文書の断片だった……。

「これをどこから?」私は質問した。

「まさしく異様な事件でしたわ」ジャーナリストは言った。

「?」

「ある人間の身に降り掛かった厄災です……ヨセフ・コズッカとかいう名の人物に」

「今、なんとおっしゃいました?」

「ヨセフ・コズッカという名の男が昨日、死んだのです。極めて異様な状態で……。自宅で殺されたのです。短剣で。私は事件を調べにイスラエルに行くところなの。というのも、かの有名な宝物の在処《ありか》を記してある、謎の『銅の巻物』の発見と関わりがありそうだから……クムランを御存じ?」

もうじき聖地到着だった。キリスト教徒達はイスラエルを必ずそう呼ぶ。イスラエルが近付いているのを私は感じた。

クムランを御存じ?……まさしくそこへ向かうところだ。

女性ジャーナリストが狭い折りたたみテーブルに山積みに出していた書類をぶちまけてしまった。私はかがんで拾うのを手伝った。書類の一部の表紙に記された赤十字が私の目に飛び込んだ。エリクソン教授殺害現場で目にした例の十字架と同じ形をしていた。ジェーンが持っていった十字架だ。

ジャーナリストと偽った女性が素早く左右に視線を投げた。私はやっと彼女が誰だったかを思い出した。ズロトスカ夫人とやらだった。ヨセフ・コズッカのところへ赴いたおりに、我々を彼の研究室へ案内した女性であった。

「声をたてないで」彼女が小声で脅迫した。

「あなたはいったい誰だ?」

彼女は答えなかった。

「コズッカが殺されたのは本当か？」
「本当よ。それよりあなたはアメリカの恋人に会いたいのでしょ。だったら、私の言う通りになさい」

精神も肉体も苦痛に苛《さいな》まれていたが、ミッションを遂げるまでは帰国できない。管区長が言ったことを実行せねばならなかった。人っ子一人いない果てしない砂漠が目前に広がっていた。砂漠はその色を刻々と変え、砂丘の影を伸ばしていった。夕陽を浴びて、砂丘が星のようにきらきらと光り始めた。まるで金色の絨毯《じゅうたん》が足下に広がっているようだった。やがて空がダイヤをちりばめた丸天井のようになる。私は夜を感謝した。私はその下で横になった。砂漠の海の上を再び輝く雲がたなびく時刻まで休息をとることが叶った。

そう言って、アデマールは目を閉じ、牢獄の壁に頭をもたせかけた。声が随分、弱くなってきていた。目の輝きにも鎮火する炎のように陰りが見え始めた。私はアデマールの手をとって勇気づけた。その手は震えていた。夜明けが近付いていた。

正体不明の女の捕われ人となって、私はイスラエルに帰国した。空港を出ると女はパーキングへ私を連れて行き、置いてあった車に押し込んだ。あたりを見ると、警官や兵士が何人もいた。だがどうすることもできなかった。相手はジェーンを拉致《らち》しているのである。おとなしく従うよりほかはなかった。

「ついに」アデマールは再び話し始めた。前よりもゆっくりとした口調であった。まるで物語が夜を引き止め、処刑の朝を遅らせる力をもつと信じているかのように。「数日後、急速に大気の温度を上昇させている朝日を浴びて、私はクムランに到着した。何本もの大きな椰子《やし》の木が丘をよじ登るように影を落とし、その傍では、朝日のオーラを受けて無数の石が輝いていた。キャラバンの列が長かったので、速くは進めなかった。ナセル＝エッダンが教えてくれていた道順を辿ったが、キルベット・クムランに着くまで時間を要した」

ついに、私は崖の上のテラスにたどり着いた。そこに「基地」があった。基地に隣接して広大な墓地もあった。墓地全体の形は三角形を描いており、その一辺には長い壁が立っていた。三角形の頂点にあたる部分は大きな「広場」になっており、死海の方へ向かって突き出ようとする格好になっていた。基地を支配して、塔がそびえていた。内部には長方形の住居を中心に小さな住居が幾つもあり、また数多くの浴槽もあるはずであった。静けさのせいか、無人の基地のように感じた。朝日が岩や石を温めていた。私の背後には紫色にけむるモアブの山並みが目を覚まそうとしていた。

時刻のせいか、無風状態であった。まだ青ざめた感じのする死海は細波一つない。完全に目覚めているとはいえないにもかかわらず、急速に強度を増す光を浴びて、すでに風景全体が息を切らし始めているようであった。

基地の入口でキャラバンを止め、馬を繫《つな》いだ。そして静寂が支配する基地の内部へ私は入って進んだ。水が満たされた幾つもの浴槽や、長方形の貯水槽数基の前を通る。後者の水は荒野《あれの》の岩場を走り下るワディから引いているのであろう。石造りの長い建物の前に来た。そこに私は入った。中庭や囲地があった。中庭に面して幾つもの部屋があった。石の大きなテーブルのある集会所。インク壺《つぼ》の置かれた低いテーブルが備え付けられた写字室。炉が幾つもある製陶所。

庭の奥に件の塔があった。塔の一階の部屋に入った。石の壁に開いた横長の狭い二つの窓だけが明かり取りになっていた。階段を登り、上に行くと、三つの部屋があった。一室が他の二室より大きい。そこから声が洩《も》れ、聞こえた。

「怖がることはないのよ。そのうち理由もわかるわ。

我々があなたに何を望んでいるのかが」

偽ジャーナリストの運転するジープはエルサレムを出て荒野へ向かった。

怖がる？　確かに私は恐れていた。私の死を望む暗殺者達がきっとジェーンを拉致しているのだから。エッセネ人との再会も怖かった。「共同体規則」の厳しさを知っていたからだ。犯した過ちの程度によって下される罰は生温《ぬる》いものではなかった。罪人に対してエッセネ人は慈悲をかけない。二年前には裏切り者をなんと十字架刑に処したのである。

「着いたわ」女が言った。

女はキルベット・クムランのある台地の手前でジープを止めた。目の前に一台の車が止まっていた。ドアが開いて男が降りてきた。例の居酒屋の主人であった。別名、神殿騎士修道会の財務長。大きな体が白のチュニックに隠されていた。アラビア人が外《がい》套《とう》の下に着るチュニック、ガンドゥーラの一種のようだった。頭には赤いクーフィーヤを巻いていた。

「アリー・コーヘン」彼は言った。「再会できて嬉しいよ……」

「何が望みだ？」私が言った。「ジェーンはどこだ？」

「いきなり質問責めか」彼は落ち着き払って言った。「何から教えてやったらよいものか……。とりあえず自己紹介をしておこう。私はオマールという」

「何が望みだ？」私は繰り返した。「いったい、ここで何をしている？」

「知らんのか？」

「知らない。だがお前の正体を私は知っている。『暗殺者教団』の『山岳の長老』と同様の人殺しだ。エリクソン教授、ロスベルク一家、そしてヨセフ・コズッカを殺したのはお前だろう」

「大当たりだ。『銀の巻物』を読んで、少しは知恵がついたな」

「さあ、ジェーンはどこだ？」

「ジェーンは安全な所におる」

「どこだ？」私は繰り返した。

「安全な所におる、と答えただろう。さあ、質問をするのはこちらの番だ」オマールは言った。「洞窟はどこにある？　そこに案内しろ」

「そこってどこだ」

「とぼけるでない」

「もし、断われば？」

「アリー」オマールは囁いた。「神殿騎士修道会の、戦闘の際の『規則』を知っているか？」

オマールは私に近付くと囁《ささや》き声で続けた。

「分団長の命令で奇兵隊が編成される。そこからは絶対に離れてはならない。白と黒に染め分けられた軍旗《ボーセアン》を分団長が高々と掲げて攻撃の合図をする。騎士に正確な持ち場が与えられる。一人一人のボーセアンが掲げられている限りは、戦いを放棄することはできない。『主よ、我々と共にあれ。我にボーセアンを。我こそが奪回せん！』そう雄叫《おたけ》びをあげる……。ところで我々の教団の『戦闘の規則』を知っているか？」

オマールはそう言うと、私の答えを待たずにこう言った。

「我々にはそれがない。何でもありなのだよ」

女とオマールに挟まれて、私はユダヤ砂漠を奥深く、溶鉱炉の熱にも似た酷暑の中を進んだ。三人とも無言だった。キルベット・クムランに着いた頃には陽が落ちていた。すべてが静かで荒涼としていた。しかし、石と堆積《たいせき》層の世界にはいまだ日中の熱気がわだかまり、岩も熱く、海も暑さによる眠気でどんよりと濁っているかのようだった。背後には紫色にけむるモアブの山並みがあった。光り始めた星々を映し出した静寂の海を褥《しとね》に、眠りにつこうとしているのだろう。大気はそよりとも動かない。青ざめた風景が茶金色の残光に愛撫《あいぶ》され、夜を迎えようとしていた。

（こうしていつもの昼の後に、また夕べが来た）私は思った。だが、明日には何が待ち構えているのだろうか？

墓地の傍を通った時、私は異様な感覚にとらえられた。大地の起伏がつくっている煉瓦《れんが》色の死者達の褥の向こうから、毒の蒸気が立ち上り、不吉な大雲となって我々についてくるかのようだ。二週間前に恐ろしい光景が展開された場所であった。大空と、岩と、恐れを知らぬ死の海と、白く冷たい荒野が、それを見ていたはずだった。私は目を見開き立ち止まった。石の像に自分が化したように思えた。暴かれた無数の墓が天に向かって呻《うめ》き声を上げていたからだ。

「私の手足を動かす前に、私は『彼の名』を祝福する」声はそう言っていた。「出る時も、入る時も、座る時も、立ち上がる時も、そして褥に横たわる時も、私は彼の御前で祈りを唱える。人々の中に埋もれていても、私の唇から出る供物（言葉）によって私は彼を祝福するであろう」

私は声の聞こえた広間に入った。百名ほどの白衣の男達がいた。皆、朝日に顔を向けていた。円陣の中央にいた人物が私の方を向いた。

神殿騎士修道会エルサレム修道院の院長にしてエルサレム管区の管区長だった。修道会が身の安全を約束したナセル＝エッダンを救えなかったことで、私は恥じ入った。

「よくぞ戻られた、アデマール」管区長は言った。「ようこそキルベット・クムラン領へ。ここにいる者達は我々の会の最後の戦士達です。神殿再建のためエッセネ人より送られた戦士達だ。あなたのお陰で、いつの日か再建が叶う」

百名の男達は身じろぎもせず、我々の前にいた。階級順に立って並び、参事会の荘厳な空気をいやがうえにも高めていた。類をみない教会参事会と言えた。

「今度は」管区長が言った。「『宝物』をあなたのみが知る場所に隠しに行かねばなりません。我々さえも知らない場所に」白衣の男達の方へ顔を向けながら、彼は付け加えた。「我々が成就できなかったことを、いつの日か成就する者達が、その場所を見つけましょう」

宝物を隠す任務を開始するために、翌日、私は基地を後にした。キャラバンの馬を繋いだ場所に行くと、一人の少年がいた。年齢にもかかわらず、顔には日焼けの皺《しわ》がよっていた。黒い瞳《ひとみ》と黒い髪が陽射しの下では、まぶしいほどの白いチュニックとコントラストをつくっていた。少年は私に近寄った。

「なんだね？」私は馬に鞍《くら》を付けながら尋ねた。

少年は答えなかった。

「名は何という？」

「ムピムと呼ばれているの」

私はかがんで、彼を観察した。まだ十歳にも達していなさそうだ。眼が潤んでいた。泣いていたのだろう。

「どこからやってきた？　ムピム」

少年は北の断崖の岩肌に穿《うが》たれた洞窟を指差した。

「迷子になったのではないかな？」

少年はうなずいた。

「一緒においで」私は言った。「帰る道を見つけよう」

私は少年を私と一緒の馬に乗せた。長いキャラバンを率いて私は出発した。ムピムと私は荒野を進んだ。ムピムは口を開き始めると、彼の民の物語を語った。「この荒野ですべてが始まったの」と彼は言った。

神は僕の祖先のアブラハムにこう言ったの。

「国を去れ。そなたの両親のもとを去れ。そなたの家を出よ」

「何処へ行けばよいのですか？」アブラハムは尋ねた。

すると神はこう答えた。

「私の示す国へ行け。（私の言葉に従い）国を離れれば、そなたから大いなる民を生まれさせる。そなたの名を偉大にしよう。国を離れよ。さすれば、そなたは祝福されることになる」

ムピムはイスラエルの民の困難な旅も語った。荒野の砂漠に残された彼等の四十年に亘《わた》る放浪生活の痕跡を辿った。ナイルを出て、シナイの山岳地帯にいたっても彼等の道は険しかった。

だが、その道こそが、神が選び、自らの民と定めた彼等と契約を結んだ場所であった。神が彼等に自らの手で記したトーラーを与え、神と人が出会える「幕屋」をつくるように命じた場所であった。

「さあ」オマールが言った。「どう行けばいいのだ？　道を間違えんように頼むぞ」

「なんであんなおぞましいことをした？」私は暴かれた墓地の方を示して言った。

「お前達のテキストに記されていたことを参考にさせてもらったからだ。『乾ききった骨の谷』は終末の徴《しるし》ではなかったか？　さあ、早く行け。いや、お前はだめだ」

　オマールは付いてこようとしたズロトスカ夫人に向かって言った。

　言うと同時に拳銃《けんじゅう》を取り出し、彼女に向けた。そして、私の目の前で、何のためらいもなく引金をしぼった。乾いた銃声が一度、そして続けざまに二度聞こえると、口から血を流した女が崩れ落ちた。

　何事もなかったかのように、オマールは再び歩き始めた。目的地に着けば、私も殺されるに違いなかった。そうでなくとも裏切り者に対するエッセネ人の極刑が待ち構えていた。だが、ジェーンを助け出すにはオマールを洞窟に案内するほかなす術《すべ》はなかった。

　三十分ほどすると目の前に、とても踏破できそうにない、絶壁に近い岩場がたちはだかった。

「さあ」オマールは言った。「なにをぐずぐずしている」

　絶望的な気分で私は秘密のルートを彼に教えた。途中、何度か足を滑らせそうになるところを腕で支え、死の落下を免れた。

　ついに岩山の反対側に到達した。台地になっている場所だ。目の前に第一洞窟の入口が見えた。

　洞窟は曲がりくねっており、そのうえ、人一人がやっと入り込める狭さである。身をかがめて、私はオマールを案内した。何度も滑りそうになる。なにしろ、足下は滑りやすい岩。かと思えば、壷の破片、傷んだ巻物の断片、陶器の破片、布切れに覆われているのだ。

「『終末』を演出したのは」私が言った「お前か？」

「エリクソン教授が発見した『銀の巻物』のおかげで」オマールが言った。「我々は神殿の宝物の在処を突き止めた」

「アデマールが隠した場所のことを言っているのか」

「私が神殿騎士修道会に管財人の資格で入り込み、

ズロトスカが総長コズッカの調査チームにもぐり込んだおかげで、サマリア人のところにある『銀の巻物』の噂をエリクソンが耳にしたことを知った。

エッセネ人が今もって存在していることをエリクソン教授は知っていた。だが、どこにいるかは知らなかった。アル＝アクサ寺院を壊さずに神殿再建が実現できることを、彼の娘のルツと義理の息子アロン・ロスベルクが明らかにした。ハシディムに属していたロスベルク夫妻からは別の大事な情報も教授は得た。二年前に消えてしまったハシディムのメシアのことだよ。そしてジェーンが何かのおりに、荒野に去ってそこで暮らしているお前のことを教授に話した時、点がつながった。消えたお前は（荒野の住人である）エッセネ人のところに隠遁《いんとん》した、と教授はまず考えた。そしてメシアとはお前のことに違いないと結論した。メシアであるお前のことをサマリア人に話して、教授は『銀の巻物』をまんまと手に入れた。内容を知ると、エッセネ人の隠れ処を見つけるために、ある方法を思いついた。それは『審判の日』の儀式をユダヤ砂漠——荒野で執り行なうことだった。そうすれば、きっと彼等は出てくる。いよいよ終末が近付いたことを知る……」

「そこで、動物の代わりに、お前達は教授を生け贄《にえ》にしたのか？」

即答する代わりに、妙な顔付きでオマールは私をじっと見つめた。そしてこう言った。

「生け贄の儀式だけでお前達が出てくる保証はなかったからだよ。お前達エッセネ人を呼び出す最も効果的な方法はなんだ？　我々は教授を殺した。動物の代わりにな。そして奴の仕事だった発掘を引き継いでやった。エッセネ人の墓を暴いたのさ。案の定、お前が出てきた。何度かお前を拉致しようとした。だが、訳のわからぬ力に守られているらしく、そのたびに失敗に終わった。それにお前にはジェーンという守護天使がつきまとっていたからな。さらにパリでは、モサドのエージェントまでがつかず離れず、お前達にくっついていた。トマールでも同じだった。そこで件の守護天使さまの方を拉致することにしたのだよ。見ての通り、事はうまく運んだ、という次第さ」

「『我々』と言っているが正体を明かせ」

するとオマールはせせら笑いにも似た異様な笑いを見せ、こう言った。

「たとえで言ったつもりかもしれんが、お前が先刻言った通り、我々は正真正銘の『暗殺者教団』だ。ハッサン＝イブン＝サッバハの末裔《まつえい》だ。七百年前に神殿騎士修道会が回収したお宝を頂戴しに現われたのさ」

洞窟の突き当たりに到達した。壁に小さな扉がある。その向こうが我々エッセネ人の領土だった。

私は扉を開けた。その時である。金属が嚙《か》み合う音を私は聞いた。

我々の前に父がいた。手には引金をおこした拳銃が握られていた。

「お前達は」オマールを見て父が言った。「ただの人殺しの集団だ。盗人の集団だ。『神殿の宝物』はお前達のものではない」

「父さん」私は驚いて言った。「なぜここに？」

父は真顔で私を見つめた。やっとその時、父がエッセネ人の麻の白衣を着ていることに私は気付いて、思わず訳を尋ねた。

「私は今もってダビッド・コーヘンだ。大祭司＝コーヘンの血統だ」

いつの間にかポケットから取り出した拳銃をオマールは私に突きつけた。


ムピムを送ると、私はエルサレムへ向かった。キャラバンを率いて。神殿騎士修道会の修道院に着くと、地下へと下りた。地下には岩を削ってつくられた、丸天井の地下室があった。キャラバンの馬の背に積んであった麻の袋をすべてそこに置いた。中に石を詰め込んだ袋を。宝物はすでに別の場所に隠し終えていた。私だけが知る場所に。

神殿騎士修道会エルサレム修道院のメンバー全員が私の帰還にそなえていた。晩餐《ばんさん》が始まった。全員が静かに席につくと、パン係がパンを運んできた。全員料理係が各々の前に皿と肉料理を置いた。全員が一つのテーブルに集う荘厳なこの晩餐で、出されたパンを食べながら、葡萄酒《ぶどうしゅ》を飲みながら、全員が思いを馳せていた。「人の子」がパンと葡萄酒を祝福する光景に。

私が立ち上がった。そして全員の前で私の旅を語った。それからこう言った。

「この晩餐に臨席されているすべての友よ。我々の歴史はこうである。我々が聖地にやってきたのは神殿を再建するためであった。イエスが願った再建を実現するためであった！　イエスは死を望みはしなかった。生命の炎を絶やしたくはなかったからである。イエスはガリラヤを出発し、サマリアを巡った。サマリア人が待っていたゲリジム山にて足を止めた。イエスは隠遁生活をする決心をした。我々の祖先であるエッセネ人のところで。終末が近付く、と彼等が信じていたからである。しかし、彼等はイエスに言った。終末を迎えるにあたって、万人に『悔い改め』を説くようにと。イエスは荒野でエッセネ人のヨハネに会った。罪の赦《ゆる》しを与えるための洗礼をヨハネは万人に告げた。エッセネ人はヨハネに、イエスこそが『子』、『僕《しもべ》』、『選ばれし者の中の選ばれし者』であることを教えた。そしてエッセネ人はこう言った。『知らせ』をもたらす者の道程は長い。闇を歩く民に光をもたらすための道程は険しい。

いつの日か、友よ、いつの日か、イエスの預言は実現される。そう、いつの日か、『時が訪れる日』に、神殿が再建される。第三の神殿がどのようなものになるのか、それを私は知っている。荒野で会った少年が語ってくれたからである。まるでこの目で見た思いであった！」

そして私は第三神殿について、こう語った。

至聖所を囲んで四重の「中庭」がある。「奥の中庭」――二重になっていて外側の方を「婦人達の庭」という――には四つの門がある。東西南北に向かって。「真中の中庭」とその「外側の中庭」は合計十二の門をもつ。ヤコブの十二人の息子の名がそれぞれの門につけられる。「外側の中庭」は十六の部分に分けられ、十二の部屋をもつ。イスラエルの十二支族のための部屋である。聖職者が出たレビ族は除く。件の門は万人が通れるようにすべて巨大である。「奥の中庭」の下には祭司達の「座」がある。各々の「座」の前にはテーブルがある。「奥の中庭」

の中央に位置する「聖所」には「神殿の調度」がある。ケルビムの像、金の幕、枝付き大燭台《だいしょくだい》。「婦人達の庭」に四つの灯明がともり、香がたかれる。香の煙が「見えるもの」と「見えないもの」の間に立ち上る。

大理石の広い浴槽がある。そこで禊《みそぎ》をする。長い廊下を進み、高い階段をのぼる。いずれも白く輝いている。一段一段、「主」に近付いてゆく。

ついに「神殿の中心部」に達する。司祭が低い声で話す。十三種の香りをもつ香がたかれる。「夜警の夜警」であるメノラの光が君臨している。供物のテーブルがあり、十二個のパンが置かれる。神殿のこの中心部の中心に「至聖所」がある。周囲と四色の幕で隔てられ、レバノン杉が張り巡らされている。「至聖所」。友よ、そここそ大祭司が神と出会う「場」である。

「神殿騎士修道会エルサレム修道院」を私が後にした時は夜もふけていた。私の使命は終わった。ただちに帰路につきたかった。もはや将来のない聖地に留まるつもりはなかった。討死にのための討死にはいやだった。最も大切なものはすでに救った。一刻も早く帰国したかった。厩舎《きゅうしゃ》の前に来ると、男がいた。白と赤を着ていた。山岳の長老のところで見かけたレフィークであった。私をどうしようとしているのか、私はすぐに理解した。

宝物の在処を知る唯一の人間をレフィークが葬り去ることが決まっていたのであった。

いよいよ最期かと思った時、銃声が轟《とどろ》いた。そしてもう一度。

オマールが崩れ落ちた。しかし、発砲したのは銃を撃つことのない父ではなかった。シモン・デラムだった。シモンの後ろにジェーンがいた。

「ジェーン」息を弾ませて私は叫んだ。

「この男に捕まっていたの」床に横たわっているオマールの死体を示してジェーンが言った。「あなたをおびき出すためにユダヤ砂漠に連れてこられた」

「オマールという名前だ」私が言った。「別名『山岳の長老』……」

「シモンのエージェントが私達をつけていて幸いだったわ」

　稲妻よりも素早く、腰に携えていた聖なる剣を私は抜き放った。胸をめがけて襲ってくる短剣にひるむことなく、私は暗殺者に立ち向かった。腰を低くして、フェイントの刃を出し、地面で一回転する。敵がほぼ相手の背後で立ち上がると脇胴《わきばら》を襲った。敵が体ごとぶつかってきた。鍔迫《つばぜ》り合いがしばらく続いた。機をみて飛び退く。すかさず相手が、私の腹めがけて短剣に身をあずけ突っ込んできた。私は敵の喉元《のどもと》めがけて、両手で持った利剣を薙《な》いだ。血煙があがった。血流がほとばしった。

　こうして私はレフィークを逆にあの世に送り、ヤッファから船に乗った。あとは故郷の美しきフランスの地を踏むのを待つばかりであった。

　ところが、母国フランスで私を待ち受けていたのは……！　知っての通り、最悪の運命だった。異端審問……。夜明けが近付いてきた。大事なことを最後に言っておかねばならない。

　二人とも言葉が出なかった。シモンが運転するスモーク・ウィンドーの車の後部座席で、ジェーンと私は見つめ合っていた。二人の目が話し始めた。苦悩と悔しさに溢《あふ》れかえる私の目が彼女を非難した。潤んだ彼女の目が〈私を信じて〉と嘆願していた。〈二年間もだまし続け、〝信じて〟もないものだ〉私の目が怒気を込めて言った。〈あなたの愛を裏切ったことはないし、あの時も、今も、愛し続けているのよ〉彼女の目がそう答えた。私の目は黙った。泣き濡《ぬ》れた沈黙が沈黙を請うた。結局、恋をしている私の目はしなだれて黙った。そして言った。〈離れたくない。上げられるとすれば、君に向かってだよ……君を恋して衰弱している……君の宮殿で休ませてくれ……君の傍らにいさえすれば何もいらない……あとのすべては嘘と虚栄でしかないから〉

アデマールの声はもはや吐息に近かった。「我が子よ」感動を込めて私は言った。「何でも言ってください。どんな頼み事も聞きましょう。曙光《しょこう》を仰ぐことが今朝は血の出る思いです」

「牢《ろう》を出たら、ただちに逃げてくれないか。私の告白の内容を知ろうとして、審問官どもが君を尋問する。そしてまた、シトー派のところへは戻らないでくれたまえ。フランスを離れて聖地へ旅立ってほしい。聖地に着いたら、死海から遠くないゲリジム山に住んでいるサマリア人を訪ねてほしい。宝物の管理職ハコツ家の末裔達がそこにいる。今夜、私が話したことをすべて巻物に記し、それを彼等に預けてほしい」

震える手で、もっと近くに寄るよう、ダキテーヌは私に合図した。

「『神殿の宝物』は」彼は私に囁いた。「クムランに隠した。エッセネ人の洞窟に。洞窟内に『写字室』と呼ばれる部屋がある。その奥に大きな壷が幾つも置かれている。その中に私はすべての『宝物』を隠した」

私の眼差《まなざ》しに驚きを読んだダキテーヌは微笑みながらこう言い加えた。

「迷子の少年ムピムを送っていった先とは、エッセネ人の洞窟だったのだよ」

私は聖なる男アデマールに別れを告げた。涙が止まらなかった。ユダヤ教の聖典タルムードを研究する者達を火刑にした「イル・ド・ジュイフ」に杭《くい》が立てられた。杭に取り付けたはりにアデマールは鎖で縛りつけられた……。膝《ひざ》の高さまで薪が積まれた。

薄暗い夜明けの空に煙が立ち上り始めた。

「汝は、キリスト教会に対していささかの憎しみも残してはおらぬか、十字架を崇拝するか？」

最後に高位聖職者が火刑台のアデマールにそう問うた。

「キリストがかけられた十字架など」最後まで輝きを失っていない目に涙を浮かべ、アデマール・ダキテーヌは答えた。

「私が崇拝するわけがあるまい。火刑のこの火を崇拝する人間などいないと同様に」

一三二〇年、ゲリジム山にて。シトー派修道士フイレモン・ド・サン＝ジル。

畏怖《いふ》の念にとらわれて、私は近付くシオンを見ていた。畏怖の念にとらわれて、私はシオンに向かってのぼっていた。そして、その名を呟いた。力ずくでなされた帰還ともいえた。確かにある力が目覚めて、人間に襲いかかろうとしていた。今の私にとって、エルサレムは差し出された盃《さかずき》のようだった。目《め》眩《まい》を感じた。エルサレムは私にとって上げねばならぬ石であった。私はジェーンを愛している。私の心が欲する存在を見いだしたこの瞬間を私は生きている。エルサレムに何を上げろというのだ？

א《アレフ》の文字を無限回書けば、その間に私は答えられたであろう。アレフは沈黙、単一、潜勢の力、平静。アレフはまた思考の中心であり、上の世界と下の世界、善と悪、前世と来世を結ぶ絆《きずな》でもある。不思議で素晴らしい文字アレフ。

第十の巻物　神殿の巻物

キッティームの軍団が崩壊する日には、
イスラエルの神の庇護《ひご》の下に戦いが行なわれる、
大量の虐殺がある。
闇の子達に対する戦いのその日は、昔より決められている。
その日、神々と人の共同体が大合戦に向かって進軍することになる。
光の子達と闇の子達の宗団が戦い、
神の力を見ることになろう。
巨大な群《むれ》、凄まじい騒音、神々と人間が鳴らすラッパ。
災禍の日！
苦しみの日！
その日を民は目撃する。その日を神は神による贖罪《しょくざい》となさる。
そのおかげで民の苦しみは消滅することになる。
永遠の贖罪がその日に終わることになる。
キッティームとのこの日の戦争で、
三つの合図で光の子達が「悪」を踏み潰《つぶ》すことになる。

クムランの巻物
《戦争の規則》

私はアリー。人にして「人の子」。一羽の鳥も、一匹の昆虫もいない火の嵐が吹く荒野《あれの》に暮らした。昼は火の大地の上に太陽があるだけだった。夜には凍《い》てつく闇があるだけだった。眠りもなく、休息もなく、「時間」もない。「創世の時」を私は生きていた。切り立った険しい太古の暗礁に「創世の時」が刻まれていた。この異様な荒野に暮らしていると、古きものと親密になる。この荒野では人類の歴史が直喩《ちょくゆ》で表われている。火口状の穴の数々が語る。太古の昔、地殻が移動し、絶え間なく地震が起こり、古い山脈が沈み、新しい山脈が持ち上がった時を。アラブの大地となるアフリカ大陸の一部が北に向かって動き始めた。海が大地に浸入した。断層はやがて紅海を形成することになる。動いた地殻の先端は今日のイスラエルを通過し、エイラート湾へと至る。アラバハの谷を通り、ヨルダン流域に続き、ガリラヤの海を横切り、長く狭い裂窩《れっか》となって。そこに私は住んでいる。豆粒のような場所に。豆粒のような場所と言っているこの私はアリー。満足を知らない。荒野に在って、瀝青《れきせい》の海の神秘的な岸辺を眺めて日々を過ごす。神を迎えるために道をつくれ、ノアの洪水以前のステップをならせ、そしてのぼれ、エルサレムへのぼれと荒野に向かって叫びながら。

「着いたよ」車がヤッフォ門に到着するとシモンが言った。「君をここに連れてきたのも、我々の仕事がまだ終わっていないからだ」

「どういう意味ですか?」私が尋ねた。「何が起こっているというのですか?」

「説明の必要はあるまい」シモンが深刻な声で答えた。「時が訪れたようなのだ」

シモンは立ち上がると、私の腕を取った。

「さあ、『広場』に上がろうか」

「『広場』に?」

「その通りだ」シモンが言った。

ヤッフォ門に止めた車の傍にジェーンと父を残して、『広場』に向かって我々は進んだ。聖墳墓教会、ゲッセマネ、そしてドルミシオン〔聖母最後の眠り〕僧院の鐘の音が遠くで泣き声のように響き渡っていた。《世界の終わりの時まで私はそなた等とともに在る》

《東方にいるそなたの民を私は連れ戻すことになる。西方よりそなたを私は帰還させることになる。北方に向けて私は言うことになる。与えよ！　南に向けて私は言うことになる。後退《あとずさ》りするな！　遠い国々から私の子供達を呼べ。地の果てより私の娘達を呼べ》

『広場』から下を見下ろすと、ハシディムの男達が歌い、そして踊っていた。眼を閉じ、足を踏みならしてリズムをとっている。

「アロン・ロスベルクから我々の手に渡った図面のおかげで」シモン・デラムが地図らしきものを開きながら言った。「神殿騎士修道会とともに、エリクソン教授とロスベルク夫妻が実現しようとしていた計画を、今や、我々も承知している。見てごらん……」

シモンは私に図を見せた。『神殿の広場』の地形図だった。点線をたどると神殿が浮かび上がった。『庭』全体は一辺が八百メートル以上に及ぶ正方形だ。エッセネ人の『神殿の巻物』によると、神殿の総面積はおよそ八十ヘクタールだそうだ。西は『ダマスカス門』、東は『オリーブの山門』に至る大規模な工事が求められる。東の地均《じなら》しには、ケデロンの南の谷を埋めねばならないし、西の地均しでは岩を掘削せねばならない。土や岩との格闘が待っている。とんでもない難事業ではあるが、実現不可能というわけではない」

「いや、不可能ですよ」私は言った。「『岩のドーム』の正面にはアル＝アクサ寺院があるではありませんか」

「だが、彼等の計画によれば、アル＝アクサ寺院を避けられる。もっともアル＝アクサは彼等の建物と考えているらしいが」

「なんですって？　いったいどういうことですか！」

「まさしく、アル＝アクサ寺院の敷地内にかつて神殿騎士修道会の『エルサレム修道院』があったからだよ！」

　そう言うと、シモンは次に「岩のドーム」の方向を手で示した。びくともしない巨大な金のクーポール〔ドーム〕を戴《いただ》いた八角形の建造物が目前にあった。そしてその傍に小さな建物が……。

「『石板のドーム』を囲むあの場所こそが、彼等が計画した第三神殿本体の敷地なのだ。従ってアル＝アクサ寺院は残せる。彼等はそう考えた」

　私はアロン・ロスベルクがこう言ったのを思い出した。

《『広場』を詳しく観察すれば自然とわかることなのです。『広場』には『岩のドーム』の外に小さな建造物があります。『霊のドーム』あるいは『律法の石板のドーム』と呼ばれている建物です。なぜそう呼ばれるのか、と言えば『律法の石板』を思い出すために建てられたからです。『アロンの杖《つえ》』『荒野のマナを入れた杯』そして『石板』は至聖所に置かれる『契約の櫃《ひつ》』の中に保管されていたと、ユダヤ教の聖伝が教えていますね。またこうも教えられています。『石板』は石の上に置かれていた。至聖所の中央に据えられた『土台の石』の上に。以上すべてを考慮すれば『至聖所』はこれまで信じられていたように『アル＝アクサ寺院』の下にではなく、まさしく『神殿の広場』の下にある、と考えられます》

「エリクソン教授やロスベルク夫妻が殺されたのは……」私が言った。「地下に至聖所のあるモスクの広場に神殿を再建しようとしたから……。そして、そこに納める『宝物』の実在を『銀の巻物』を読んで知ったから……。つまり、暗殺者教団は神殿の再建を妨害し、また宝物を奪う目的で彼等を殺した」

「だが、奪うにはエリクソン教授に宝物の在処《ありか》であるエッセネ人の洞窟《どうくつ》を発見させねばならなかった」

「教授は殺されたことで発見を実現した。だって私が出てきたのですからね。あとは私を追跡すればよい。そしてその私を洞窟から誘い出したのは、シモン、あなただ。私を追跡する暗殺者教団を追跡するために。結局、あなたは私をおとりにつかった……
……」

「おとり、おとりと言わんでくれ」シモンは口ごもって言った。「確かに、君を我々は見張っていた。トマールでもね……」

　暗殺者教団の末裔《まつえい》達はアル＝アクサ寺院が彼等の神殿であり、また、かつて神殿騎士修道会が彼等に託した「宝物」も彼等のものであると考えた。彼等の神殿を保持し、宝物を手に入れるため、先祖の手口である公開殺人を実践して、エリクソン教授、ロスベルク一家、そしてヨセフ・コズッカを惨殺した。

「ジェーンと君を殺さなかったのは、君達が案内役だったからだ。奴等の考え通り、君達はオマールこと山岳の長老を洞窟に案内した……」

「それでジェーンはすきをみてあなたに電話をし、あなたを通じて、私にクムランへ戻るように伝えたのですね。クムランで私と落ち合うつもりで。つまりジェーンは奴等の考えをすべて読んでいた」

　その時だった。ショールで覆面した二人の男がやってくるのが見えた。十日前に、シオン門で私を拉《ら》致《ち》しようとした二人だった。

「いたぞ！」一人が叫んだ。「エッセネ人のメシアだ。殺《や》ってしまえ！」

　シモンからもらった拳銃《けんじゅう》を抜こうとしたその時、凄《すさ》まじい爆発音が轟《とどろ》いた。地面が揺れた。陥没するかのような、凄まじい揺れだった。イスラム教徒が壁をつくって塞《ふさ》いでしまった、メシアのくぐる「黄金門」が爆薬をつかって開かれたのであった。

　目の前の二人の男が地面に崩れ落ちた。彼等が爆発音に気をとられたすきに、シモンが銃弾をくらわせたのだ。

　シモンが私を地面に伏せさせた。

「暗殺者教団の男達……」私は言った。「しかし、あの爆破は誰が？」

「神殿騎士修道士が『メシアの門』を開いたのだ」シモンが言った。「アリー、とうとう戦争が始まった」

　遠くで機銃掃射の音がした。建物が爆破される爆発音が何度も轟いた。「広場」ではつぶてが飛び交っている。空を仰ぐとツシャール＝イスラエル軍のヘリコプターが何機も飛来していた。市民を守るためにタンクが街中を走り回る。どのタンクも大砲の先を発砲個所に向けていた。

「戦争？」私が言った。

「避けられると考えていたのだが……どうも甘かったようだ。万が一に備えて、軍に出動を命じておったのだよ」

自警団の資格で騎兵が集合しているのが見えた。極めて整然と隊をなした彼等にリーダーが攻撃の合図を出した。掲げたその手には、白と黒の軍旗が握られていた。雄叫《おたけ》びがあがった。

トマールの教会で念じたように、私は「彼の名」を念じた。しかし、あの時の火は本当に奇蹟であったのか？　果たして、あの突然の出火は私の敵を追い払うべく起こったのか？

シモンが私の腕をとり、省察から私をひきずり出した。彼に従い、ジェーンと父のところへ向かった。白と赤に身を包んだ神殿騎士修道士達とクーフィーヤで覆面した暗殺者教団の男達の戦場を横切り走った。そこにイスラエル軍が駆けつけてきたが、戸惑いを禁じえなかったようだ。あちらこちらで虐殺が繰り広げられていた。闇の子達との恐ろしい戦争が始まっていた。ありとあらゆる凄まじい騒音が不幸の日、悲惨の時を告げて人々の耳を襲った。

「広場」に火の手があがった。「西の壁」に集合したハシディムに向かってさかんに石が投げられている。四方八方から飛んでくる無数の銃弾が無数の石粒の隙間を唸《うな》りながら飛び去ってゆく。あちらこちらの建物の屋根に配備された軍精鋭のスナイパー達が凄まじい騒音と煙幕に動じることもなく、複数の発砲個所に向かって反撃の引金を冷静に絞っていた。西の壁の足下にはハシディムの祈りのショールが散らばっていた。すでに救急車が何台も走り回っている。止まるやいなや飛び降りてきて、負傷者のもとに走ってゆく救命士の姿があちこちで見られた。騒音の中に突然、声が響き渡った。スピーカーを使って、聖戦を叫び掛けるイマームの声であった。

その声に、旧市街が戦いに目覚めた。何分も経たないうちに、あちこちの店から飛び出してきた商人達が車をはじめ、手当たり次第にそこいら中のものに火をつけ始めた。周辺の丘の上では巡礼者達がかたまり、信じ難い凄まじい戦闘の光景に目を釘付《くぎづ》けにされていた。

　やっとのことでシモンと私はジェーンと父のいる場所にたどり着いた。二人は車の近くの壁に身を隠していた。

「大丈夫だ。戦闘はじきに終わる」ジェーンのところに駆けつけて私は言った。

「いいえ、アリー」ジェーンが答えた。「奇蹟でも起きない限り無理だわ。その奇蹟も長らく起きてはいない」

「そんなことはない。奇蹟はある。現にトマールで起きた」

　そう明かした私の顔をジェーンは気の毒そうに見つめた。

「あれは私が火を放ったの。暗殺者教団に拉致される前に。発煙弾を使って……」

「君の仕業だというのか」私は思わず大声で言った。

　ジェーンは嘆願するかのような表情を浮かべた。

「私だったの……私が……」

　ジェーンの言葉が白衣をまとった人物の出現で中断された。レビ族のレビであった。レビは私に近付いてきた。思わず私は後退りした。何を言われるのだろうか？　洞窟を脱走して以来、初めて会うレビは、しかし無言で冷静に私を見つめていた。厳粛な表情をたたえていた。

「アリー」やっとレビが口を開いた。「お前だね。やっと帰ってきてくれた」

「ええ」私は答えた。「帰還しました」

「二千年間、我々が準備していた戦争が始まった……否、始まりはメルキゼデク殺害の時からだ」

「メルキゼデク？」私が問うた。

「何が起ころうとしているのかを理解していたエリクソン教授は、生け贄《にえ》にされたあの夜、（ダビデのメシアである）お前を待っていた。エリクソン教授が、正義の人達の守護者であり、終末の君主であるメルキゼデクだったからだ」

「そうではないのです」ジェーンが発言した。「教授は自分がメルキゼデクである、とあなた方に信じ込ませたかったのです。メルキゼデクを演じるために、エッセネ人のテキストを研究していました」

「……メルキゼデクは『贖罪《しょくざい》』が行なわれる終末に儀式を司《つかさど》る大祭司であった。天の軍隊の司令官で、終末の裁判官である『アロンのメシア』であった……。ところでそなたが会ったサマリア人の長老は」と彼は付け加えた。「ハコツ家の末裔だ」

「つまり、長老はエッセネ人と交流があった」私が言った。「それで私を知っていた……。終末に起こる戦争が始まった、とあなたは言われるが、神殿は壊れたままであるし、儀式を司る大祭司も存在していない。聖なる火も香もない」

「いや、必要な存在はすべて在る。まずアリー・コーヘン、そなただ。(アリー＝獅子《ライオン》である)そなたがメシアだ。同時に、そなたはコーヘン＝大祭司だ。大祭司であるそなたは、アロンのメシアでもある。至聖所に入ることができる大祭司である。(人が)神に会う時がやってきたのだ。そなたのみが神を現前させる『神の名』を発音することができる」

そう言うと、レビは近寄って私の肩に手を置いた。その手が震えていた。

「二千年待ったのだよ、アリー。そして今日、もうすぐ、そなたが『彼』と会う。『彼』に話しかける。『彼』と向かい合って……」

レビが指で示した。見ると男達がやってくるところであった。彼等の中にサマリア人の長老と彼に忠実な者達がいた。彼等の傍に神殿騎士修道士達もいた。騎士修道士達は骨壺《こつつぼ》を持っていた。中には「赤い牛の灰」が入っているに違いなかった。同じく金の容器を持っていた。「審判の日」のために生け贄にされた牛の血が入っているに違いなかった。彼等に少し遅れてハシディム達がやってきた。先刻、「西の壁」にいた者達であった。

「さあ、アリー」レビが言った。「時が来た。我々には『赤い牛の灰』がある。『贖罪所』(契約の櫃を囲む黄金の板)もある。そして我々は神殿の敷地も知っている」

我々は「広場」へ向かった。「広場」は白衣の神殿騎士修道士と暗殺者教団の男達の戦場と化していた。イスラエル軍も参戦している。周辺にはその戦いを見守るキリスト教の巡礼者のかたまりが点在している。催涙弾や火炎瓶の応酬で煙が立ち上っている。前代未聞の混乱だった。暗殺者教団は歩兵の群れ。神殿騎士修道士達は恐れにいななく馬にまたがった騎兵隊。イスラエル軍は戦車隊。だが、それも当初の戦形であって、今や、地面を転げ回っての斬り合いがあるわ、離れての火炎瓶や投石の応酬、銃撃戦があるわの凄惨《せいさん》な光景が繰り広げられていた。地獄絵から流れ出した血の川は、黒煙を引き連れてエルサレムの町をうねって流れた。光は消え、黒い大空が町をつかみ、暗黒世界に投げ入れた。闇の中から突然姿を現わし、争い合う者達がいるかと思えば、逃げ惑う者達がいる。暗闇に隠れる者達がいると思えば、赤裸を現わす者もいる。

ハシディムの男達が我々を黄金門の方へ導いた。そこにトンネルの入口があったからだ。至聖所へ通ずるはずのトンネルの入口が。

シモンは軍のオペレーションに合流すべく立ち去った。横切る銃弾に唸り、爆発の衝撃波に震える空気に喘《あえ》ぎながら、ジェーンと父と私はハシディムの列に従って「黄金門」へ向かった。内側から門を埋めて塞いでいたセメントが爆破されて黄金門が蘇《よみがえ》っていた。トンネルの入口も開いていた。我々に入るようにとレビが合図した。入口から下に降りると、松明《たいまつ》で照明された部屋になっていた。そこで、白衣のエッセネ人達が我々を待っていた。レビが部屋から続く地下トンネルへ我々を案内した。トンネルは恐ろしく天井が低かった。頭を低くして進んだ。時々カーブがあった。先頭には松明を手にしたムピムがいた。ついに大きな部屋に到着した。頭上は丸天井になっており、部屋全体が白い石でできていた。

「我々は『広場』の下にいる」レビが言った。部屋の一角に小さな扉があった。

「あの扉の向こうが至聖所の位置じゃ」

それからレビは部屋の片隅に向かった。見ると十ほどの麻袋が置いてあった。手前の袋をレビは手早く開いた。

その時の喜びと感動を、友よ、どのように表現すればよいであろうか？　私は見た。至聖所に置かれる七枝の燭台《しょくだい》を。十二個のパンを置く供え物のテーブルを。また、香の祭壇や十の燭台があった。ブロンズや金無垢《きんむく》の壺があった。香を焚《た》くための御輿《みこし》があった。金や銀そして無数の宝石が埋め込まれた聖具が幾つもあった。友よ、私は「彼」に感謝した。この目が「神殿の宝物」を拝めたことを。そのために「彼」は私をその全能で支え、私の上に霊をとまらせ、私を強くしてくれたのであった。冒瀆《ぼうとく》の戦闘の数々を目の前にした堅固な塔のような存在に私はなっていたと言える。袋が次から次へとエッセネ人達によって開かれていた。そして無数の聖具が現われた。金、ブロンズ、銀の食器、きらめくインゴット、比べようもない美しい宝石が幾つも埋め込まれた聖具の数々。神殿が突然、目の前で蘇ったかのようであった。文字ではなく、文字から生まれた諸物の形で「銅の巻物」がその秘密を明らかにして見せてくれているのであった。聖遺物の荘厳なる霊なるものが存在し、古代を現代に蘇らせたかのようであった。

すべてがあった。銀の金庫のような箱。金貨や銀貨。金銀の延べ棒。木製の椀《わん》の数々。金や、松脂《まつやに》や、アロエや、白松でできた聖なる食器の数々。すべてが過去から来た使者のように、そこに存在していた。

一つの袋の中に「贖罪所」と「ケルビム」が入っていた。《純金で『贖罪所』をつくるように。寸法は縦二・五アンマ。横一・五アンマ》モーセに神がそう命じた通りの「贖罪所」であった。金を打ち出してつくった一対のケルビムの像をレビが手に取り、「贖罪所」の両端にそれぞれを固定した。「贖罪所」を守るかのように向かい合ったケルビムが高々と翼を広げていた。《私は『あなた』に（もうじき）そこで会うことになる》

「ここだ」レビが言った。「ケルビムとケルビムの間に『永遠者』が現前なさる」

傍らにいたジェーンが口を開いて壮麗な宝物に目を瞠《みは》っていた。宝物のすべてが、私が毎日を過ごした写字室にあったのである。整理をはばかって遠い昔から誰も手を触れたことのなかった例の聖なる古物の山の中に、幾つもの大きな壷があった。その壷の中で宝物が眠っていたのであった。その存在を夢にも知らなかった私の傍らで。

私は「贖罪所」の前へ進んだ。エッセネ人のすべてがいた。百人のすべてが。前列に父がいた……。

《全員が待っていた》

ハシディムがハープに合わせて歌い始めた。音楽が私の魂を遠い記憶へ運んだ。トマールの教会で見たようなエゼキエルの幻視が現われるのを私は見た。

《神の栄光に似た何かであった》

しかし、あの後、儀式場で目撃した真赤な息吹のようなあの火は、本当にジェーンが放ったのか？それとも私が……。彼等の中から、一本の視線が放たれた。私に投げかけたジェーンの視線だった。私を引きとめようとする嘆願が読めた……「行かないで」彼女は呟《つぶや》いた。

一人また一人、と階級順に祭司が私の前に出た。ジェーンと私をつなぐ視線が破線になった。彼等の後にレビ達が従った。それから長老に率いられたサマリア人が続いた。こうしてイスラエルのすべての人間が存在を知られるのである。各人が自分の持ち場につき、神との交信を待つのである。

レビが部屋の小さな扉を指さした。「至聖所」の敷地に入る扉を。

「『石の神殿』に『神の栄光』が入ることになろう」レビが呟いた。「ダビデがそしてソロモンが望んだように神が神殿を住まいとされる。荒野の聖域にお入りになったように、神殿にお入りになる」

私は扉に向かって進んだ。扉に手をかけ、ゆっくりと開いた。

「何と畏《おそ》れ多き場所！」私は大声をあげていた。荒野をさすらった時、また約束の地に着いても用いた移動可能な聖域「幕屋」以上に畏れ多い。放浪を終え、定住民族となったイスラエルの民のために神が住まわれた、「アラウナ」の岩の上の「石の祭壇」以上に畏れ多い。

暗く小さな部屋であった。白い石でできている立方体であった。装飾は一切なかった。「贖罪所」がすでに置かれている。あるのはそれだけだった。中には「赤い牛の灰」が置かれていた。私は「贖罪所」の前に立った。藁《わら》のもえさしで贖罪所の祭壇に火をともす。「赤い牛の灰」をまく。

　すると文字が火の粉のように上がるのを私は見た。それぞれの文字があらゆる「状況」を変える力をはらんでいた。付けられる幾つもの母音、関わる幾つもの子音、幾つもの句点、幾つもの読点が、それぞれの文字のまわりにぎっしりと集まっていた。しかし、私は唯一の潜勢力に全霊を注いだ。するとすべての火の粉の文字が一つの炎となって立ち上がり始めた。私は「クヘトリトの香」の香りをかいだ。私の心が喜びに満たされた。私の魂がさらに上がった。そのように私はかつてすべての山を登り、すべての言述を超えたのであった。そして「絶対点」へと向かった。すべての言葉が終わる「絶対点」へと。

　宝物の数々の王冠についているアメジストのように、数々の冠についているルビーのように、大祭司がつけた胸飾りのダイヤのように、碧玉《へきぎょく》のように、オニキスのように、文字達は威厳に満ちて美しかった。輝く真珠の粒のように、そして幾つもの恒星のように、白い何本もの大理石の円柱の上に、その文字達が立ち上がっていた。私の目の前で。私はそれを発音さえすればよかった……。

　私はע《アイン》を呼び出した。アインは目。誤った考えを砕き、目隠しを取り除く。次にפ《ペー》を呼び出した。ペーは口。唇が言葉を発する。再びע《アイン》。アインは鼻。鼻は匂いをかぐ。そしてס《サメフ》。עפעפסで目蓋。落ち、そしてたわんだもの＝屈服した者達を立ち上がらせるすべての者達を神が支持するゆえに、私はそれ等の文字を呼び出したのだ。ק《クフ》。クフは針の穴。狭き門を通るための力の結集。ב《ベート》。それ以前は何も無く、それ以後はすべてが在った。א《アレフ》。牛の頭のよう。ד《ダレット》。ダレットからダム＝血が発している。ש《シン》。良き道の選択。そしてט《テット》。状態を変えること。それからז《ザイン》。力の文字。נ《ヌン》。そこから自由が発した。ג《ギメル》。善行と慈悲。צ《ツアディ》。新たなる頂に達するための試練の甘受……。そしてם《メム》。「彼の名」を発音する前にそれ等の文字を呼び出したのは神の発出を願ってのことである。י《ヨッド》。一人、私は荒野で一人だった。まわりには（落葉性の低木）ギョリュウの節くれだった根っこ、アカシア、ナツメヤシ等砂地の植物。青ざめた太陽の光をすかす、乏しい葉があるばかり。ヘルモンの、雪の頂から発するヨルダン川を私は渡った。私は渡った。ヨルダン川を。そこには岩を切ってつくった禊の浴槽があった。それはトンネル様の丸天井に覆われ、二、三段のステップがあった。ステップを降りて清らかな水の中に身を沈める。私はヨルダン川を渡った。私はそこで沐浴《もくよく》した。巨大な神殿を建設するために身を清めた。私は「彼」に会うために「彼」のための住処をつくろうと思った。「贖罪の日」にはそこで「彼」が言った通りの生け贄を捧《ささ》げる。「神の家」に入る前にダビデが身体を洗ったように、私は沐浴した。一つの至聖所と言える清らかな水で朝に晩に沐浴するエッセネ人のように。

　そして私は洞窟で書いた。かくして私は生まれた。「書」の真の鍵《かぎ》を所有していた者達により、私は生み出された。彼等には夢があった。計画があった。不信の祭司達よりエルサレムを取り返し、神殿を建てることであった。私の後に続く世代のために。そこでは、ザドクとアロンの末裔である、エッセネ人の祭司達が「礼拝」をすることになろう。

　彼等は、イスラエルの民が耐えねばならない長き追放の年月が始まるであろうことを知っていた。だが民が自分達の土地に帰還できる日が訪れることも知っていた。離散した者達が再び集まる場所に、神殿が建つ日が来ることも知っていた。そうです。無から、砂粒から、一つの点（י）《ヨッド》から、神殿が再建されねばならない日が来るであろうことを彼等は知っていたのです。

　神殿に入ってくるかぐわしい風＝息吹、そして香の妙《たえ》なる香り。上がろうとして、そして浄化されようとして、再建された神殿に「イスラエルの全家」がやってくる。彼等の目で見えるものと見えないものの両方が存在する神殿に大雲が立ち上がる。神殿の中心部には聖なる場所。十三種の妙なる香が燃えている。メノラの輝きが君臨している。供物のテーブルには十二のパン。その中心部のさらなる中心には至聖所。四色のベールで囲まれる。

巡礼の数々の祭の折は、生け贄の雄羊を焼くための貴重なレバノン杉の薪の香の中に彼がおわした。「仮庵祭《スコット》」の時はシュロの葉に彼がおわした。（仮庵祭の間毎日）シロアムの池から水を汲《く》み、列をつくって神殿に運ぶ人達の歌声の中に彼がおわした。無数の人々とともに彼がおわした。神殿で祈りを唱えるエッセネ人の口の中に彼がおわした。地上を贖《あがな》い、不信の輩《やから》に制裁を加えるべく、エッセネ人は神に選ばれた者達であった。彼等は最後の壁。大事な隅石。いささかも揺るがぬ土台の上に立っている。「聖性」の至高の住処がエッセネ人の洞窟の中にあった。アロンの住処が。妙なる香りを立ち上らせる供物《くもつ》が捧げられた。永遠の規則に則《のっと》り「契約」を交わすべく、自らを完成し、真実に生きる「イスラエルの全家」があった。彼等の心の中に、神殿の法灯を燃え続けさせるべく、彼等「大勢」は選ばれたのであった。

　彼が来るのを彼等は待っていた。闇の子達と戦う者が来るのを。彼等はこう言っていた。

《そして彼は武器を手にすることになる。

　彼はエルサレムに赴くことになる。

　彼は「黄金門」より入ることになる。

　彼は「神殿」を再建することになる。

　彼が幻視した通りの神殿を。

　そして、待ちに待った「天の王国」が彼によって到来することになる。

　救世主である彼は獅子と呼ばれることになる》

　ヴァヴ。

　私は祭壇に向き直った。熱した炭を取り、香炉に入れた。そして上から抹香を一撮《ひとつま》みふった。それから固形の香を火に置いた。香の香りが「贖罪所」にたちこめた。次に牛の血を取り上げた。指先で七回、「贖罪所」にふりかけた。「神に栄えあれ！」レビが言った。「暗闇を歩いている民が大いなる光を見ることになる。もうじき『神の国』に近付くことが叶《かな》う」

　全員が待っていた。私が「名」を発音するのを。全員が。私を見つめているジェーンをのぞいて。

　私は「名」を言った。

ヘブライ文字の書体と記号

●角文字

Dalet《ダレット》	ד	Guimel《ギメル》	ג	Vet《ヴェート》	ב	Bet《ベート》	בּ	Alef《アレフ》	א
Tet《テット》	ט	H̲et《ヘット》	ח	Zaïn《ザイン》	ז	Vav《ヴァヴ》	ו	Hé《ヘー》	ה
Lamed《ラメッド》	ל	Khaf*《ハフ》	ך	Khaf《ハフ》	כ	Kaf《カフ》	כּ	Yod《ヨッド》	י
Samekh《サメフ》	ס	Noun《ヌン》	ן	Noun《ヌン》	נ	Mem*《メム》	ם	Mem《メム》	מ
Tsadi《ツァディ》	צ	Fé*《フェー》	ף	Fé《フェー》	פ	Pé《ペー》	פּ	A̲ïn《アイン》	ע
Sin《スイン》	שׂ	Chin《シン》	שׁ	Rech《レーシュ》	ר	Kof《コフ》	ק	Tsadi*《ツァディ》	ץ
								Tav《タヴ》	ת

＊＝語尾型文字

●草書体

Dalet《ダレット》	ד	Guimel《ギメル》	ג	Vet《ヴェート》	ב	Bet《ベート》	בּ	Alef《アレフ》	א
Tet《テット》	ט	H̲et《ヘット》	ח	Zaïn《ザイン》	ז	Vav《ヴァヴ》	ו	Hé《ヘー》	ה
Lamed《ラメッド》	ל	Khaf*《ハフ》	ך	Khaf《ハフ》	כ	Kaf《カフ》	כּ	Yod《ヨッド》	י
Samekh《サメフ》	ס	Noun《ヌン》	ן	Noun《ヌン》	נ	Mem*《メム》	ם	Mem《メム》	מ
Tsadi《ツァディ》	צ	Fé*《フェー》	ף	Fé《フェー》	פ	Pé《ペー》	פּ	A̲ïn《アイン》	ע
Sin《スイン》	שׂ	Chin《シン》	שׁ	Rech《レーシュ》	ר	Kof《コフ》	ק	Tsadi*《ツァディ》	ץ
								Tav《タヴ》	ת

＊＝語尾型文字

●母音記号

短音				長音	
	Xֲ	Xַ	A	Xָ	A
Xֱ	Xְ	Xֶ	E	Xֵ	E
		Xִ	I	Xִי	I
Xֳ	Xָ	Xֹ	O	Xוֹ	O
		Xֻ	OU	Xוּ	OU

訳者あとがき

本書の原題は『Le Trésor du Temple（神殿の宝物）』。クムラン・シリーズではあるが、前作『クムラン』（角川書店刊）を御存知ない方でも、独立して御読みになれる一冊である。ただ一箇所、「二度と見つけることのできない後ろ姿を……今度は見送らずにおれることに安堵《あんど》した」（本文五七頁）は、前作『クムラン』におけるジェーンとアリーの別れの場面の回想であることをお断りせねばならない。

小説では二年振りの二人の再会ではあるが、読者の方々にとっては、早、五年。その間、原作者エリエット・アベカシスは、処女作『クムラン』に続き長編小説『黄金と灰』（角川書店刊）、論文『Petite Métaphysique du Meurtre（殺人の形而上学）』、中編小説『La Répudiée（離縁されし者）』を出版した。『離縁されし者』に関しては小説に先駆け、脚本家として、カンヌ映画祭に『聖なる者』のタイトルで映画を送り出したという、まさに大活躍振りである。つい先日には、中編小説『Mon Père（父）』が最新作として訳者のもとに送られてきた。更には、クムラン・シリーズの三作目が直に完成するそうだ。

類《たぐ》い稀《まれ》な美貌《びぼう》と知性を決してひけらかさず、常ににこやかで控えめな作者のどこに、そんな活力がひそんでいるのかと思う。オペラ、映画、旅行が趣味という彼女だから、書斎に閉じ籠《こも》るということはないはずだ。羨《うらや》むべき才能の持ち主である。

死海の辺《ほとり》の洞窟《どうくつ》から、今より五十年前に発見された二千年前の膨大な写本——通称「死海文書」——に纏《まつ》わる謎をモチーフにした大胆なフィクション『クムラン』と同様、本書もミステリーでありながら、結末がわかればそれっきりという単純なものではなく、様々な読み方《レクチュール》が可能な、多層的テキストである。層を形成するのは、考古学＋歴史＋神学＋記号論＋……。そして、そこをエンターテインメントが横断する。単にレトリックでそう申し上げるのではない。横断の動きは、現実の時間に対して当然垂直な、別の時間に沿ってなされる動きであり、現実主義への偏向や、極端な客観主義や、理性中心主義による思想の動脈硬化を癒《いや》してくれる、自由な知の動きだからである。

常に、過去から未来へと流れる実時間に基づく歴史とは別の歴史、すなわち過去と未来の往来が自由な歴史を、そういえば、主人公アリーは生きている。現在の宇宙のすがたを決定した「時空」モデルの特定にあたり、S・ホーキングが提唱する虚数時間（実数による時間に対して垂直な軸で表される）は、その深度において、宇宙物理学の地平に限らぬ広がりを見せているのかもしれない。実数の持つ順序構造を持たない数である虚数＝i＝$\sqrt{-1}$が付いた時間（＝it）は、空間と同様、過去と未来の往来が可能となるが、その虚数を「神の見事な隠処《かくしどころ》」と洞察したのはライプニッツであった。この哲学・数学の巨星と隔たること三百年、E・アベカシスは、潜勢する神の言《ことば》が深きところより垂直に浮上するのを見ることで、〈実数時間偏重の歴史〉の暴力の連鎖を断ち切ろうと試みているのかもしれない。

とまれ今日を生きる読者の方々のなかで、ナセル＝エッダンとアデマール・ダキテーヌが育《はぐく》んだ深い友情、そしてジェーンとアリーの次の台詞《せりふ》に重みを感じない方は、恐らくおられないであろう。

「……すべては好戦的な人間が神という存在をでっち上げて、戦争また戦争の歴史を正当化しているだけなのよ。一度たりとも神が現れたことがあって？」

「神が現れないからと言って、神の存在は否定できない。今だって、そう、まさしくこの瞬間にこそ、神は現前している。君のその反抗心を通して……」（本文一七〇〜一七一頁）

最後に原作者から日本の読者諸氏へのよき知らせを御伝えする。シリーズ第三作目では、コーヘン父子が読者諸氏の身近に現れるそうなのである。日本が重要な舞台となるらしい。乞《こ》うご期待を。

編集者各氏には、様々な点で御骨折り頂いた。訳者の深い感謝の意を御受け入れ下されば幸いである。

二〇〇二年十月　鈴木　敏弘

クムラン　蘇る《よみがえ》神殿《しんでん》

2002年10月31日　初版発行

著　者 ――― エリエット・アベカシス
訳　者 ――― 鈴木《すずき》敏弘《としひろ》
発行者 ――― 福田峰夫
発行所 ――― 株式会社角川書店
東京都千代田区富士見2-13-3
〒102-8177　振替00130-9-195208
TEL／営業03-3238-8521
編集03-3238-8555

装画／荒木慎司
装丁／角川書店装丁室
扉写真／© UNIPHOTO PRESS
印刷所 ――― 旭印刷株式会社
製本所 ――― 本間製本株式会社

Printed in Japan
ISBN4-04-791424-X　C0397